CLASSIQUES LAROUSSE

Collection fondée en ~~1933~~
cont~~inuée par~~
LÉON LEJEALLE (1949 à 1968)
Agrégé~~ des Lettres~~

DIDEROT

LE NEVEU
DE RAMEAU

avec une Notice biographique, une Notice historique et littéraire,
des Notes explicatives, une Documentation thématique,
des Jugements, un Questionnaire et des Sujets de devoirs,

par

JEAN-POL CAPUT
Ancien élève de l'E. N. S. de Saint-Cloud
Agrégé des Lettres

LIBRAIRIE LAROUSSE
17, rue du Montparnasse, 75298 PARIS

RÉSUMÉ CHRONOLOGIQUE
DE LA VIE DE DIDEROT
1713-1784

1713 — **Naissance à Langres de Denis Diderot,** fils de Didier Diderot, maître coutelier, et d'Angélique Vigneron, son épouse **(5 octobre).**

1723 — Diderot entre au collège des jésuites de Langres.

1726 — Il est tonsuré (22 août) : sa famille espère pour lui la succession de son oncle, le chanoine Didier Vigneron (celui-ci mourra deux ans plus tard).

1728-1732 — Diderot venu à Paris, suit les cours du collège Louis-le-Grand et fréquente le collège d'Harcourt.

1732 — Il est reçu maître ès arts de l'Université de Paris (2 septembre).

1733 — Diderot mène une existence assez irrégulière et vit, médiocrement, de travaux littéraires.

1741 — Diderot écrit une *Épître* en vers à Baculard d'Arnaud.

1742 — Il se lie avec J.-J. Rousseau, qui vient de s'installer à Paris.

1743 — Sa traduction de l'*Histoire de Grèce,* de Temple Stanyan, paraît en avril. — Malgré son père, il épouse Antoinette Champion à l'église Saint-Pierre-aux-Bœufs (novembre).

1745 — **Le libraire Le Breton propose à Diderot la direction de l'*Encyclopédie,*** qui ne devait être, à l'origine, qu'une traduction de la *Cyclopaedia* de l'Anglais Chambers. — Il publie sa traduction de l'*Essai sur le mérite et la vertu* de Shaftesbury. — Diderot se lie avec Mme de Puisieux.

***

1746 — Privilège de l'*Encyclopédie.* — En juin, publication des *Pensées philosophiques.*

1747 — Diderot et d'Alembert acceptent la direction de l'*Encyclopédie.* — Diderot, dont l'irréligion a été dénoncée à Berryer, rédige la *Promenade du sceptique.*

1748 — En avril, nouveau privilège de l'*Encyclopédie.* — *Les Bijoux indiscrets,* roman libertin (janvier), *Mémoires sur différents sujets de mathématiques* (juin) et *Lettre au chirurgien Morand sur les troubles de la médecine et de la chirurgie* (décembre).

1749 — Diderot publie la *Lettre sur les aveugles,* qui lui vaut d'être **arrêté** et conduit à **Vincennes** (juillet); il signe un engagement écrit de soumission (août), et il est remis en liberté le 3 novembre.

1750 — Diderot se lie avec Grimm et d'Holbach. — En octobre, il publie le ***Prospectus de l'*Encyclopédie.**

1751 — Polémique avec le père Berthier sur le *Prospectus* de l'*Encyclopédie* (janvier). — Publication de la *Lettre sur les sourds et les muets* (février). — Diderot et d'Alembert sont nommés membres de l'Académie de Berlin (mars). — **Le premier tome de l'*Encyclopédie* paraît** en juin.

1752 — Le tome II de l'*Encyclopédie* paraît (janvier). — La thèse soutenue en Sorbonne par l'abbé de Prades, l'un des collaborateurs, est condamnée. Le 7 février, les deux volumes sont interdits. En mai, le gouvernement prie Diderot et d'Alembert de continuer leur œuvre. — Mme Diderot va à Langres et se réconcilie avec son beau-père (août).

1753 — Naissance de Marie-Angélique Diderot (septembre).

1754 — *Pensées sur l'interprétation de la nature* (janvier). — Séjour à Langres, d'octobre à décembre. Diderot révise, dans un sens plus avantageux pour lui, son contrat avec ses libraires (décembre).

1755 — Première lettre à Sophie Volland.

1756 — Diderot rejoint Rousseau à l'Ermitage (avril). — *Lettre à Landois sur le déterminisme et le fondement de la morale.* — Diderot rencontre Mme d'Epinay en novembre.

© *Librairie Larousse,* 1972.   ISBN 2-03-870044-3

1757 — Publication du *Fils naturel* (joué en 1771) et des *Entretiens avec Dorval* (février). — Rupture avec J.-J. Rousseau.

1758 — D'Alembert quitte l'*Encyclopédie*, mais Diderot déclare qu'il ne renoncera pas. — **Publication du *Père de famille*,** suivi d'un *Discours sur la poésie dramatique*.

1759 — **Nouvelle condamnation de l'*Encyclopédie*** (janvier), dont sept tomes ont été publiés de 1751 à 1757; révocation du privilège (mars). — Mort du père de Diderot (juin). — Rédaction du premier **Salon** (septembre), publié dans la *Correspondance littéraire* de Grimm. Il rédigera régulièrement jusqu'en 1771 le compte rendu des Salons de peinture et de sculpture, qui se tiennent tous les deux ans.

1760 — Rédaction de *la Religieuse* (février), qui sera publiée en 1796.

1761 — Première représentation du *Père de famille*. — Révision des derniers tomes de l'*Encyclopédie*.

1762 — Publication en volume de l'*Éloge de Richardson*. — Sollicité par Catherine II d'aller terminer l'*Encyclopédie* en Russie, Diderot refuse. — **Ébauche du *Neveu de Rameau*.**

1763 — Lettre à M. de Sartine *Sur le commerce de la librairie* (août). — En octobre, rencontre de David Hume.

1764 — Malgré la découverte de la mutilation, par Le Breton, des dix derniers tomes de l'*Encyclopédie*, Diderot accepte de terminer l'ouvrage.

1765 — Diderot, tout en conservant la jouissance, vend sa bibliothèque à Catherine II contre 15 000 livres et une pension annuelle de cent pistoles (avril). — *Essai sur la peinture* (septembre). — **Fin de l'impression des dix derniers volumes de l'*Encyclopédie* (décembre).**

<center> *** ***

1767 — Diderot est nommé membre de l'Académie des arts de Saint-Pétersbourg.

1769 — *Regrets sur ma vieille robe de chambre* (février). — **Rédaction de l'*Entretien entre d'Alembert et Diderot*, du *Rêve de d'Alembert*** et de la **Suite de l'Entretien.**

1770 — Voyage à Langres, puis à Bourbonne avec Mme de Meaux et sa fille. *Les Deux Amis de Bourbonne; Apologie de Galiani* (décembre).

1771 — *Entretien d'un père avec ses enfants* (mars). — Première rédaction de *Jacques le Fataliste*.

1772 — Mariage de la fille de Diderot, Angélique, avec Caroillon de Vandeul. — *Ceci n'est pas un conte; Madame de la Carlière* (septembre). Première rédaction du *Supplément au « Voyage de Bougainville »*.

1773-1774 — **Voyage en Russie** par La Haye, Leipzig et Dresde. Pendant ce temps, Diderot rédige des notes sur son *Voyage de Hollande*, travaille à une *Réfutation de l'« Homme »* d'Helvétius et rédige les *Entretiens d'un philosophe avec la Maréchale de**, la *Politique des souverains*, le **Paradoxe sur le comédien.**

1775 — *Essai sur les études en Russie* et *Plan d'une université pour la Russie.* Huitième *Salon* (septembre).

1777 — Diderot passe une année à Sèvres et fait un travail considérable. — Il écrit peut-être une première version de la comédie : *Est-il bon, est-il méchant?* — Il prépare la collection complète de ses œuvres.

1778 — **Essai sur les règnes de Claude et de Néron.** *Essai sur la vie de Sénèque* (décembre).

1781 — *Lettre apologétique de l'abbé Raynal à M. Grimm* (mars). Neuvième *Salon* (septembre).

1782 — Seconde édition de l'*Essai sur les règnes de Claude et de Néron*.

1784 — Diderot se remet difficilement d'une attaque d'apoplexie. — Février : mort de Sophie Volland. — **Mort de Diderot, le 31 juillet,** à Paris, et inhumation à l'église Saint-Roch le 1er août.

Diderot avait vingt-quatre ans de moins que Montesquieu; dix-neuf ans de moins que Voltaire; six ans de moins que Buffon; un an de moins que J.-J. Rousseau; quatre ans de plus que d'Alembert.

DIDEROT ET SON TEMPS

	la vie et l'œuvre de Diderot	le mouvement intellectuel et artistique	les événements historiques
1713	Naissance de Denis Diderot à Langres (5 octobre).	Addison : Caton (tragédie). Destouches : l'Irrésolu.	Traité d'Utrecht (guerre de Succession d'Espagne). Bulle Unigenitus.
1742	Rencontre de Jean-Jacques Rousseau.	Voltaire : Mahomet (tragédie). Ed. Young : Pensées nocturnes. Abbé Prévost : traduction de Pamela, de Richardson.	Traité de Berlin entre l'Autriche et la Prusse. Marie-Thérèse d'Autriche repousse les propositions de paix de Fleury (guerre de Succession d'Autriche).
1746	Débuts de l'Encyclopédie. Pensées philosophiques.	Condillac : Essai sur l'origine des connaissances humaines. Vauvenargues : Maximes. Marivaux : le Préjugé vaincu.	La Bourdonnais prend Madras. Mort de Philippe V d'Espagne.
1748	Les Bijoux indiscrets. Mémoires sur différents sujets de mathématiques. Lettre au chirurgien Morand.	Montesquieu : De l'esprit des lois. Richardson : Clarisse Harlowe. La Tour : Portrait de Louis XV.	Traité d'Aix-la-Chapelle, qui met fin à la guerre de Succession d'Autriche.
1749	Lettre sur les aveugles. Emprisonnement à Vincennes.	Buffon : Histoire naturelle (tomes I-III). J.-J. Rousseau est condamnée par la Sorbonne. Fielding : Tom Jones.	« Guerre de l'impôt », en France, à la suite de la création de l'impôt du vingtième.
1750	Diderot se lie avec Grimm et d'Holbach. Rédaction du Prospectus de l'Encyclopédie.	J.-J. Rousseau : Discours sur les sciences et les arts. Voltaire se rend à Berlin. Pigalle : l'Enfant à la cage.	Lutte entre Machault d'Arnouville et les privilégiés. Dupleix obtient le protectorat de Carnatic.
1751	Lettre sur les sourds et les muets. Premier tome de l'Encyclopédie.	Voltaire : le Siècle de Louis XIV.	En France : un édit suspend l'application du vingtième au clergé.
1752	Interdiction des deux premiers tomes de l'Encyclopédie (février), puis reprise de l'œuvre (mai).	Voltaire : Poème sur la loi naturelle; Micromégas.	Kaunitz est nommé chancelier d'Autriche; il pratiquera une politique de rapprochement avec la France.
1757	Brouille avec Jean-Jacques Rousseau. Le Fils naturel. Entretiens avec Dorval.	Bodmer édite le Niebelungenlied. Rameau : les Surprises de l'amour.	En France : attentat de Damiens, contre Louis XV. Invasion de la Bohême par Frédéric II (guerre de Sept Ans).

1758	Le Père de famille. Discours sur la poésie dramatique. Départ de d'Alembert de l'Encyclopédie.	J.-J. Rousseau : Lettre à d'Alembert sur les spectacles. Helvétius : De l'esprit. Quesnay : Tableau économique.	Choiseul devient secrétaire d'État aux Affaires étrangères. Les Russes occupent la Prusse-Orientale.
1759	Nouvelle condamnation de l'Encyclopédie, Premier Salon. Mort du Père de Diderot.	Voltaire : Candide, Wieland : Cyrus. Fondation du British Museum.	Les jésuites sont expulsés du Portugal et de son empire. Guerre généralisée en Europe centrale.
1760	Rédaction de la Religieuse.	Voltaire s'installe à Ferney. Macpherson : Ossian. Gainsborough : l'Amiral Hawkins.	Sac de Berlin par les Austro-Russes. Les Anglais occupent Montréal.
1762	Éloge de Richardson. Ebauche du Neveu de Rameau. Diderot décline l'invitation de Catherine II de venir terminer l'Encyclopédie en Russie.	J.-J. Rousseau : Émile; Du contrat social. Gluck : Orphée. Début de la construction du Petit Trianon par Gabriel.	Avènement de Catherine II en Russie. En France, le parlement supprime l'ordre des Jésuites. Procès et exécution de Calas.
1763	Troisième Salon. Rencontre de David Hume.	Voltaire : Traité de la tolérance. Reynolds : Portrait de Nelly O'Brien.	Traité de Paris, qui met fin à la guerre de Sept Ans.
1767	Cinquième Salon. Membre de l'Académie des arts de Saint-Pétersbourg.	Voltaire : l'Ingénu. Lessing : Minna von Barnhelm. Expérience de Watt sur la machine à vapeur.	Expulsion des jésuites d'Espagne (février) et de France (mai). Révision du procès Sirven.
1769	Regrets sur ma vieille robe de chambre. Le Rêve de d'Alembert. L'Entretien entre d'Alembert et Diderot.	Voltaire : Épître à Boileau; Histoire du parlement de Paris.	Naissance de Napoléon Bonaparte. Suppression du privilège de la Compagnie des Indes.
1771	Entretien d'un père avec ses enfants. Septième Salon. Première rédaction de Jacques le Fataliste.	Bougainville publie son Voyage autour du monde. Mort d'Helvétius. Houdon : Buste de Diderot.	Exil du parlement de Paris et réorganisation de la justice en France.
1773	Paradoxe sur le comédien. Voyage en Hollande et en Russie.	Goethe : Goetz von Berlichingen.	Le pape Clément XIV dissout l'ordre des Jésuites.
1778	Essai sur les règnes de Claude et de Néron. Essai sur la vie de Sénèque.	Buffon : les Époques de la nature. Mort de Voltaire. Mort de J.-J. Rousseau.	Alliance entre la France et les Etats-Unis d'Amérique.
1781	Neuvième Salon.	Kant : Critique de la raison pure.	Victoire franco-américaine de York-town.
1784	Mort de Diderot (31 juillet) à Paris.	Beaumarchais : le Mariage de Figaro. Reynolds : Portrait de Mrs. Siddons.	Traité de paix anglo-hollandais de Versailles.

BIBLIOGRAPHIE SOMMAIRE

OUVRAGES GENERAUX SUR DIDEROT

Yvon Belaval   *l'Esthétique sans paradoxe de Diderot* (Paris, Gallimard, 1950).

Georges May   *Quatre Visages de Diderot* (Paris, Boivin, 1951).

Charly Guyot   *Diderot par lui-même* (Paris, Éditions du Seuil, 1953).

Herbert Dieckmann   *Cinq Leçons sur Diderot* (Genève, Droz, 1959).

Roger Kempf   *Diderot et le roman, ou le démon de la présence* (Paris, Éditions du Seuil, 1964).

Jean-Marie Dolle   *Politique et pédagogie. Diderot et les problèmes de l'éducation* (Paris, Vrin, 1973).

Jacques Chouillet   *la Formation des idées esthétiques de Diderot* (Paris, A. Colin, 1973). — *Diderot* (Paris, C. D. U., S. E. D. E. S., 1978).

Jacques Proust   *Lectures de Diderot* (Paris, A. Colin, 1974).

Frederick A. Spear   *Bibliographie de Diderot* (Droz, Genève, 1980).

Jean-Claude Bonnet   *Diderot* (Paris, Librairie générale française, 1984).

Robert Morin   *l'Imagination selon Diderot* (1984).

SUR « LE NEVEU DE RAMEAU »

Diderot   *le Neveu de Rameau*, édition critique par Jean Favre (Genève, Droz, 1950).

Michel Duchet et Michel Launay   *Entretien sur « le Neveu de Rameau »* (Paris, Nizet, 1967).

LE NEVEU DE RAMEAU
1762

NOTICE

CE QUI SE PASSAIT EN 1762

■ *EN POLITIQUE.* **Sur le plan international** : *la guerre de Sept Ans (Angleterre et Prusse contre France, Autriche et Russie), commencée en 1756, va aboutir à des préliminaires de paix franco-anglo-espagnols en octobre et à une trêve austro-prussienne en novembre. En Russie :* à la mort d'Élisabeth, en janvier, Pierre III accède au trône ; il est renversé par sa femme, en juin, qui prend le pouvoir sous le nom de Catherine II. **En France** : Choiseul dirige les Affaires étrangères depuis 1758 ; le parlement ordonne la suppression de l'ordre des Jésuites ; procès et exécution de Calas.

■ *EN LITTÉRATURE* : *Rousseau publie* Emile ou De l'éducation *et* Du contrat social. *Le premier volume de planches de l'Encyclopédie paraît. — Naissance d'André Chénier.*

■ *DANS LES ARTS.* **Architecture** : *Gabriel construit le Petit Trianon, tandis que Soufflot poursuit l'achèvement de l'église Sainte-Geneviève (Panthéon).* **Musique** : *première représentation à Vienne de l'Orphée de Gluck.* **Peinture** : *Boucher, Chardin ; Greuze a exposé l'Accordée de village au Salon de 1761.* **Sculpture** : *Bouchardon, Falconet ; Pigalle réalise la statue de Louis XV (Reims).*

COMPOSITION ET PUBLICATION

Le Neveu de Rameau ne figure pas dans l'édition Naigeon (1798) des œuvres de Diderot. D'autre part, cet ouvrage — comme bon nombre d'autres du même auteur — n'avait pas été publié du vivant de l'écrivain. Comme nous ne possédons pas le manuscrit original, mais seulement une copie de la main de Diderot, il est difficile de préciser la date exacte de sa composition. Pourtant, un certain nombre d'indices ont permis d'émettre sur ce point des conjectures vraisemblables. En premier lieu, il y a toutes chances pour que Diderot y ait travaillé dès 1761 : on trouve, en effet, dans *le Neveu de Rameau* un écho encore vif des violentes querelles qui ont entouré et suivi la condamnation de l'*Encyclopédie* en 1759.

L'acharnement du philosophe contre Palissot et ses pairs reflète la réaction des Encyclopédistes à la comédie des *Philosophes*, jouée en 1760. D'autres détails viennent corroborer cet indice. Ainsi, l'âge accordé à la fille de Diderot dans le dialogue (voir page 57, ligne 56) correspond à la date de 1761, Marie-Angélique Diderot étant née le 2 septembre 1753. Parmi les airs de musique qui reviennent avec insistance dans le dialogue ou sur les lèvres de Jean-François Rameau, deux correspondent à des opéras joués, l'un en décembre 1760 (*l'Ile des Fous* de Duni) et l'autre en août 1761 (*le Maréchal-Ferrant* de Philidor). On peut donc supposer que *le Neveu de Rameau* se trouvait mis en forme vers le début de 1762. Diderot aurait revu en 1765 son ouvrage, dont l'essentiel au moins était sans doute composé alors. Un remaniement assez important est attesté, aux environs de 1771-1772, par l'allusion faite à la réforme des parlements par Maupeou (voir page 37, lignes 207-208), qui date de 1771. D'autre part, que Diderot juge le fils de Fréron, né en 1754, digne d'être mentionné oblige à penser que le passage correspondant de l'ouvrage fut revu après 1772. Enfin, *les Trois Siècles de la littérature française*, ouvrage attribué à l'abbé Sabatier de Castres, date de 1772 (voir page 38, ligne 243). Diderot retoucha encore certainement son œuvre après son retour de Russie : il fait allusion en effet au *Concert des amateurs*, donné à l'hôtel de Soubise (page 60, ligne 37); or, celui-ci ne fut organisé, par souscription, qu'en 1775[1]. Il est peu probable que ces modifications, dont nous venons de donner quelques exemples, se soient limitées à des additions de détail, assimilables à des corrections.

La publication du *Neveu de Rameau* eut une destinée assez singulière. Goethe, en 1804, en fit une traduction en allemand d'après une copie actuellement perdue et qui avait probablement été confiée à l'écrivain allemand par Grimm, l'ami de Diderot. Une analyse du texte, publiée en 1819, passa inaperçue. Une « retraduction » en français du texte de Goethe parut en 1821. Il faut attendre 1823 pour voir apparaître la première édition originale en français, sur une copie fournie par Mme de Vandeul, fille de Diderot. Mais les éditeurs se permirent de faire subir au texte un certain nombre de modifications. Assézat, en 1875, utilisa une autre copie, qu'il laissa telle quelle; puis ce fut l'édition de 1884, due à Tourneux qui fut considérée comme la meilleure. Enfin, en 1890, Georges Monval, bibliothécaire de la Comédie-Française, trouva une copie du *Neveu de Rameau* de la main de Diderot dans une collection de tragédies, découverte par hasard chez un bouquiniste. Ce texte fut publié l'année suivante dans la bibliothèque Elzévirienne et sert depuis lors pour chaque réédition.

---

1. En revanche, il n'est fait aucune allusion à la querelle des partisans de Gluck et de ceux de Piccini (1777), dont on trouverait certainement un écho, si Diderot avait retouché *le Neveu de Rameau* après cette date.

LES THÈMES DU « NEVEU DE RAMEAU »

L'organisation du *Neveu de Rameau* n'a pas la rigueur d'une démonstration; présenté comme une conversation, le texte en a la liberté, qui fait passer les interlocuteurs d'un sujet à l'autre sur une phrase, un mot ou simplement un refus de poursuivre la discussion sur le premier thème. De plus, les intermèdes mimés rythment le texte, marquant dans la conversation des pauses, dont l'auteur profite pour décrire son personnage et communiquer parfois ses propres impressions.

La discussion proprement dite est précédée d'une présentation (pages 23-29) du cadre de la satire (le café de la Régence, rendez-vous des joueurs d'échecs, à proximité de l'Opéra), et des personnages : le Philosophe, observateur curieux de personnalités originales, et Jean-François Rameau, neveu du musicien célèbre, qui mène une vie de bohème. — La conversation s'engage d'abord sur le **génie** (pages 29-39) : quelles incidences a le caractère exceptionnel d'un génie sur la société qui l'entoure? Comment juger un homme de génie qui est par ailleurs méchant? Le neveu soutient que tout le mal sur la Terre est causé par les génies. — Par l'aveu que fait Rameau de la jalousie qu'il éprouve envers son oncle, on passe, après un intermède de mime (pages 37-38), au deuxième thème (pages 39-50) : Rameau, **parasite** social. Il brosse un tableau de sa situation matérielle de flatteur à gages, qui lui assurait jusqu'à ce jour une existence agréable. Or, tandis qu'on lui demandait essentiellement de *faire le fou*, il a eu le tort de laisser échapper une remarque *de bon sens*, dit-il; cela le fit chasser. Pour rentrer en grâce, il lui faudrait s'humilier : déjà, il mime son retour; mais son amour-propre s'y refuse : il possède suffisamment de talents pour vivre d'expédients divers. La souplesse nécessaire à cette adaptation l'entraîne à faire la preuve de ses dons d'instrumentiste : il mime le joueur de violon et de clavecin d'une façon éblouissante (pages 50-54). De la nécessité de prouver ses talents, Rameau passe à l'**éducation**, thème qui sera repris à la fin de la conversation : il n'y a pas de bons maîtres, car ceux qui enseignent le font pour vivre et sont médiocres ou insuffisamment sûrs de leurs connaissances; il faut du talent et une longue expérience pour enseigner les rudiments. — Comparant ensuite la façon dont une leçon de musique se donnait autrefois et se donne maintenant à une jeune fille de la bonne société, Rameau énonce sa théorie des **« idiotismes moraux »** (pages 59-69) : ce sont les entorses à la morale générale faites par chacun dans l'exercice de son métier. Cela entraîne comme conséquence qu'il y a peu de métiers honnêtement exercés *s'il y a peu de fripons hors de leur boutique*. Rameau, donnant ses leçons de musique, volait son argent, ce qu'il appelle : *aider les riches à restituer*. — Partant de cette idée, il imagine la vie qu'il mènerait s'il était riche : une suite ininterrompue de plaisirs de tous ordres. A Diderot, qui soutient que l'honnêteté est, pour lui, le **fondement du vrai bonheur**, il répond en citant les exemples de gens malhonnêtes, mais heureux (pages 69-74). Le Philosophe suggère à Rameau de retourner **chez ses protecteurs**, de reprendre la vie qu'il menait : excellente occasion pour nous dépeindre le Neveu dans son rôle de flatteur (pages 74-78). — Puis le ton s'élève : à partir d'une anecdote sur Bouret, Rameau affirme que la **flatterie est un art** (pages 79-85); il montre ensuite comment lui-même flattait M¹ˡᵉ Hus, actrice du Théâtre-Français, protégée par le financier Bertin. — Suit une description de ce que le Neveu appelle plaisamment la **ménagerie de la maison Bertin**, c'est-à-dire la foule des parasites que le financier entretient (pages 85-102) : nouvelle occasion de citer les adversaires des philosophes. Ici se placent les précisions sur la disgrâce de Rameau; à cette occasion, celui-ci ajoute des détails sur la vie qu'il menait chez Bertin et démontre que protecteurs et parasites sont du même niveau moral et, donc, parfaitement appariés. — Puis le Philosophe s'étonne de la complaisance mise par Rameau à étaler toute sa turpitude. Ce dernier lui affirme alors que, dans le mal plus qu'ailleurs, la médiocrité est inacceptable : il faut y **être sublime** ou y renoncer (pages 102-108).

L'idéal sur ce point est illustré par l'anecdote du renégat d'Avignon. Cette histoire, contée avec concision, inspire à Rameau l'improvisation d'un « chant de triomphe », tandis que le Philosophe réfléchit sur cet homme qui disserte du plus abominable forfait sur le ton d'un connaisseur en peinture examinant les beautés d'un ouvrage de bon goût. — Une pause de silence marque un changement de sujet : on passe à la « **querelle des bouffons** » (pages 108-126). Après avoir donné la définition du chant, Rameau prend parti pour l'opéra italien, moins intellectuel, plus passionné que l'opéra français. A l'appui de ses arguments, le Neveu, en pleine exaltation, tient les rôles des chanteurs, puis des instruments de l'orchestre, spectacle qui retient l'attention de tous au café de la Régence. — Cette démonstration détermine le Philosophe à demander comment Rameau peut avoir une telle sensibilité artistique et aussi peu de sens moral (page 126). Le Neveu met alors en cause l'**influence de l'hérédité**; plutôt que de s'opposer vainement à celle-ci dans l'éducation de son fils, il préfère la canaliser. Il applique ici ses théories sur le bonheur : son fils sera *heureux, ou, ce qui revient au même, honoré, riche et puissant*. Dès aujourd'hui, il l'y prépare par le respect de l'or. — Mais Rameau lui-même n'est qu'**un raté**; pourquoi? (pages 134-147). La société en est responsable, cette société qui oblige tous les hommes à une *pantomime universelle* : chacun doit adopter des *positions*, jouer un rôle, pour tenir sa place. Seul le philosophe, rétorque Diderot, ne fait pas la pantomime : mais il n'a rien, répond le Neveu. Après quelques mots de regret que Rameau prononce sur sa femme, morte naguère, les interlocuteurs se séparent.

Le texte de Diderot est composé d'une seule venue sans aucune subdivision; nous avons introduit dans la présente édition des sous-titres destinés à faciliter l'étude de tel ou tel passage.

LE PERSONNAGE DE RAMEAU

Le « neveu de Rameau » a réellement existé. Jean-François Rameau était né à Dijon le 30 janvier 1716 et était donc un peu plus jeune que Diderot. Son père, Claude, organiste et claveciniste était le frère cadet du célèbre musicien. Après des études assez houleuses chez les jésuites, pendant lesquelles il montre déjà une prédilection pour la musique, il s'enrôle dans le régiment du Poitou, et n'y reste qu'un an. Il porte un temps le petit collet, puis reprend l'habit laïque. Il voyage à travers la France, surtout dans les régions de l'Est, va jusqu'en Suisse, enseignant sur son passage le chant et le clavecin. On le retrouve ensuite à Paris, où il donne des leçons de musique aux jeunes filles de la société élégante. Son mauvais caractère et son goût de la querelle lui valent un séjour à la prison de For-l'Évêque, d'où il faillit être envoyé aux colonies. Bertin, trésorier des parties casuelles, s'intéresse alors à Rameau et l'aide financièrement, lui payant la gravure de ses pièces pour clavecin. Ami de Fréron et grand admirateur de son oncle, J.-F. Rameau prend parti contre Jean-Jacques Rousseau et contre les philosophes. En 1757, il se marie : mais après la mort de son jeune fils et celle de sa femme, il retombe dans la bohème. A la mort de son oncle, en 1764, il est très déçu de ne rien recevoir. Deux ans plus tard, il compose et fait imprimer *la Raméide*, poème burlesque d'inspiration autobiographique, qui n'eut pas de succès, pas plus qu'une tentative d'opéra-comique composé sur un livret de Cazotte. On ignore la date de sa mort : on sait seulement que sa misère s'aggrava et qu'il dut être hospitalisé sur les instances de sa famille. Suivant son ami Cazotte, qui avait été aussi son condisciple, il était sensible, délicat, mais n'était pas l'individu d'exception que nous présente Diderot.

L'écrivain a transformé le personnage. Il lui a donné un cynisme conscient que Jean-François Rameau n'avait sans doute pas. Ici, le héros est une sorte de monstre, mais il force l'intérêt par son caractère exceptionnel : il parvient à une intensité extrême dans le mal, au « sublime » comme il le dit lui-même. Il ne se contente pas d'employer la malhonnêteté comme un expédient; il en fait une maxime, qu'il cultive avec soin de deux façons différentes. Il fait une recherche méthodique, recueillant des exemples sur lesquels il médite et dont il tire la leçon : son admiration pour Bouret n'est pas celle d'un témoin, mais celle d'un connaisseur et d'un disciple. D'autre part, il s'oblige à expérimenter des techniques, en reprenant chaque détail pour le perfectionner et en tirer des variantes mieux adaptées aux différentes situations.

N'éprouve-t-il pas une légitime fierté de ce mouvement d'échine qu'il a inventé pour garder son originalité dans le jeu de la flatterie ? En cela, il devient artiste : c'est par goût qu'il recherche la perfection technique, c'est une exigence de son esprit qui réclame le sublime en tout, et dans le mal plus qu'ailleurs. Flatter est pour le Neveu un art qui a sa noblesse et qui justifie ainsi son comportement : Rameau a sa dignité et ne veut pas s'humilier pour rentrer en grâce chez Bertin, car ce serait une démission en même temps qu'un avilissement de son art. En effet, lorsqu'il flattait Mlle Hus, il se donnait le spectacle de sa propre habileté et se moquait de celle qui acceptait ses flatteries. En sorte qu'ainsi les rôles sont inversés, et, du même coup, Rameau n'est pas plus avili de jouer cette comédie devant elle que s'il était artiste payé ou pensionné par elle. Cet esthétisme se double d'une rigueur logique implacable. Partant d'une constatation objective — le bonheur matériel est inséparable de la richesse —, Rameau applique toutes les conséquences qui en découlent. N'ayant pas de fortune, mais des talents utilisables, il doit opérer à son profit un transfert de l'argent des riches. Inversement, s'il était riche, il « restituerait » de bonne grâce, par l'acquisition des plaisirs qu'il convoite. Tout est donc fondé sur la circulation de l'argent. Quant à son fils, compte tenu du fait qu'il témoigne d'un caractère semblable à celui de son père, il faut que, de bonne heure, il apprenne la valeur de l'or et qu'il acquière les talents qui lui permettront de s'en procurer. Le cynisme apparaît, dans ces raisonnements, lorsque Rameau entreprend d'ériger en idéal ce système et de lui donner une justification morale. La notion de « restitution » des richesses implique l'idée de justice, et c'est à partir de ce moment que le système devient évidemment discutable. Les protestations de Diderot le soulignent d'ailleurs, mais jamais le Philosophe n'entreprend de convertir son interlocuteur; sans doute est-ce parce que Rameau est « perverti » jusqu'aux moelles; cela est la raison apparente. C'est aussi et surtout parce que là n'est pas l'intérêt essentiel du texte. La conversation n'est pas destinée à aboutir à la capitulation de l'un des personnages, pas plus qu'à un compromis. Sur ce plan, le dialogue est destiné à opposer morale et esthétique dans les principes de vie et à poser, en corollaire, le problème du génie : comment doit-on juger l'homme de génie ? Globalement, en tenant compte de sa vie et de ses mœurs autant que de son œuvre, selon un jugement humain et moral, ou en ne prenant en considération que son œuvre, selon un jugement purement esthétique ? La réponse est d'autant plus imprécise que le Philosophe semble bien avoir confié au Neveu ses propres « mauvaises pensées », en se donnant le plaisir de les pousser logiquement jusqu'à leurs conséquences extrêmes par l'intermédiaire de son bizarre personnage. L'entretien serait alors un dialogue de Diderot avec lui-même : l'optimiste, qui croit à la permanence de certaines valeurs morales, profondément attachées à la nature humaine et garantes des progrès futurs du bien, se heurte au réaliste, qui, constatant comme une évidence de fait la dépravation de la société, en déduit, selon une rigueur déterministe, la nécessité du vice.

L'ASPECT POLÉMIQUE

La satire sociale.

Rameau lui-même domine l'œuvre de sa personnalité; à lui seul, il en ferait l'intérêt. Mais il évoque aussi toute une société avec ses goûts, ses préoccupations. Le personnage principal, autour duquel gravitent tous les autres, est le financier. C'est un type haï et caricaturé depuis un siècle : les fortunes colossales amassées dès la fin du règne de Louis XIV par des banquiers comme Samuel Bernard, les profits scandaleux gagnés par les fermiers de l'impôt et par les « partisans » ont été plus d'une fois la cible des moralistes : *les Caractères* de La Bruyère (1688), les *Lettres persanes* de Montesquieu (1721), mais aussi le *Turcaret* de Lesage (1709) et son roman de *Gil Blas* (1715-1735) ne ménagent pas ces hommes d'affaires, dont les privilèges, dus non à la naissance ni au talent, mais à l'argent, semblent un défi à l'ordre moral. Les comédiennes ne sont pas épargnées davantage; encore un thème peu original. Mlle Hus est représentative de toute une catégorie professionnelle dont elle réunit les défauts dominants : actrice sifflée, elle se croit beaucoup de talent, court les rôles, jalouse le succès mérité des autres comédiennes, dont elle médit. A ce groupe se rattache enfin le monde des lettres : auteurs peu publiés ou ridicules, journalistes et chroniqueurs besogneux. Mais la tradition des moralistes s'abstenait toujours d'attaques personnelles; même si les allusions étaient transparentes ou si le public voulait à tout prix découvrir des « clés », l'écrivain pouvait se réclamer d'une complète objectivité et, en refusant les « personnalités », donner, du moins en apparence, une valeur générale à la leçon morale qu'il prétendait donner. Ici, l'attaque est directe; sans doute autour de Bertin, complaisamment décrit, apparaissent au second plan Montsauge et Villemorien : il s'agit bien de la satire de tout un milieu social, mais l'intention polémique recouvre la satire; en accablant de ridicule Bertin et ses amis, Diderot voulait répondre aux adversaires de l'*Encyclopédie*.

La bataille de l' « Encyclopédie ».

En 1762, la querelle de l'*Encyclopédie* est près de prendre fin; elle aura duré dix ans. L'année 1751 marque les premières attaques des jésuites en même temps que la sortie du premier volume. Deux ans plus tard, l'interdiction est levée grâce à d'Argenson. Cette

« première guerre » avait surtout permis à Diderot de dénombrer ses ennemis et de mesurer leurs forces. En 1754, les jésuites reprennent leurs efforts ; cette fois, Fréron, dans *l'Année littéraire*, s'associe à eux et récidive l'année suivante. En 1757, Malesherbes ne parvient pas à rapprocher Fréron de Diderot. La même année, on assiste à une véritable croisade des jésuites contre le parti philosophique, tandis que le *Mercure* publie deux pamphlets de Moreau. L'année suivante l'article *Genève* de l'*Encyclopédie* entraîne, à la suite de la polémique qu'il a suscitée, le désistement de Rousseau, de Duclos et de Marmontel. Effrayé sans doute par les difficultés, d'Alembert, qui avait signé le *Discours préliminaire*, s'écarte lui aussi de l'*Encyclopédie*. Ainsi, en 1759, Diderot se retrouve seul à la période la plus sombre : condamnation de l'*Encyclopédie* ; triomphe du parti dévot ; ordre de rembourser les souscripteurs (dont aucun ne se présente). Clandestinement, Diderot écrit toute la partie personnelle dont il était chargé dans l'ouvrage, et continue à diriger l'entreprise. En 1761, est représentée la comédie satirique des *Philosophes* de Palissot. Aussi ne sera-t-on pas étonné de voir le titre de la pièce et surtout le nom de son auteur jalonner le texte d'une façon particulièrement insistante. Mais en 1762 l'expulsion des jésuites, que suivra, trois ans plus tard, la mort du Dauphin, marque le démantèlement du parti hostile à l'*Encyclopédie*.

C'est donc à l'issue de la période la plus critique que *le Neveu de Rameau* fut écrit. Comment le texte reflète-t-il la bataille encyclopédique ? Les allusions aux personnages qui y participèrent sont nombreuses, qu'il s'agisse des Encyclopédistes (d'Alembert, Duclos et Diderot lui-même) ou de leurs adversaires, principalement Fréron et Palissot. La représentation récente des *Philosophes* justifie l'acharnement mis par Diderot à attaquer surtout Palissot, à répandre sur lui les anecdotes les plus cruelles, sans qu'on ait d'ailleurs pitié du personnage, généralement reconnu comme assez méprisable. Mais Diderot discrédite mieux encore ses adversaires en les associant au monde des Bertin et des Villemorien : ces hommes de lettres et de pensée ne trouvent accueil que chez des parvenus dénués de culture et d'intelligence ; ils en sont les parasites, vils flatteurs, prêts à toutes les compromissions pour remplir leur assiette ou quêter une approbation d'où qu'elle vienne. Enfin, leur ignominie est à la fois symbolisée par leur coryphée, Rameau, mais aussi soulignée paradoxalement par le mépris que le Neveu affiche à leur égard : même dans le parasitisme, ils restent des médiocres ; leurs moindres grimaces sentent l'effort et donnent ainsi leur mesure. Nous avons là un exemple typique d'une « littérature au second degré », qui représente son objet — les ennemis des philosophes —, à travers un personnage — Rameau —, qui est lui-même l'objet du livre. Ce double point de vue, auquel on peut observer Rameau, explique le rôle que Diderot attribue à son personnage et justifierait, si cela était nécessaire, sa transfiguration. Il fallait à Diderot non un médiocre, mais un être exceptionnel et lucide, pour atteindre ses ennemis autrement qu'en laissant la parole à MOI; mais la suprême habileté consistait à choisir Rameau dans leur monde, et à leur prêter à tous un même mode de vie, un même idéal et à les juger de ce point de vue encore. En sorte que, rejetés du monde des philosophes par leur attitude même, les Palissot et autres ennemis de Diderot se voient rejetés du monde qu'ils ont choisi, celui des Bertin et des Rameau, par leur médiocrité. C'est la plus lourde condamnation que puisse porter sur eux un homme comme Diderot, admirant la vertu avec passion et assez large d'esprit pour reconnaître dans Rameau une certaine grandeur dans le mal. L'extrême dureté de cette sentence donne à l'écrivain une place enviable parmi les polémistes et trahit l'importance des angoisses et des souffrances qu'il avait vécues, en voyant menacée l'œuvre à laquelle il s'était consacré tout entier.

La « querelle des bouffons ».

Cette querelle n'apparaît pas dans *le Neveu* pour des raisons d'actualité, mais parce que Diderot s'intéresse aux beaux-arts, à la musique aussi bien qu'à la peinture. La présence de Jean-François Rameau donne d'ailleurs toute vraisemblance aux allusions qu'on peut faire au cours de la conversation aux événements musicaux de l'époque. Le point de départ de cette « querelle des bouffons », liée dans une certaine mesure à la polémique de l'*Encyclopédie*, est le voyage que fit Jean-Jacques Rousseau à Venise (1743-1744), où il eut la révélation de la musique italienne. Diderot connaissait l'écrivain depuis 1742, et, à cette époque où une parfaite amitié les unissait, Rousseau a sans doute gagné Diderot et d'autres philosophes à son point de vue.

Le 1er août a lieu, à l'Opéra, la première représentation des bouffons italiens. Dès lors la querelle est ouverte, jusqu'au printemps 1754, entre musique française et musique italienne. La première est représentée essentiellement par Lully et J.-Ph. Rameau; la seconde par Duni et Pergolèse. Par goût du « modernisme », les philosophes prirent parti pour la musique italienne contre la tradition française. Diderot met ici le neveu de Rameau parmi les admirateurs des Italiens; mais le vrai Rameau était un admirateur fervent de son oncle. En commettant cette « trahison », le Philosophe laisse une fois de plus entrevoir ce qu'il a prêté de ses propres idées à son personnage. D'ailleurs, la fougue du Neveu et la vivacité de ses moyens d'expression en faisaient un avocat persuasif : il semble que Diderot ait vu une parenté entre le caractère de la musique italienne et celui de son héros. Pour le Philosophe, en effet, la musique italienne est avant tout dramatique, elle traduit l'action, les mouvements du cœur; elle est riche d'un pathétique nouveau, et surtout elle paraît beaucoup plus naturelle que la musique française, à qui on peut reprocher son académisme et les artifices de son langage poétique.

Ce que Diderot « admirait dans les opéras bouffes italiens n'était pas tant la musique, c'était surtout la Nature, qu'il avait l'illusion d'y entendre. Il avait fait du naturel, du « vivant », comme nous dirions aujourd'hui, la règle de son goût et de son art : sur ce point, le Neveu n'était-il pas le personnage idéal, capable d'exprimer avec un enthousiasme non feint et d'illustrer ce « vivant », ce « naturel[1] ? »

LA FORME DE L'ŒUVRE

Le Neveu de Rameau se présente sous forme de dialogue. Mais, dans l'alternance des répliques réparties entre LUI et MOI, c'est LUI qui domine d'une façon écrasante son interlocuteur. Le dialogue est nettement déséquilibré : le Neveu parle, tantôt répondant au Philosophe, tantôt soliloquant sur le thème qui lui a été proposé ; l'autre pose des questions qui relancent Rameau, puis se récrie, ce qui suscite de nouveau les vives réactions de son partenaire. C'est également le Philosophe qui change de thème. Mais toujours le Neveu détient la meilleure part de cette conversation, qui rappelle, sur ce point, les dialogues socratiques de Platon, où les disciples jouent fréquemment les utilités. Lorsque, enfin, l'intérêt se concentre un instant sur le deuxième personnage c'est que le Neveu l'interroge, mais d'une façon contraignante, marquant encore de cette manière sa prédominance. De cette suprématie du Neveu résultent deux caractères de l'œuvre : sa couleur, sa diversité.

La langue de Rameau est à l'image du personnage : toujours expressive, parfois paroxystique. Le Neveu cherche à se distinguer d'autrui; aussi emploie-t-il tous les moyens qui permettent de souligner son orginalité : métaphores musicales rappelant qu'il est musicien; images pittoresques. Ainsi, lorsqu'il compare les êtres d'exception à Memnon, il caractérise les autres de cette expression : « Le reste, autour de ce petit nombre de Memnons, autant de paires d'oreilles fichées au bout d'un bâton[2]. » De savoureuses expressions populaires jaillissent à chaque moment; même les à-peu-près sont entraînés par le courant endiablé de sa volubilité : regrettant de n'avoir pas de génie, mais un peu de technique pour jouer du violon, il se résigne : « Si ce n'est pas de la gloire, c'est du bouillon. » Passionnel, facilement outrancier, cherchant toujours à traduire ses impressions avec le plus d'intensité possible, le langage de Rameau reflète donc sa personnalité. Dès que les mots ne sont plus assez forts, dès que le langage devient insuffisant, Rameau passe à la mimique. Il y est d'ailleurs encore plus à l'aise que dans le langage, car il trouve ainsi la possibilité de s'exprimer

---

1. André Billy, introduction aux *Œuvres de Diderot* (éd. Gallimard, collection « la Pléiade »); **2.** Page 138, lignes 121-122; **3.** Page 137, lignes 97-98.

d'une façon plus instinctive et de se multiplier en plusieurs rôles simultanés. Le langage impose une succession linéaire aux idées, ce qui est une gêne pour un personnage aussi multiple; au contraire, lorsque le Neveu mime, il donne l'impression d'une aisance, d'une virtuosité extrême. Mais le problème auquel échappe ainsi Rameau se pose au narrateur, qui doit restituer, par un artifice, l'illusion de la simultanéité. Après la description du mime, un développement rigoureusement parallèle livre les impressions ressenties par le spectateur; de nombreux points de repère jalonnent le texte et soulignent le parallélisme, d'autant plus difficile parfois à soutenir que les gestes sont entrecoupés ou accompagnés de paroles.

Quant à la diversité, elle nous est indiquée dès le sous-titre : *Satire seconde*[1]. Cette appellation a de quoi surprendre, puisque, depuis Mathurin Régnier et Boileau, le mot *satire* désigne un genre exclusivement poétique, dont le tour incisif et le ton plaisant s'attaquent aux ridicules et aux vices; le caractère moral (au sens le plus large du terme) de la satire interdit au poète satirique des attaques trop personnelles; tout au plus peut-il, comme le fait Boileau, citer quelqu'un de ses ennemis, mais c'est pour illustrer une vérité générale. Quant à l'œuvre polémique en prose, elle porte, dans la terminologie classique, le nom de *pamphlet*. Diderot rompt donc avec les traditions.

L'article *satire* de l'*Encyclopédie* éclaire sans doute ses intentions : « Le mot latin *satura* signifiant un bassin dans lequel on offrait aux dieux toutes sortes de fruits à la fois, et sans les distinguer, il parut qu'il pourrait convenir, dans le sens figuré, à des ouvrages où tout était mêlé, entassé sans ordre, sans régularité, soit pour le fond, soit pour la forme. » Cette variété, aussi bien dans le ton que les thèmes, est définie par M. Fabre comme un « pot-pourri de libres propos ». Mais *le Neveu de Rameau* est aussi une satire au sens moderne du mot, également attesté dans l'*Encyclopédie* : « La satire [...] cherche à piquer l'homme même; et si elle enveloppe le trait dans un tour ingénieux, c'est pour procurer au lecteur le plaisir de paraître n'approuver que l'esprit. » En résumé, « la forme de la satire est assez indifférente [...]. C'est toujours satire, dès que c'est l'esprit d'invective qui l'a dictée ». Or, nul doute qu'en écrivant *le Neveu de Rameau* Diderot ait voulu atteindre ses ennemis, les Palissot, Fréron et leurs congénères.

LE NEVEU DE RAMEAU ET NOUS

Nous restons peu sensibles aux éléments polémiques qui auraient fait la joie des contemporains si le texte avait été publié à l'époque. La querelle des bouffons, celle de l'*Encyclopédie* ne présentent plus

---

1. La *satire première* était un essai *Sur les caractères et les mots de caractère, de profession*, etc., dédié par Diderot à Naigeon.

pour nous qu'un intérêt documentaire. La satire sociale est un élément qui donne de la couleur au texte, mais elle diffère peu par le fond de la critique formulée par Lesage dans *Gil Blas*, par Montesquieu dans les *Lettres persanes* ou par Voltaire dans nombre de ses écrits. C'est la personne du Neveu qui lui donne son relief. On remarque surtout aujourd'hui l'insistance de Diderot à qualifier son héros de personnage *bizarre, original, singulier*. Ces épithètes avaient toutes un sens péjoratif chez les moralistes classiques; gardent-elles la même nuance pour Diderot? La complaisance avec laquelle les deux interlocuteurs se renvoient ces qualificatifs trahit-elle l'attirance du Philosophe pour les êtres hors de l'ordre commun? Quoi qu'il en soit, on reconnaît en Diderot un psychologue qui n'a pas admis comme fondement de l'analyse morale l'existence de « caractères » à la manière de La Bruyère. En poussant un peu plus loin la démonstration, on est tenté de dire que Diderot a posé les bases de la psychologie moderne et déjà constaté l'impossibilité de réduire la multiplicité des individus à des « types ». Les contradictions internes du Neveu confirment ce point de vue : ce flatteur professionnel, maître en l'art d'hypocrisie, a non seulement l'orgueil de sa turpitude, mais il ose sincèrement se réclamer de sa « dignité ». Un tel composé de cynisme et de naïveté ne saurait surprendre le moraliste d'aujourd'hui, reconnaissant à Diderot d'avoir étudié le comportement d'un énergumène, dont les excentricités s'expliquent par un tempérament exceptionnel, mais aussi par la condition où l'a réduit la société. Neveu d'un musicien illustre dont il porte le nom, Jean-François Rameau, musicien lui-même, sinon sans talent, du moins sans génie, prend sa revanche. Il n'est sans doute pas le premier, parmi les personnages de roman, à vouloir tirer profit d'un monde dont il a mesuré les faiblesses : Gil Blas faisait déjà preuve d'un amoralisme souriant, qui finit par lui procurer une agréable aisance. Quant au Neveu, il est probablement le premier « immoraliste » de notre littérature; son système, parfaitement cohérent, tente d'utiliser contre la société les valeurs morales dont cette société se réclame hypocritement. Mais on est tenté de penser qu'il agit plus par dilettantisme que par ambition, puisqu'il paraît se condamner par ses propres maladresses à cette condition de bohème, dans laquelle il se complaît sans cesse de s'en plaindre. Ainsi s'actualise le personnage du Neveu, qui séduit un certain goût moderne de non-conformisme, alors que l'intention de Diderot était peut-être d'amener son lecteur à repenser la morale traditionnelle et à fonder plus solidement les valeurs morales, grâce au « grain de levain[1] » contenu dans l'étrange personnalité de Jean-François Rameau.

Quant à la forme de l'œuvre, elle a valu aussi à Diderot d'être considéré comme un précurseur. En un siècle où l'on voit se briser

---

1. Page 26, ligne 68.

les cadres traditionnels des genres littéraires, *le Neveu de Rameau* témoigne plutôt d'une certaine désinvolture à l'égard des formes établies que d'une recherche méthodique de la nouveauté. Or la critique moderne, sans trop se soucier du sous-titre de *satire*, classe *le Neveu de Rameau* parmi les œuvres romanesques de Diderot. Dès lors, ce roman-conversation, dont l'action se déroule sur un temps à peu près égal à celui de la lecture, apparaît comme une étape essentielle dans la conquête du réalisme. Les Goncourt, bons connaisseurs du XVIIIᵉ siècle, pouvaient y découvrir cette « tranche de vie », qui, selon leur esthétique, fait du roman un reflet exact du réel. A vrai dire, l'apparent laisser-aller de l'ouvrage masque une structure plus solide que ne le révèle la première lecture : le fait central qui se dévoile progressivement à notre curiosité est le récit des circonstances précises qui ont valu au Neveu d'être disgracié par son protecteur ; c'est autour de cet événement que gravite tout le reste et les reprises de certains propos sont moins des redites que des variations de plus en plus riches sur des thèmes donnés. Mais l'impression dominante reste moins celle d'une œuvre d'art que celle d'une image de la vie : le style « parlé » accentue encore le caractère spontané de l'entretien. Quand on compare le vocabulaire et le rythme de ce dialogue au style, souvent raide et pompeux, de Diderot dans ses pièces de théâtre, on voit mieux encore que *le Neveu de Rameau* n'a rien de commun, dans l'esprit de son auteur, avec sa technique dramatique. En revanche, la « satire » de Diderot n'est pas incompatible avec notre conception beaucoup plus souple du théâtre, puisqu'on a pu mettre en scène d'une façon assez heureuse le dialogue tout entier, en tenant compte précisément des gestes et de la mimique indiqués par le texte[1].

---

1. Représentations, en 1964-1965, par Pierre Fresnay au théâtre de la Michodière.

La présente édition contient le texte presque intégral, à l'exception de quelques coupures jugées indispensables pour permettre l'utilisation scolaire du volume.

« Oh çà, vous ne savez où vous en êtes, n'est-ce pas ? » (P. 83.)

Pierre Fresnay et Julien Bertheau interprétant, au théâtre de la
Michodière (1964), une transposition scénique du *Neveu de Rameau.*

LE NEVEU DE RAMEAU

SATIRE SECONDE[1]

Vertumnis quotquot sunt natus iniquis[2]
(*Horat*., lib. II, satur. VII).

[PRÉSENTATION DU NEVEU DE RAMEAU]

Qu'il fasse beau, qu'il fasse laid, c'est mon habitude d'aller sur les cinq heures du soir me promener au Palais-Royal. C'est moi qu'on voit toujours seul, rêvant sur le banc d'Argenson[3]. Je m'entretiens avec moi-même de politique, d'amour, de goût ou de philosophie. J'abandonne mon esprit à tout son libertinage[4]. Je le laisse maître de suivre la première idée sage ou folle qui se présente, comme on voit, dans l'allée de Foy[5], nos jeunes dissolus marcher sur les pas d'une courtisane à l'air éventé[6], au visage riant, à l'œil vif, au nez retroussé, quitter celle-ci pour une autre, les attaquant toutes et ne s'attachant à aucune. Mes pensées ce sont mes catins. Si le temps est trop froid, ou trop pluvieux, je me réfugie au café de la Régence[7]; là, je m'amuse à voir jouer aux échecs. Paris est l'endroit du monde, et le café de la Régence est l'endroit de Paris où l'on joue le mieux à ce jeu. C'est chez Rey que font assaut Legal[8] le profond, Philidor le subtil, le solide Mayot[9];

---

1. Voir Notice, p. 19; 2. « Né sous l'influence de Vertumne, sous toutes ses formes » (Horace, *Satires*, II, VII, vers 14). Vertumne était, dans l'Antiquité, la divinité qui présidait aux changements de saisons. Ici le dieu est pris, au sens large, comme symbole de l'inconstance; 3. Il s'agit d'un banc de l'allée d'Argenson, à l'est du jardin du Palais-Royal, le long de la rue des Bons-Enfants, où se trouvait l'hôtel d'Argenson; 4. *Libertinage* : liberté absolue, ici, par rapport à tout contrôle maintenant la pensée dans le cadre d'un thème déterminé; 5. L'*allée de Foy*, dans le jardin du Palais-Royal, était située du côté de la rue Richelieu et tirait son nom du café de Foy; 6. En terme de manège, « éventer », en parlant du cheval, signifie « lever trop le nez ». Ici *éventé* : qui a l'esprit léger, évaporé; 7. Café situé place du Palais-Royal, fondé en 1718, et dont le patron, alors, s'appelait Rey, cité un peu plus loin; 8. Kermuy de *Legal*, gentilhomme breton dont parle Diderot dans une lettre à Philidor (10 avril 1782); *Philidor*, de son vrai nom Danican, aussi célèbre à l'époque comme compositeur de musique que comme joueur d'échecs; 9. Mayot, comme Foubert, cité un peu plus loin, est un personnage sur lequel on n'a pas de renseignements.

qu'on voit les coups les plus surprenants et qu'on entend les
plus mauvais propos; car si l'on peut être homme d'esprit et
grand joueur d'échecs comme Legal, on peut être aussi un
20 grand joueur d'échecs et un sot comme Foubert et Mayot. (1)

Un après-dîner, j'étais là, regardant beaucoup, parlant
peu, et écoutant le moins que je pouvais, lorsque je fus abordé
par un des plus bizarres personnages de ce pays où Dieu n'en
a pas laissé manquer. C'est un composé de hauteur et de bas-
25 sesse, de bon sens et de déraison. Il faut que les notions de
l'honnête et du déshonnête soient bien étrangement brouillées
dans sa tête, car il montre ce que la nature lui a donné de
bonnes qualités sans ostentation, et ce qu'il en a reçu de mauvaises, sans pudeur. Au reste, il est doué d'une organisation¹
30 forte, d'une chaleur d'imagination singulière, et d'une vigueur
de poumons peu commune. Si vous le rencontrez jamais et
que son originalité ne vous arrête pas, ou vous mettrez vos
doigts dans vos oreilles, ou vous vous enfuirez. Dieux, quels
terribles poumons! Rien ne dissemble² plus de lui que lui-
35 même (2). Quelquefois, il est maigre et hâve³ comme un malade
au dernier degré de la consomption⁴; on compterait ses dents
à travers ses joues. On dirait qu'il a passé plusieurs jours sans

---

1. *Organisation* : manière d'être, tant au physique (tempérament) qu'au moral
(personnalité); 2. *Dissembler* : verbe qui paraît créé par Diderot par référence à
« dissemblance », d'une part, et à « ressembler », d'autre part, auquel il est symé-
trique; 3. *Hâve* : maigre et pâle; 4. *Consomption* : amaigrissement, dépérissement
causé par quelque maladie.

━━━━━━ QUESTIONS ━━━━━━

1. Les éléments qui constituent le cadre de la satire : les scènes de la
vie parisienne évoquées ici ont-elles seulement une saveur anecdotique
et pittoresque? La place du « Philosophe » au milieu des divertissements
du Palais-Royal ou du café de la Régence. — L'importance de la formule : *Mes pensées ce sont mes catins* (ligne 11); l'expression est-elle
paradoxale, si l'on songe aux travaux de Diderot, directeur de l'*Encyclopédie?* — Pourquoi Diderot tient-il à distinguer Legal des deux autres
joueurs d'échecs? Qu'est-ce qu'un *homme d'esprit* et quelle est sa place
dans la société du XVIIIᵉ siècle?

2. Comment le choix du lieu de l'action permet-il d'introduire n'importe quel personnage sans que cela paraisse arbitraire? — La présentation du neveu de Rameau : quel mot définit, dès le début (ligne 23),
le caractère dominant du personnage? Relevez tous les termes qui insistent
sur sa singularité; quelle phrase marque l'aboutissement paradoxal de
ce portrait? — Qu'ajoutent les détails donnés *au reste* (lignes 29-31)?
— Ce personnage, auquel l'auteur ne donne pas encore de nom, peut-il
passer pour un « caractère », selon la tradition de La Bruyère et des
moralistes classiques?

manger, ou qu'il sort de la Trappe[1]. Le mois suivant, il est
gras et replet, comme s'il n'avait pas quitté la table d'un finan-
40 cier[2], ou qu'il eût été renfermé dans un couvent de Bernardins.
Aujourd'hui, en linge sale, en culotte déchirée, couvert de
lambeaux, presque sans souliers, il va la tête basse, il se dérobe,
on serait tenté de l'appeler pour lui donner l'aumône. Demain,
poudré, chaussé, frisé, bien vêtu, il marche la tête haute, il
45 se montre et vous le prendriez au peu près pour un honnête
homme[3]. Il vit au jour la journée. Triste ou gai, selon les circonstances. Son premier soin, le matin, quand il est levé, est
de savoir où il dînera; après dîner, il pense où il ira souper.
La nuit amène aussi son inquiétude. Ou il regagne, à pied,
50 un petit grenier qu'il habite, à moins que l'hôtesse ennuyée
d'attendre son loyer, ne lui en ait redemandé la clef; ou il
se rabat dans une taverne du faubourg où il attend le jour
entre un morceau de pain et un pot de bière. Quand il n'a
pas six sols dans sa poche, ce qui lui arrive quelquefois, il a
55 recours soit à un fiacre[4] de ses amis, soit au cocher d'un grand
seigneur qui lui donne un lit sur de la paille, à côté de ses chevaux. Le matin, il a encore une partie de son matelas dans
les cheveux. Si la saison est douce, il arpente toute la nuit
le Cours[5] ou les Champs-Élysées[6]. Il reparaît avec le jour, à
60 la ville, habillé de la veille pour le lendemain, et du lendemain
quelquefois pour le reste de la semaine (3). Je n'estime pas

---

1. *Trappe* : abbaye de l'ordre des Citeaux fondée en 1140 et dont les religieux
observent une règle particulièrement sévère; 2. Les *financiers*, généralement très riches,
en cette période de spéculations, vivaient somptueusement; 3. *Honnête homme* :
homme de bonne compagnie; 4. *Fiacre* : cocher de fiacre; 5. Le *Cours*-la-Reine
(créé par Marie de Médicis en 1616, d'où son nom) : promenade plantée d'arbres,
le long de la rive droite de la Seine, et qui s'étend actuellement de la place de la
Concorde à la place du Canada; 6. Les *Champs-Élysées* étaient déjà une promenade partant de la place Louis XV (actuellement place de la Concorde) vers l'ouest.

QUESTIONS

3. Selon quels procédés le portrait de Rameau se trouve-t-il complété?
Comment se traduisent les contrastes de sa personnalité? — Analysez la
composition de ce portrait dans son ensemble (lignes 23-61)? Est-il une
représentation photographique de Rameau? Comparez, par exemple,
avec les portraits de Balzac (le père Grandet, dans *Eugénie Grandet*,
chapitre premier) : montrez que la puissance d'évocation est la même,
que le plan suivi est identique, mais que les méthodes sont différentes.
En quoi l'instabilité de Rameau favorise-t-elle le type de description de
Diderot, tandis que l'immobilité de tous les éléments constitutifs de
Grandet justifie une description minutieuse chez Balzac?

ces originaux-là. D'autres en font leurs connaissances familières, même leurs amis. Ils m'arrêtent une fois l'an, quand
je les rencontre, parce que leur caractère tranche avec celui
65 des autres, et qu'ils rompent cette fastidieuse uniformité que
notre éducation, nos conventions de société, nos bienséances
d'usage, ont introduite. S'il en paraît un dans une compagnie, c'est un grain de levain qui fermente et qui restitue à
chacun une portion de son individualité naturelle. Il secoue,
70 il agite, il fait approuver ou blâmer; il fait sortir la vérité;
il fait connaître les gens de bien; il démasque les coquins;
c'est alors que l'homme de bon sens écoute, et démêle son
monde. **(4)**

Je connaissais celui-ci de longue main[1]. Il fréquentait dans
75 une maison dont son talent lui avait ouvert la porte. Il y avait
une fille unique. Il jurait au père et à la mère qu'il épouserait
leur fille. Ceux-ci haussaient les épaules, lui riaient au nez,
lui disaient qu'il était fou, et je vis le moment que la chose
était faite. Il m'empruntait quelques écus que je lui donnais.
80 Il s'était introduit, je ne sais comment, dans quelques maisons
honnêtes[2] où il avait son couvert, mais à la condition qu'il
ne parlerait pas sans en avoir obtenu la permission. Il se taisait
et mangeait de rage. Il était excellent à voir dans cette contrainte.
S'il lui prenait envie de manquer au traité, et qu'il ouvrît la
85 bouche, au premier mot tous les convives s'écriaient : « oh!
Rameau! » Alors la fureur étincelait dans ses yeux et il se
remettait à manger avec plus de rage. Vous étiez curieux de
savoir le nom de l'homme et vous le savez. C'est le neveu
de ce musicien célèbre[3] qui nous a délivrés du plain-chant
90 de Lulli[4] que nous psalmodiions depuis plus de cent ans,

---

1. *De longue main* : depuis longtemps; 2. *Honnête* : honorable et aisé, digne de
considération; 3. Jean-Philippe *Rameau* (1683-1764) écrivit de nombreux ouvrages
théoriques sur la musique, dont un *Traité d'harmonie*, et des opéras (*les Indes galantes*,
Hippolyte et Aricie, etc.). Il fut très discuté pour ses théories révolutionnaires, et
critiqué par les admirateurs de musique italienne lors de la querelle des bouffons;
4. Jean-Baptiste *Lulli* ou *Lully* (1633-1687), né à Florence, passa la plus grande
partie de sa vie en France. Devenu surintendant de la musique à la cour de Louis XIV,
il finit par obtenir une sorte de monopole de la production musicale. Il écrivit des
ballets et des divertissements dont certains accompagnaient des comédies de Molière,
avant de devenir le créateur de l'opéra en France.

─────── **QUESTIONS** ───────

4. Quelle est, d'après Diderot, la place d'un individu comme le neveu
de Rameau dans la société des honnêtes gens? En quoi le personnage
peut-il être un *grain de levain* (ligne 68)? Justifiez le rôle de révélateur
accordé par l'auteur à son personnage. — Doit-on croire Diderot quand
il affirme ne pas estimer *ces originaux-là* (ligne 62)?

qui a tant écrit de visions inintelligibles et de vérités apocalyptiques sur la théorie de la musique, où ni lui ni personne n'entendit jamais rien, et de qui nous avons un certain nombre d'opéras où il y a de l'harmonie, des bouts de chants, des idées décousues, du fracas, des vols, des triomphes, des lances, des gloires, des murmures, des victoires à perte d'haleine, des airs de danse qui dureront éternellement et qui, après avoir enterré le Florentin[1], sera enterré par les virtuoses italiens, ce qu'il pressentait et le rendait sombre, triste, hargneux; car personne n'a autant d'humeur, pas même une jolie femme qui se lève avec un bouton sur le nez, qu'un auteur menacé de survivre à sa réputation; témoins Marivaux et Crébillon[2] le fils. (5)

Il m'aborde... Ah! ah! vous voilà, monsieur le philosophe; et que faites-vous ici parmi ce tas de fainéants? Est-ce que vous perdez aussi votre temps à pousser le bois? (C'est ainsi qu'on appelle par mépris jouer aux échecs ou aux dames.)

MOI. — Non, mais quand je n'ai rien de mieux à faire, je m'amuse à regarder un instant ceux qui le poussent bien.

LUI. — En ce cas, vous vous amusez rarement; excepté Legal et Philidor, le reste n'y entend rien.

MOI. — Et monsieur de Bissy[3] donc?

LUI. — Celui-là est en joueur d'échecs ce que mademoiselle Clairon[4] est en acteur. Ils savent de ces jeux, l'un et l'autre, tout ce qu'on en peut apprendre.

---

1. *Le Florentin* : Lully; 2. *Marivaux* (1688-1763), auteur de comédies, avait vu le public se détourner de lui dès 1740. *Crébillon fils* (1707-1777), auteur du *Sopha* et des *Égarements du cœur et de l'esprit* (1745), romancier que Diderot avait déjà raillé dans *les Bijoux indiscrets*; 3. Claude-Henri Thyard *de Bissy* (1721-1810), académicien en 1750, oublié depuis lors; 4. Mlle *Clairon* (1723-1803), tragédienne qui débuta à la Comédie-Française en 1743; interprète de Voltaire, amie des philosophes, elle fut louée par Diderot plusieurs fois. On lui prête plus d'art et de technique que de sensibilité.

— QUESTIONS —

5. En quoi ce passage complète-t-il la présentation de Rameau? Comment celui-ci se comporte-t-il chez ses protecteurs? Est-il un parasite ordinaire? — Montrez l'habileté avec laquelle Diderot introduit le nom de son personnage : quel effet en espère-t-il? — Les caractères essentiels de la musique de J.-Ph. Rameau d'après Diderot : en quoi Lully et Rameau paraissent-ils appartenir à deux civilisations différentes; pourquoi l'art de Rameau semble-t-il s'harmoniser avec le personnage de son neveu et avec le style de Diderot? Démêlez, dans la multitude de touches successives que l'auteur nous propose, les éléments positifs et les réserves faites sur J.-Ph. Rameau. — Pour quelles raisons Diderot s'attarde-t-il ici sur ce musicien?

MOI. — Vous êtes difficile; et je vois que vous ne faites grâce qu'aux hommes sublimes.

LUI. — Oui, aux échecs, aux dames, en poésie, en élo-quence, en musique et autres fadaises comme cela. A quoi
120 bon la médiocrité dans ces genres?

MOI. — A peu de chose, j'en conviens. Mais c'est qu'il faut qu'il y ait un grand nombre d'hommes qui s'y appliquent pour faire sortir l'homme de génie. Il est un dans la multi-tude (6). Mais laissons cela. Il y a une éternité que je ne vous
125 ai vu. Je ne pense guère à vous quand je ne vous vois pas. Mais vous me plaisez toujours à revoir. Qu'avez-vous fait?

LUI. — Ce que vous, moi et tous les autres font : du bien, du mal; et rien. Et puis j'ai eu faim, et j'ai mangé, quand l'occasion s'en est présentée; après avoir mangé, j'ai eu soif,
130 et j'ai bu quelquefois. Cependant la barbe me venait, et quand elle a été venue, je l'ai fait raser.

MOI. — Vous avez mal fait. C'est la seule chose qui vous manque pour être un sage[1].

LUI. — Oui-da[2]. J'ai le front grand et ridé, l'œil ardent,
135 le nez saillant, les joues larges, le sourcil noir et fourni, la bouche bien fendue, la lèvre rebordée[3] et la face carrée. Si ce vaste menton était couvert d'une longue barbe, savez-vous que cela figurerait très bien en bronze ou en marbre?

MOI. — A côté d'un César, d'un Marc-Aurèle, d'un Socrate.

140 LUI. — Non. Je serais mieux entre Diogène[4] et Phryné[5]. Je suis effronté comme l'un, et je fréquente volontiers chez les autres.

---

1. La barbe, dans la tradition populaire, passait couramment pour un signe exté-rieur de sagesse (voir La Fontaine, *le Renard et le Bouc*, III, 5, vers 25); **2.** *Oui-da* : forme familière de renforcement d'une affirmation; **3.** *Rebordée* : dont le rebord est épais, donc très marqué; **4.** *Diogène :* philosophe cynique grec né à Sinope (413-327). Célèbre pour son mépris des biens matériels et de ceux qui en faisaient cas, il est à l'origine d'un certain nombre de traits que la tradition nous a rapportés; **5.** *Phryné :* courtisane grecque du IVe siècle avant J.-C. Praxitèle la prit comme modèle pour ses statues d'Aphrodite.

--- **QUESTIONS** ---

6. Montrez que l'entrée en scène de Rameau justifie partiellement ce que Diderot en avait annoncé. N'y a-t-il pas quelque comique à entendre ce parasite dénoncer l'inutilité du jeu d'échecs? — Quelle leçon pouvons-nous tirer de l'exigence de Rameau dans les domaines artistiques (lignes 118-120)? La réponse de Diderot n'est-elle pas juste? Montrez qu'en fait les deux interlocuteurs ont raison, mais qu'ils se placent à deux points de vue différents.

MOI. — Vous portez-vous toujours bien?

LUI. — Oui, ordinairement; mais pas merveilleusement
5 aujourd'hui.

MOI. — Comment? vous voilà avec un ventre de Silène[1]
et un visage...

LUI. — Un visage qu'on prendrait pour son antagoniste.
C'est que l'humeur qui fait sécher mon cher oncle engraisse
0 apparemment son cher neveu. (7) (8)

[L'HOMME DE GÉNIE ET LA SOCIÉTÉ]

MOI. — A propos de cet oncle, le voyez-vous quelquefois?

LUI. — Oui, passer dans la rue.

MOI. — Est-ce qu'il ne vous fait aucun bien?

LUI. — S'il en fait à quelqu'un, c'est sans s'en douter.
5 C'est un philosophe dans son espèce. Il ne pense qu'à lui;
le reste de l'univers lui est comme d'un clou à soufflet[2]. Sa
fille et sa femme n'ont qu'à mourir quand elles voudront,
pourvu que les cloches de la paroisse qu'on sonnera pour
elles continuent de résonner la douzième[3] et la dix-septième,
0 tout sera bien. Cela est heureux pour lui. Et c'est ce que je
prise particulièrement dans les gens de génie. Ils ne sont bons
qu'à une chose; passé cela, rien; ils ne savent ce que c'est
d'être citoyens, pères, mères, frères, parents, amis. Entre nous,

1. *Silène* : dieu phrygien, père nourricier de Bacchus; il est représenté sous les
traits d'un personnage joyeux et ventru; 2. N'a aucune valeur pour lui; 3. *Douzième* :
intervalle de douze sons diatoniques en comptant les deux extrêmes. *Dix-septième* :
seize degrés conjoints. Allusion qui rappelle que Rameau était connu aussi par ses
théories musicales.

—————— **QUESTIONS** ——————

7. Le tournant du dialogue (lignes 124-126) : soulignez ce qui marque
le ton de la conversation à bâtons rompus. — Par quel procédé la description physique du personnage est-elle introduite ici? Ne sent-on pas,
chez le Neveu, une certaine complaisance à se décrire? Analysez la nature
de son ironie et de son cynisme.

8. SUR L'ENSEMBLE DU PASSAGE INTITULÉ : « PRÉSENTATION DU NEVEU
DE RAMEAU » (pages 23-29). — Caractérisez le cadre de la satire : vivacité, précision, pittoresque. Le neveu de Rameau : comment vous apparaît-il (physiquement et moralement)? Vous est-il sympathique? N'y
a-t-il pas une certaine harmonie entre le personnage et l'endroit où il
rencontre le Philosophe?

— Montrez que le ton de la discussion, ironique et amusé chez Diderot,
trouve son pendant dans le cynisme et l'insolence de l'interlocuteur.

il faut leur ressembler de tout point, mais ne pas désirer que
15 la graine en soit commune. Il faut des hommes; mais pour
des hommes de génie, point. Non, ma foi, il n'en faut point.
Ce sont eux qui changent la face du globe; et dans les plus
petites choses, la sottise est si commune et si puissante qu'on
ne la réforme pas sans charivari[1]. Il s'établit partie de ce qu'ils
20 ont imaginé, partie reste comme il était; de là deux évangiles,
un habit d'Arlequin. La sagesse du moine de Rabelais[2] est
la vraie sagesse pour son repos et pour celui des autres : faire
son devoir tellement quellement[3], toujours dire du bien de
monsieur le prieur[4] et laisser aller le monde à sa fantaisie.
25 Il va bien, puisque la multitude en est contente. Si je savais
l'histoire, je vous montrerais que le mal est toujours venu
ici-bas par quelque homme de génie **(1)**. Mais je ne sais pas
l'histoire, parce que je ne sais rien. Le diable m'emporte si
j'ai jamais rien appris, et si, pour n'avoir rien appris, je m'en
30 trouve plus mal. J'étais un jour à la table d'un ministre du
roi de France[5], qui a de l'esprit comme quatre; eh bien, il
nous démontra clair comme un et un font deux, que rien n'était
plus utile aux peuples que le mensonge, rien de plus nuisible
que la vérité. Je ne me rappelle pas bien ses preuves, mais il
35 s'ensuivait évidemment que les gens de génie sont détestables,
et que si un enfant apportait en naissant, sur son front, la carac-
téristique de ce dangereux présent de la nature, il faudrait
ou l'étouffer, ou le jeter au cagniard[6].

MOI. — Cependant ces personnages-là, si ennemis du génie,
40 prétendent tous en avoir.

---

1. *Charivari* : bouleversement tumultueux; 2. *Frère Jean des Entommeures (Gar-
gantua)* ; 3. *Tellement quellement* : à peu près (tournure vieillie); 4. Ménager les
personnes importantes de qui l'on dépend (le *prieur* est à la tête d'une communauté
religieuse); 5. Choiseul, probablement; 6. *Cagniard* : lieu fréquenté par les vaga-
bonds, au bord de la Seine, sur la rive gauche; *jeter au cagniard* semble être à peu
près l'équivalent de « jeter à l'égout ».

--- QUESTIONS ---

1. L'opinion du neveu de Rameau sur son oncle : quelles raisons personnelles peut-on lui trouver comme justification? — Comment le Neveu
se représente-t-il l'homme de génie? Quel est le double sentiment, assez
contradictoire, qu'il éprouve pour ces êtres exceptionnels? — Croyez-
vous Diderot aussi conservateur que son personnage? Et pourtant sur
quel critère celui-ci se fonde-t-il pour condamner les génies? — Montrez
que le conservatisme et, d'une façon générale, les idées du Neveu sur
ce point, viennent du monde qu'il fréquente habituellement.

LUI. — Je crois bien qu'ils le pensent au-dedans d'eux-mêmes, mais je ne crois pas qu'ils osassent l'avouer.

MOI. — C'est par modestie. Vous conçûtes donc là une terrible haine contre le génie?

LUI. — A n'en jamais revenir.

MOI. — Mais j'ai vu un temps que vous vous désespériez de n'être qu'un homme commun. Vous ne serez jamais heureux si le pour et le contre vous afflige[1] également. Il faudrait prendre son parti, et y demeurer attaché (2). Tout en convenant avec vous que les hommes de génie sont communément singuliers, ou, comme dit le proverbe, qu'il n'y a point de grands esprits sans un grain de folie, on n'en reviendra pas. On méprisera les siècles qui n'en auront pas produit. Ils feront l'honneur des peuples chez lesquels ils auront existé; tôt ou tard on leur élève des statues, et on les regarde comme les bienfaiteurs du genre humain. N'en déplaise au ministre sublime que vous m'avez cité, je crois que si le mensonge peut servir un moment, il est nécessairement nuisible à la longue, et qu'au contraire la vérité sert nécessairement à la longue, bien qu'il puisse arriver qu'elle nuise dans le moment. D'où je serais tenté de conclure que l'homme de génie qui décrie[2] une erreur générale, ou qui accrédite une grande vérité, est toujours un être digne de notre vénération. Il peut arriver que cet être soit la victime du préjugé et des lois; mais il y a deux sortes de lois, les unes d'une équité, d'une généralité absolues, d'autres bizarres, qui ne doivent leur sanction qu'à l'aveuglement ou la nécessité des circonstances[3]. Celles-ci ne couvrent le coupable qui les enfreint, que d'une ignominie passagère, ignominie que le temps reverse sur les juges et sur les nations,

---

1. Le singulier se justifie, chacun des deux termes assumant à son tour la fonction du sujet, sans qu'il y ait addition à proprement parler; 2. *Décrier :* dénoncer publiquement; 3. La répétition de la préposition *à* devant le second terme coordonné n'était pas encore obligatoire.

 QUESTIONS
---

2. Pourquoi insister sur le fait que le Neveu n'a jamais rien appris? Cette ignorance fausse-t-elle ses raisonnements? — Expliquez et discutez l'opinion prêtée à Choiseul (lignes 30-38) : en quoi est-elle davantage une critique du pouvoir royal au temps des philosophes que la satire de M. de Choiseul lui-même? — Qu'y a-t-il de comique dans la reprise, par le ton et presque par les mots, d'un vers prononcé par Alceste dans *le Misanthrope* de Molière (I, 1, vers 114) aux lignes 43-44? — A-t-on entrevu dans les propos du Neveu les hésitations que lui reproche le Philosophe (lignes 46-49)?

70 pour y rester à jamais. De Socrate ou du magistrat qui lui fit boire la ciguë, quel est aujourd'hui le déshonoré? **(3)**

LUI. — Le voilà bien avancé! en a-t-il été moins condamné? en a-t-il moins été mis à mort? en a-t-il moins été un citoyen turbulent? par le mépris d'une mauvaise loi, en a-t-il moins
75 encouragé les fous au mépris des bonnes? en a-t-il moins été un particulier[1] audacieux et bizarre? Vous n'étiez pas éloigné tout à l'heure d'un aveu peu favorable aux hommes de génie.

MOI. — Écoutez-moi, cher homme. Une société ne devrait point avoir de mauvaises lois, et si elle n'en avait que de bonnes,
80 elle ne serait jamais dans le cas de persécuter un homme de génie. Je ne vous ai pas dit que le génie fût indivisiblement attaché à la méchanceté, ni la méchanceté au génie. Un sot sera plus souvent un méchant qu'un homme d'esprit. Quand un homme de génie serait communément d'un commerce[2]
85 dur, difficile, épineux, insupportable, quand même ce serait un méchant, qu'en concluriez-vous?

LUI. — Qu'il est bon à noyer. **(4)**

MOI. — Doucement, cher homme. Çà, dites-moi, je ne prendrai pas votre oncle pour exemple, c'est un homme dur,
90 c'est un brutal; il est sans humanité, il est avare, il est mauvais père, mauvais époux, mauvais oncle; mais il n'est pas assez décidé que ce soit un homme de génie, qu'il ait poussé son art fort loin, et qu'il soit question de ses ouvrages dans

---

1. *Particulier* : individu, envisagé par opposition avec l'ensemble de la société;
2. *Commerce* : fréquentation.

———— QUESTIONS ————

3. Analysez les arguments de Diderot. Quelle concession commence-t-il par faire? Montrez-en la portée. — A quel point de vue se place le Philosophe pour juger les hommes de génie? Qu'attend-il de leur part? En quoi ce point de vue est-il typique du XVIIIe siècle philosophique? Montrez qu'ici Diderot défend l'œuvre philosophique contre la politique royale. — La distinction entre les deux sortes de lois (lignes 74-75) est-elle neuve? Quel exemple cité peu après le démontre? Montaigne (*Apologie de Raymond Sebond*), puis Pascal (*Pensées*, 294, éd. Brunschvicg; 108, éd. Lafuma) n'en ont-ils pas dit autant? — Le style de cette tirade : en quoi le vocabulaire et le rythme traduisent-ils la conviction du Philosophe?

4. Pourquoi les deux interlocuteurs ne peuvent-ils s'accorder? Jugeant en philosophe, Diderot se préoccupe-t-il beaucoup, dans son raisonnement, de ce que représente l'homme de génie pour le siècle où il vit? Montrez que le Neveu, par contre, refuse de voir plus loin que l'instant présent; pourquoi?

dix ans. Mais Racine? celui-là certes avait du génie, et ne passait pas pour un trop bon homme. Mais De Voltaire[1]!...

LUI. — Ne me pressez pas, car je suis conséquent[2].

MOI. — Lequel des deux préféreriez-vous? ou qu'il eût été un bon homme, identifié avec son comptoir, comme Briasson[3], ou avec son aune, comme Barbier[4], faisant régulièrement tous les ans un enfant légitime à sa femme, bon mari, bon père, bon oncle, bon voisin, honnête commerçant, mais rien de plus; ou qu'il eût été fourbe, traître, ambitieux, envieux, méchant, mais auteur d'*Andromaque*, de *Britannicus*, d'*Iphigénie*, de *Phèdre*, d'*Athalie*?

LUI. — Pour lui, ma foi, peut-être que de ces deux hommes, il eût mieux valu qu'il eût été le premier.

MOI. — Cela est même infiniment plus vrai que vous ne le sentez.

LUI. — Oh! vous voilà, vous autres! Si nous disons quelque chose de bien, c'est comme des fous ou des inspirés, par hasard. Il n'y a que vous autres qui vous entendiez[5]. Oui, monsieur le philosophe, je m'entends, et je m'entends ainsi que vous vous entendez. (5)

MOI. — Voyons; eh bien, pourquoi pour lui?

LUI. — C'est que toutes ces belles choses-là qu'il a faites ne lui ont pas rendu vingt mille francs, et que s'il eût été un bon marchand en soie de la rue Saint-Denis ou Saint-Honoré, un bon épicier en gros, un apothicaire bien achalandé[6], il eût amassé une fortune immense, et qu'en l'amassant il n'y aurait eu sorte de plaisirs dont il n'eût joui; qu'il aurait donné

---

1. La particule ajoutée au nom de Voltaire est une marque de déférence (ironique ici) et non d'anoblissement; on disait déjà au XVIIᵉ siècle : Jean *de* La Fontaine, M. *de* La Bruyère, etc.; 2. *Conséquent* : qui raisonne avec suite, donc avec justesse. La phrase signifie : « ne cherchez pas à me prendre par la précipitation, car mon raisonnement est juste dans son développement »; 3. *Briasson* : un des libraires de l'*Encyclopédie*; 4. *Barbier* : marchand de soie, rue de La Bourdonnais; 5. *Entendre* : comprendre; 6. *Achalandé* : bien pourvu en clients, en *chalands*.

—— QUESTIONS ——

5. Que veut démontrer Diderot? Pour quelles raisons (générales concernant le génie, et particulières à son interlocuteur) écarte-t-il l'exemple de Rameau? — Que savez-vous du caractère de Racine, de celui de Voltaire? — Sur quel plan le Neveu se place-t-il pour répondre? En quoi trahit-il ainsi son caractère et ses préoccupations habituelles? — Que représente le *nous* de la ligne 109? Pourquoi le Neveu s'indigne-t-il (lignes 109-113) contre la réponse précédente de son interlocuteur?

de temps en temps la pistole[1] à un pauvre diable de bouffon comme moi qui l'aurait fait rire, qui lui aurait procuré dans l'occasion une jeune fille qui l'aurait désennuyé de l'éternelle cohabitation avec sa femme; que nous aurions fait d'excellents
125 repas chez lui, joué gros jeu, bu d'excellents vins, d'excellentes liqueurs, d'excellents cafés, fait des parties de campagne; et vous voyez que je m'entendais. Vous riez. Mais laissez-moi dire : il eût été mieux pour ses entours[2].

MOI. — Sans contredit; pourvu qu'il n'eût pas employé
130 d'une façon déshonnête l'opulence qu'il aurait acquise par un commerce légitime; qu'il eût éloigné de sa maison tous ces joueurs, tous ces parasites, tous ces fades complaisants, tous ces fainéants, tous ces pervers inutiles, et qu'il eût fait assommer à coups de bâtons, par ses garçons de boutique, l'homme
135 officieux[3] qui soulage, par la variété, les maris du dégoût d'une cohabitation habituelle avec leurs femmes.

LUI. — Assommer, monsieur, assommer! On n'assomme personne dans une ville bien policée[4]. C'est un état honnête. Beaucoup de gens, même titrés, s'en mêlent. Et à quoi diable
140 voulez-vous donc qu'on emploie son argent, si ce n'est à avoir bonne table, bonne compagnie, bons vins, belles femmes, plaisirs de toutes les couleurs, amusements de toutes les espèces? J'aimerais autant être gueux que de posséder une grande fortune sans aucune de ces jouissances. Mais revenons à Racine.
145 Cet homme n'a été bon que pour des inconnus et que pour le temps où il n'était plus. **(6)**

---

1. *Pistole* : à l'origine, pièce de monnaie en or d'origine espagnole ou italienne; puis monnaie de compte valant environ dix francs; 2. Cela eût mieux valu pour ses familiers; 3. *Officieux :* obligeant, qui rend service; 4. *Policé :* dont les mœurs ont été adoucies par la civilisation.

--- **QUESTIONS** ---

6. Analysez la réponse du Neveu (lignes 115-128) : montrez qu'il dépeint le bonheur matériel tel qu'il l'envisage ou tel qu'il le connaît par les milieux qu'il fréquente. — N'y a-t-il pas quelque comique à observer qu'il se réserve une place chez celui dont il construit ici l'existence heureuse? Quelle place? Que signifie le *nous* de la ligne 124? Ne peut-on rapprocher du passé simple de Picrochole, dans Rabelais : « Voire, mais nous ne bûmes point frais »? — Par quel correctif le Neveu tente-t-il d'élargir ce bonheur et de le rendre ainsi moins égoïste? — De quoi le philosophe se fait-il le défenseur dans sa réponse (lignes 129-136)? Est-il sincère? Ne se mêle-t-il pas un peu de malice à l'égard de son interlocuteur? Le comique de l'indignation, jouée ou sentie par Rameau, en entendant le mot *assommer* (lignes 133-134)? S'attendait-on à voir le Neveu défendre la société? Que défend-il en fait à travers elle?

MOI. — D'accord. Mais pesez le mal et le bien. Dans mille ans d'ici, il fera verser des larmes; il sera l'admiration des hommes dans toutes les contrées de la terre. Il inspirera l'humanité, la commisération, la tendresse; on demandera qui il était, de quel pays, et on l'enviera à la France. Il a fait souffrir quelques êtres qui ne sont plus, auxquels nous ne prenons presque aucun intérêt; nous n'avons rien à redouter ni de ses vices, ni de ses défauts. Il eût été mieux sans doute qu'il eût reçu de la nature les vertus d'un homme de bien avec les talents d'un grand homme. C'est un arbre qui a fait sécher quelques arbres plantés dans son voisinage, qui a étouffé les plantes qui croissaient à ses pieds; mais il a porté sa cime jusque dans la nue; ses branches se sont étendues au loin; il a prêté son ombre à ceux qui venaient, qui viennent et qui viendront se reposer autour de son tronc majestueux; il a produit des fruits d'un goût exquis et qui se renouvellent sans cesse. Il serait à souhaiter que De Voltaire eût encore la douceur de Duclos[1], l'ingénuité de l'abbé Trublet[2], la droiture de l'abbé d'Olivet[3]; mais puisque cela ne se peut, regardons la chose du côté vraiment intéressant; oublions pour un moment le point que nous occupons dans l'espace et dans la durée, et étendons notre vue sur les siècles à venir, les régions les plus éloignées et les peuples à naître. Songeons au bien de notre espèce. Si nous ne sommes pas assez généreux, pardonnons au moins à la nature d'avoir été plus sage que nous. Si vous jetez de l'eau froide sur la tête de Greuze[4], vous éteindrez peut-être son talent avec sa vanité. Si vous rendez De Voltaire moins sensible à la critique, il ne saura plus descendre dans l'âme de Mérope[5]; il ne vous touchera plus. (7)

---

1. *Duclos* (1704-1772), essayiste, historien et romancier; il favorisa les philosophes à l'Académie française; 2. *L'abbé Trublet* (1697-1770), ennemi des philosophes, érudit, était connu pour son mordant; 3. *L'abbé d'Olivet* (1682-1768), traducteur et grammairien, passait pour dissimulé; 4. *Greuze* (1725-1805), peintre de genre et de portraits, était très admiré de Diderot (voir les *Salons*). La vanité de l'artiste était bien connue de l'auteur; 5. *Mérope* : tragédie de Voltaire (1743).

— **QUESTIONS** —

7. Qu'est-ce qui fait l'unité de cette tirade? Dégagez-en l'idée directrice. Montrez que, pour le Philosophe, la personnalité de l'homme de génie n'a pas d'importance durable et que seule l'œuvre compte. — En quoi la morale exposée ici est-elle une morale sociale? Que pourrait-on lui objecter? — La relation que Diderot établit entre le défaut dominant d'un artiste et la valeur de son œuvre est-elle solide et indiscutable? — Quel effet produit sur le lecteur le souhait concernant Voltaire (lignes 163-165)?

LUI. — Mais si la nature était aussi puissante que sage, pourquoi ne les a-t-elle pas faits aussi bons qu'elle les a faits grands?

MOI. — Mais ne voyez-vous pas qu'avec un pareil raison-
180 nement vous renversez l'ordre général, et que si tout ici-bas était excellent, il n'y aurait rien d'excellent?

LUI. — Vous avez raison. Le point important est que vous et moi nous soyons, et que nous soyons vous et moi. Que tout aille d'ailleurs comme il pourra. Le meilleur ordre des choses,
185 à mon avis, est celui où j'en[1] devais être, et foin du plus parfait des mondes[2], si je n'en suis pas. J'aime mieux être, et même être impertinent raisonneur, que de n'être pas.

MOI. — Il n'y a personne qui ne pense comme vous, et qui ne fasse le procès à l'ordre qui est, sans s'apercevoir qu'il
190 renonce à sa propre existence.

LUI. — Il est vrai.

MOI. — Acceptons donc les choses comme elles sont. Voyons ce qu'elles nous coûtent et ce qu'elles nous rendent, et laissons là le tout[3] que nous ne connaissons pas assez pour le louer
195 ou le blâmer, et qui n'est peut-être ni bien ni mal, s'il est néces-saire, comme beaucoup d'honnêtes gens l'imaginent. (8)

LUI. — Je n'entends pas grand'chose à tout ce que vous me débitez là. C'est apparemment de la philosophie; je vous préviens que je ne m'en mêle pas. Tout ce que je sais, c'est
200 que je voudrais bien être un autre, au hasard d'être un homme de génie, un grand homme. Oui, il faut que j'en convienne, il y a là quelque chose qui me le dit. Je n'en ai jamais entendu louer un seul que son éloge ne m'ait fait secrètement enrager. Je suis envieux. Lorsque j'apprends de leur vie privée quelque

---

1. *En* reprend ici exactement *où;* ce pléonasme était encore courant; 2. Allusion à la théorie de Leibniz et de Wolff, que Voltaire ridiculisa dans *Candide* (1759); 3. *Le Tout :* l'organisation générale du monde, par opposition aux *choses* c'est-à-dire aux événements particuliers que nous vivons.

─── **QUESTIONS** ───

8. Comparez le raisonnement du Philosophe ici à celui de Voltaire, dans *Zadig* (chapitre de l'« Ermite ») : par quelles raisons l'existence du mal est-elle justifiée? — Le besoin de relief dans l'existence (lignes 179-181) est-il une exigence générale ou est-il plus spécialement propre à Diderot? Quelle idée générale apparaît derrière l'égoïsme tapageur du Neveu (lignes 182-187)? — En quoi la dernière réplique du Philosophe (lignes 192-196) représente-t-elle une sorte de résumé de la sagesse pratique des philosophes du XVIIIᵉ siècle? Comparez à Voltaire *(Zadig, Candide)* et à Montesquieu *(les Cahiers).*

trait qui les dégrade, je l'écoute avec plaisir; cela nous rap-
proche; j'en supporte plus aisément ma médiocrité. Je me dis :
Certes, tu n'aurais jamais fait *Mahomet*[1], mais ni l'éloge du
Maupeoux[2]. J'ai donc été, je suis donc fâché d'être médiocre.
Oui, oui, je suis médiocre et fâché. Je n'ai jamais entendu
jouer l'ouverture des *Indes galantes*[3], jamais entendu chanter
Profonds abîmes du Ténare; Nuit, éternelle nuit, sans me dire
avec douleur : Voilà ce que tu ne feras jamais. J'étais donc
jaloux de mon oncle; et s'il y avait eu, à sa mort[4], quelques
belles pièces de clavecin dans son portefeuille, je n'aurais pas
balancé à rester moi et à être lui[5].

MOI. — S'il n'y a que cela qui vous chagrine, cela n'en
vaut pas trop la peine.

LUI. — Ce n'est rien, ce sont des moments qui passent. **(9)**

Puis il se remettait à chanter l'ouverture des *Indes galantes*
et l'air *Profonds abîmes*, et il ajoutait :

Le quelque chose qui est là et qui me parle me dit : Rameau,
tu voudrais bien avoir fait ces deux morceaux-là; si tu avais
fait ces deux morceaux-là, tu en ferais bien deux autres; et
quand tu en aurais fait un certain nombre, on te jouerait, on
te chanterait partout; quand tu marcherais, tu aurais la tête
droite, la conscience te rendrait témoignage à toi-même de
ton propre mérite, les autres te désigneraient du doigt. On
dirait : C'est lui qui a fait les jolies gavottes[6] (et il chantait
les gavottes; puis, avec l'air d'un homme touché, qui nage
dans la joie et qui en a les yeux humides, il ajoutait en se frottant

---

1. *Mahomet* : tragédie de Voltaire (1742); 2. *Maupeoux* ou Maupeou (1714-1792),
chancelier, qui réforma en 1771 les parlements; cette décision, très impopulaire, fut
approuvée de Voltaire à plusieurs occasions; 3. *Les Indes galantes* : opéra de Rameau
(1735); 4. Le 12 septembre 1764; 5. *Rester moi* : demeurer un médiocre; *être lui* :
passer pour génial en m'appropriant ces *pièces de clavecin* composées de sa main;
6. *Gavotte* : à l'origine, danse des Gavots, montagnards du Midi; puis danse à deux
temps.

■━━ QUESTIONS ━━

9. Comment l'envie s'explique-t-elle chez le neveu de Rameau : 1º tel
qu'il nous est apparu jusqu'ici? 2º en tenant compte de son encom-
brante parenté? 3º sachant que c'est un parasite? — Montrez le plaisir
que prend le personnage à se rabaisser. Soulignez que, cependant, on
passe de la jalousie à la *douleur* de n'avoir pas de génie. — En quoi le
dernier trait (lignes 213-215) nous ramène-t-il aux attitudes extérieures
du Neveu, par une sorte de pirouette? Montrez que cette absence de
scrupule traduit sous une forme caricaturale le désespoir du personnage
devant sa médiocrité. — Dégagez le sens des deux dernières répliques
échangées (lignes 216-218).

les mains) : Tu aurais une bonne maison (et il en mesurait
l'étendue avec ses bras), un bon lit (et il s'y étendait nonchalamment), de bons vins (qu'il goûtait en faisant claquer sa
langue contre son palais), un bon équipage (et il levait le pied
235 pour y monter), de jolies femmes (à qui il prenait déjà la gorge
et qu'il regardait voluptueusement); cent faquins[1] me viendraient encenser tous les jours (et il croyait les voir autour
de lui : il voyait Palissot[2], Poinsinet, les Frérons père et fils,
La Porte; il les entendait, il se rengorgeait, les approuvait,
240 leur souriait, les dédaignait, les méprisait, les chassait, les
rappelait; puis il continuait :) Et c'est ainsi que l'on te dirait
le matin que tu es un grand homme; tu lirais dans l'histoire
des *Trois Siècles*[3] que tu es un grand homme; tu serais convaincu
le soir que tu es un grand homme; et le grand homme, Rameau
245 le neveu, s'endormirait au doux murmure de l'éloge qui retentirait dans son oreille; même en dormant, il aurait l'air satisfait : sa poitrine se dilaterait, s'élèverait, s'abaisserait avec
aisance, il ronflerait comme un grand homme; et en parlant
ainsi, il se laissait aller mollement sur une banquette; il fermait
250 les yeux, et il imitait le sommeil heureux qu'il imaginait. Après
avoir goûté quelques instants la douceur de ce repos, il se
réveillait, étendait ses bras, bâillait, se frottait les yeux, et
cherchait encore autour de lui ses adulateurs insipides. **(10)**

---

1. *Faquin* : portefaix, d'où « homme de rien ». Les noms qui suivent désignent tous
les adversaires des philosophes; 2. *Palissot* (1730-1814), auteur principalement de
la comédie des *Philosophes* (1760), dans laquelle il attaque les Encyclopédistes;
Henri Poinsinet (1735-1769), auteur d'opéras-comiques et de comédies, en particulier
le *Petit Philosophe* (1760); *Elie Fréron* (1718-1776), rédacteur de l'*Année littéraire*,
revue hostile aux philosophes, eut des démêlés célèbres avec Voltaire; son fils
Louis (1754-1802) succéda en 1776 à son père comme directeur de l'*Année
littéraire*; l'abbé de *La Porte* (1713-1773) hésita entre le parti des philosophes et
celui de ses adversaires; 3. *Les Trois Siècles de la littérature française* : ouvrage paru
en 1772, attribué à Sabatier de Castres, et auquel aurait collaboré Palissot.

QUESTIONS

10. Comment Rameau se représente-t-il l'homme heureux? Quelle
relation peut-on établir entre cette image et la vie que mènent les protecteurs du parasite? — Montrez que Rameau met l'accent sur les louanges
qu'il recevrait; qu'est-ce que cela trahit chez lui? — Rapprochez ce passage
de celui du conte de Voltaire, où Zadig corrige un grand seigneur vaniteux *(le Ministre)*. — Appréciez le talent du mime chez le Neveu; comment
les grimaces du personnage permettent-elles ici de renouveler la technique du portrait? En quoi ce besoin de singer est-il fondamental dans
son caractère, entretenu et développé par sa condition sociale? — Montrez comment Diderot exploite la situation qu'il vient de créer pour déconsidérer les ennemis des philosophes : sur quel point les ridiculise-t-il?
N'y a-t-il pas une certaine fierté, chez le Philosophe, à se sentir indépendant par rapport à eux?

MOI. — Vous croyez donc que l'homme heureux a son sommeil?

LUI. — Si je le crois! Moi, pauvre hère[1], lorsque le soir j'ai regagné mon grenier et que je me suis fourré dans mon grabat, je suis ratatiné sous ma couverture, j'ai la poitrine étroite et la respiration gênée; c'est une espèce de plainte faible qu'on entend à peine, au lieu qu'un financier fait retentir son appartement et étonne[2] toute sa rue. Mais ce qui m'afflige aujourd'hui, ce n'est pas de ronfler et de dormir mesquinement comme un misérable.

MOI. — Cela est pourtant triste. **(11) (12)**

[PHILOSOPHIE DU PARASITISME]

LUI. — Ce qui m'est arrivé l'est bien davantage.

MOI. — Qu'est-ce donc?

LUI. — Vous avez toujours pris quelque intérêt à moi, parce que je suis un bon diable, que vous méprisez dans le fond, mais qui vous amuse.

MOI. — C'est la vérité.

LUI. — Et je vais vous le dire.

Avant que de commencer, il pousse un profond soupir et porte ses deux mains à son front. Ensuite, il reprend un air tranquille et me dit :

Vous savez que je suis un ignorant, un sot, un fou, un impertinent, un paresseux, ce que nos Bourguignons[3]

---

1. Pauvre diable; 2. *Étonner* : troubler par un ronflement aussi puissant que le bruit du tonnerre (sens fort); 3. La famille de Rameau était originaire de Bourgogne, ce qui justifie le possessif.

──────── **QUESTIONS** ────────

11. Analysez le pathétique de la réplique de Rameau (lignes 256-263). Montrez qu'ici nous avons un décalque négatif de la fable de La Fontaine : *le Savetier et le Financier.* En quoi les deux portraits antithétiques que le Neveu fait de lui-même rappellent-ils le Giton et le Phédon de La Bruyère (*les Caractères*, VI, 83)?

12. SUR L'ENSEMBLE DU PASSAGE INTITULÉ : « L'HOMME DE GÉNIE ET LA SOCIÉTÉ ». — Retracez rapidement la ligne générale de la conversation depuis le début du texte; son thème. Quelles ont été les opinions en présence?

— Tracez un portrait provisoire du neveu de Rameau : qualités, défauts; dons et faiblesses.

— Les éléments de satire sociale et littéraire.

appelent un fieffé truand[1], un escroc[2], un gourmand...

MOI. — Quel panégyrique[3] !

15   LUI. — Il est vrai de tout point. Il n'y en a pas un mot à rabattre ; point de contestation là-dessus, s'il vous plaît. Personne ne me connaît mieux que moi, et je ne dis pas tout.

MOI. — Je ne veux point vous fâcher, et je conviendrai de tout.

20   LUI. — Eh bien, je vivais avec des gens qui m'avaient pris en gré[4], précisément parce que j'étais doué, à un rare degré, de toutes ces qualités. (1)

MOI. — Cela est singulier. Jusqu'à présent j'avais cru qu'on se les cachait à soi-même ou qu'on se les pardonnait, et qu'on
25   les méprisait dans les autres.

LUI. — Se les cacher, est-ce qu'on le peut ? Soyez sûr que, quand Palissot est seul et qu'il revient sur lui-même, il se dit bien d'autres choses. Soyez sûr qu'en tête-à-tête avec son collègue[5], ils s'avouent franchement qu'ils ne sont que deux
30   insignes maroufles[6]. Les mépriser dans les autres ! mes gens étaient plus équitables, et leur caractère me réussissait merveilleusement auprès d'eux. J'étais comme un coq en pâte. On me fêtait. On ne me perdait pas un moment sans me regretter. J'étais leur petit Rameau, leur joli Rameau, leur Rameau
35   le fou, l'impertinent, l'ignorant, le paresseux, le gourmand, le bouffon, la grosse bête. Il n'y avait pas une de ces familières épithètes qui ne me valût un sourire, une caresse, un petit coup sur l'épaule, un soufflet, un coup de pied, à table, un

---

1. *Truand* : vaurien, paresseux ; *fieffé* est un intensif, soulignant l'attribution de la qualité de « truand » comme ils le était un fief ; 2. *Escroc* : ici, pique-assiette, celui qui, en général ou dans un domaine particulier, usurpe ce qui ne lui appartient pas ; 3. *Panégyrique* : éloge solennel (pris ironiquement ici) ; 4. *Prendre en gré* : se plaire en la compagnie de quelqu'un ; 5. Palissot et Fréron étaient tous deux membres de l'Académie royale de Nancy ; 6. *Maroufle* : individu grossier et méprisable.

———— QUESTIONS ————

1. Comment le Neveu se présente-t-il lui-même avant de raconter son anecdote ? Le portrait est-il faux ou simplement tronqué de ses éléments positifs ? N'y a-t-il pas quelque forfanterie de vice chez le personnage ? Montrez que le Neveu veut se forger un domaine où il excelle. Sa réplique des lignes 15-17, sur le ton de la dignité offensée par le scepticisme ironique du Philosophe, ne le souligne-t-elle pas ? Comment les lignes 20-22, rapportant l'opinion d'autrui, expliquent-elles et authentifient-elles la prétention du Neveu ? — Mettez en relief ce qui donne cependant à tout ce passage un aspect de jeu verbal, fondé sur un paradoxe.

bon morceau qu'on me jetait sur mon assiette; hors de table, une liberté que je prenais sans conséquence[1], car, moi, je suis sans conséquence. On fait de moi, avec moi, devant moi tout ce qu'on veut sans que je m'en formalise. Et les petits présents qui me pleuvaient! Le grand chien[2] que je suis, j'ai tout perdu! J'ai tout perdu pour avoir eu le sens commun une fois, une seule fois en ma vie. Ah! si cela m'arrive jamais! (2)

MOI. — De quoi s'agissait-il donc?

LUI. — C'est une sottise incomparable, incompréhensible, irrémissible[3].

MOI, — Quelle sottise encore?

LUI. — Rameau, Rameau, vous avait-on pris pour cela? La sottise d'avoir eu un peu de goût, un peu d'esprit, un peu de raison. Rameau, mon ami, cela vous apprendra à rester ce que Dieu vous fit, et ce que vos protecteurs vous voulaient. Aussi l'on vous a pris par les épaules, on vous a conduit à la porte, on vous a dit : « Faquin[4], tirez[5], ne reparaissez plus; cela veut avoir du sens, de la raison, je crois! tirez! Nous avons de ces qualités-là de reste. » Vous vous en êtes allé en vous mordant les doigts; c'est votre langue maudite qu'il fallait mordre auparavant. Pour ne vous en être pas avisé, vous voilà sur le pavé, sans le sol[6], et ne sachant où donner de la tête. Vous étiez nourri à bouche que veux-tu, et vous retournerez au regrat[7]; bien logé, et vous serez trop heureux si l'on vous rend votre grenier; bien couché, et la paille vous attend entre le cocher de monsieur de Soubise[8] et l'ami Robbé[9]. Au lieu

---

1. *Sans conséquence* : sans qu'on y attache d'importance; 2. *Chien* : sot; 3. *Irrémissible* : qui ne mérite aucun pardon; 4. *Faquin* : voir page 38, note 1; 5. *Tirer* [sa révérence] : s'en aller; 6. Sans le sou; 7. *Regrat* : vente, au détail et de seconde main, de menues denrées; d'où, vente de rebuts; 8. L'hôtel de *Soubise*, actuellement les Archives nationales, possédait de vastes écuries, qui servaient souvent de refuge aux indigents; 9. Pierre-Honoré *Robbé*, poète médiocre, s'illustra par un poème dont le sujet inspira à Palissot ces deux vers dans sa *Dunciade* :

> « Ami Robbé, chantre du mal immonde,
> Vous dont les vers en dégoûteraient le monde. »

--- **QUESTIONS** ---

2. Pourquoi le Philosophe feint-il l'étonnement, en prenant la défense de la façon de penser traditionnelle? Montrez que c'est un moyen de relancer la conversation. — Quelle était la situation de Rameau? Comparez avec l'idéal qu'il traçait du bonheur quelques pages plus haut. Que signifie cette expression : *moi, je suis sans conséquence* (lignes 40-41)? — Le comique de ce qui a causé le malheur de Rameau. Son désespoir fait-il sourire? Pourquoi?

« Qu'il fasse beau, qu'il fasse laid, c'est mon habitude d'aller

Illustration de P

cinq heures du soir me promener au Palais-Royal. » (P. 23.)

ucourt (1755-1832).

65 d'un sommeil doux et tranquille comme vous l'aviez, vous entendrez d'une oreille le hennissement et le piétinement des chevaux, de l'autre le bruit mille fois plus insupportable des vers secs, durs et barbares. Malheureux, mal avisé, possédé d'un million de diables ! (3)

70 MOI. — Mais n'y aurait-il pas moyen de se rapatrier ? La faute que vous avez commise est-elle si impardonnable ? A votre place, j'irais retrouver mes gens. Vous leur êtes plus nécessaire que vous ne croyez.

LUI. — Oh ! je suis sûr qu'à présent qu'ils ne m'ont pas 75 pour les faire rire, ils s'ennuient comme des chiens.

MOI. — J'irais donc les retrouver. Je ne leur laisserais pas le temps de se passer de moi, de se tourner vers quelque amusement honnête ; car qui sait ce qui peut arriver ?

LUI. — Ce n'est pas là ce que je crains ; cela n'arrivera pas.

80 MOI. — Quelque sublime que vous soyez, un autre peut vous remplacer.

LUI. — Difficilement.

MOI. — D'accord. Cependant j'irais avec ce visage défait, ces yeux égarés, ce col débraillé, ces cheveux ébouriffés, dans 85 l'état vraiment tragique où vous voilà. Je me jetterais aux pieds de la divinité. Je me collerais la face contre terre, et sans me relever, je lui dirais d'une voix basse et sanglotante : « Pardon, madame ! pardon ! je suis un indigne, un infâme. Ce fut un malheureux instant ; car vous savez que je ne suis pas sujet 90 à avoir du sens commun, et je vous promets de n'en avoir de ma vie. »

Ce qu'il y a de plaisant, c'est que, tandis que je lui tenais ce discours, il en exécutait la pantomime. Il s'était prosterné ;

─────────── QUESTIONS ───────────

3. D'après cette anecdote, qu'attendent du Neveu ses protecteurs ? Rapprochez sa faute de son habituelle absence de « conséquence ». A quel sujet pensez-vous qu'il s'est montré « raisonnable » ? — Montrez que cet incident nouveau est encore prétexte à égratigner un petit écrivain. — Le style de cette tirade : pourquoi le Neveu dialogue-t-il avec lui-même, plutôt que de s'adresser à son interlocuteur ? Quels aveux accepte-t-il de se faire à lui-même, qu'il ne ferait peut-être pas à autrui ? — Si on se rappelle le premier portrait du Neveu au début du texte (pages 24-25, lignes 22-61), comment se confirment les aspects divers sous lesquels il se montre selon les jours ou les circonstances ?

il avait collé son visage contre terre, il paraissait tenir entre ses deux mains le bout d'une pantoufle, il pleurait, il sanglotait, il disait : « Oui, ma petite reine, oui, je le promets, je n'en aurai de ma vie, de ma vie. » Puis se relevant brusquement, il ajouta d'un ton sérieux et réfléchi :

LUI. — Oui, vous avez raison. Je crois que c'est le mieux. Elle est bonne. Monsieur Vieillard[1] dit qu'elle est si bonne! Moi je sais un peu qu'elle l'est. Mais cependant aller s'humilier devant une guenon! Crier miséricorde aux pieds d'une petite histrionne que les sifflets du parterre ne cessent de poursuivre! Moi Rameau, fils de monsieur Rameau, apothicaire[2] de Dijon, qui est un homme de bien et qui n'a jamais fléchi le genou devant qui que ce soit! Moi Rameau, le neveu de celui qu'on appelle le grand Rameau, qu'on voit se promener droit et les bras en l'air au Palais-Royal, depuis que monsieur Carmontelle[3] l'a dessiné courbé et les mains sous les basques de son habit! Moi qui ai composé des pièces de clavecin[4] que personne ne joue, mais qui seront peut-être les seules qui passeront à la postérité qui les jouera; moi! moi enfin! j'irais!... Tenez, monsieur, cela ne se peut (et mettant sa main droite sur sa poitrine, il ajoutait) : je me sens là quelque chose qui s'élève et qui me dit : Rameau tu n'en feras rien. Il faut qu'il y ait une certaine dignité attachée à la nature de l'homme, que rien ne peut étouffer. [...] **(4)**

---

1. *Vieillard* ou *Viellard*, fils du directeur des eaux de Passy, fréquentait le cercle de Mlle Hus, actrice de la Comédie-Française; 2. Il s'agirait ici du père du Neveu, dont on sait qu'il fut organiste à Dijon; 3. Louis Carrogis, dit *Carmontelle* (1717-1806), auteur dramatique et peintre, fit un portrait de J.-Ph. Rameau, qui existe en deux états au cabinet des Estampes; 4. Ce n'est pas là pure invention : si ces pièces sont perdues, Fréron en parle dans *l'Année littéraire* (tome VII).

--------- **QUESTIONS** ---------

4. Démêlez les motifs qui peuvent pousser le Philosophe à conseiller au Neveu de réclamer son pardon : est-ce pure ironie de sa part? — Dans quelle mesure le Philosophe est-il contaminé par le jeu du Neveu? — Les réactions successives du Neveu : quels sentiments le font passer de la comédie de l'humiliation à l'affirmation de sa dignité? Quel aphorisme le fait finalement parler comme le Philosophe? — L'effet comique de ce retournement de situation. Ne voit-on pas aussi dans ce passage une parenté entre le Neveu et le Philosophe, double incarnation de Diderot lui-même? — Sait-on précisément de quelle maison le Neveu a été chassé? Relevez les détails qui mettent peu à peu le lecteur sur la voie et qui lui permettront de reconnaître les personnages en question; ces allusions gardent-elles leur intérêt pour le lecteur d'aujourd'hui?

MOI. — Si l'expédient que je vous suggère ne vous convient pas, ayez donc le courage d'être gueux.

120 LUI. — Il est dur d'être gueux, tandis qu'il y a tant de sots opulents aux dépens desquels on peut vivre. Et puis le mépris de soi; il est insupportable.

MOI. — Est-ce que vous connaissez ce sentiment-là?

LUI. — Si je le connais! Combien de fois je me suis dit :
125 Comment, Rameau, il y a dix mille bonnes tables à Paris à quinze ou vingt couverts chacune, et de ces couverts-là il n'y en a pas un pour toi! Il y a des bourses pleines d'or qui se versent de droite et de gauche, et il n'en tombe pas une pièce sur toi! Mille petits beaux esprits sans talent, sans mérite;
130 mille petites créatures sans charmes; mille plats intrigants sont bien vêtus, et tu irais tout nu! Et tu serais imbécile[1] à ce point? Est-ce que tu ne saurais pas flatter comme un autre? Est-ce que tu ne saurais pas mentir, jurer, parjurer, promettre, tenir ou manquer comme un autre? Est-ce que tu ne saurais pas
135 te mettre à quatre pattes comme un autre? Est-ce que tu ne saurais pas favoriser l'intrigue de madame et porter le billet doux de monsieur comme un autre? Est-ce que tu ne saurais pas encourager ce jeune homme à parler à mademoiselle et persuader à mademoiselle de l'écouter, comme un autre?
140 Est-ce que tu ne saurais pas faire entendre à la fille d'un de nos bourgeois qu'elle est mal mise, que de belles boucles d'oreilles, un peu de rouge, des dentelles, une robe à la polonaise[2] lui siéraient à ravir? Que ces petits pieds-là ne sont pas faits pour marcher dans la rue? Qu'il y a un beau mon-
145 sieur, jeune et riche, qui a un habit galonné d'or, un superbe équipage, six grands laquais, qui l'a vue en passant, qui la trouve charmante, et qui depuis ce jour-là en a perdu le boire et le manger; qu'il n'en dort plus, et qu'il en mourra? — Mais mon papa? — Bon, bon, votre papa! il s'en fâchera d'abord
150 un peu. — Et maman qui me recommande tant d'être honnête fille? qui me dit qu'il n'y a rien dans ce monde que l'honneur? — Vieux propos qui ne signifient rien. — Et mon confesseur? — Vous ne le verrez plus; ou si vous persistez dans la fantaisie d'aller lui faire l'histoire de vos amusements, il vous en coû-

---

1. *Imbécile :* faible (de caractère, ici), d'où « sot »; 2. Mode de l'époque.

tera quelques livres de sucre et de café. — C'est un homme
sévère qui m'a déjà refusé l'absolution pour la chanson, *Viens
dans ma cellule*[1]. — C'est que vous n'aviez rien à lui donner...
Mais quand vous lui apparaîtrez en dentelles. — J'aurai donc
des dentelles? — Sans doute et de toutes les sortes... en belles
boucles de diamants. — J'aurai donc de belles boucles de
diamants? — Oui. — Comme celles de cette marquise qui vient
quelquefois prendre des gants dans notre boutique? — Précisément; dans un bel équipage avec des chevaux gris pommelé,
deux grands laquais, un petit nègre, et le coureur en avant;
du rouge, des mouches, la queue[2] portée. — Au bal? — Au
bal... à l'Opéra, à la Comédie... déjà le cœur lui tressaillit
de joie... Tu joues avec un papier entre tes doigts... — Qu'est
cela? — Ce n'est rien. — Il me semble que si. — C'est un
billet. — Et pour qui? — Pour vous, si vous étiez un peu curieuse.
— Curieuse? je le suis beaucoup, voyons... Elle lit... Une entre-
vue, cela ne se peut. — En allant à la messe. — Maman m'accompagne toujours; mais s'il venait ici un peu matin; je me
lève la première et je suis au comptoir avant qu'on soit levé.
Il vient, il plaît; un beau jour à la brune, la petite disparaît,
et l'on me compte mes deux mille écus... Et quoi! tu possèdes
ce talent-là et tu manques de pain. N'as-tu pas de honte, malheureux? Je me rappelais un tas de coquins qui ne m'allaient
pas à la cheville et qui regorgeaient de richesses. J'étais en
surtout de baracan[3], et ils étaient couverts de velours; ils s'ap-
puyaient sur la canne à pomme d'or et en bec de corbin[4], et
ils avaient l'*Aristote* ou le *Platon* au doigt[5]. Qu'étaient-ce
pourtant? la plupart de misérables croquenotes[6]; aujourd'hui,
ce sont des espèces de seigneurs. Alors je me sentais du courage, l'âme élevée, l'esprit subtil, et capable de tout. Mais
ces heureuses dispositions apparemment ne duraient pas;
car, jusqu'à présent, je n'ai pu faire un certain chemin. Quoi
qu'il en soit, voilà le texte de mes fréquents soliloques que
vous pouvez paraphraser à votre fantaisie, pourvu que vous
en concluiez que je connais le mépris de soi-même, ou ce tourment de la conscience qui naît de l'inutilité des dons que le

---

1. Refrain d'une chanson populaire de ce temps; 2. *Queue* : traîne de la robe,
qu'un petit serviteur portait; 3. *Baracan* : grosse étoffe de poil ou de laine; 4. Dont
la poignée est faite en forme de bec; 5. Pierre gravée montée en bague et représentant
Aristote ou Platon; 6. *Croquenote* : sobriquet donné par dérision aux musiciens sans
ressources et dépourvus de talent.

ciel nous a départis; c'est le plus cruel de tous. Il vaudrait
presque autant que l'homme ne fût pas né. (5)

Je l'écoutais, et à mesure qu'il faisait la scène du proxénète
et de la jeune fille qu'il séduisait, l'âme agitée de deux mou-
195 vements opposés, je ne savais si je m'abandonnerais à l'envie
de rire, ou au transport de l'indignation. Je souffrais. Vingt
fois un éclat de rire empêcha ma colère d'éclater; vingt fois
la colère qui s'élevait au fond de mon cœur se termina par un
éclat de rire. J'étais confondu de tant de sagacité et de tant
200 de bassesse, d'idées si justes et alternativement si fausses, d'une
perversité si générale de sentiments, d'une turpitude si complète,
et d'une franchise si peu commune. Il s'aperçut du conflit
qui se passait en moi : Qu'avez-vous? me dit-il.

MOI. — Rien.

205 LUI. — Vous me paraissez troublé.

MOI. — Je le suis aussi.

LUI. — Mais enfin que me conseillez-vous?

MOI. — De changer de propos. Ah malheureux! dans quel
état d'abjection vous êtes né ou tombé.

210 LUI. — J'en conviens. Mais cependant que mon état ne
vous touche pas trop. Mon projet, en m'ouvrant à vous, n'était
point de vous affliger. Je me suis fait chez ces gens quelque
épargne. Songez que je n'avais besoin de rien, mais de rien
absolument, et que l'on m'accordait tant pour mes menus
215 plaisirs. (6)

━━━━━━━━ **QUESTIONS** ━━━━━━━━

5. Définissez et appréciez la morale du neveu de Rameau d'après sa
première réplique de ce passage (lignes 117-119). Sur quoi se fonde chez lui
le *mépris de soi?* L'idée, exprimée sous sa forme générale à la ligne 119,
est-elle absurde ou foncièrement immorale? Analysez la grande tirade
des lignes 121-189 : comment le Neveu dégage-t-il progressivement un
thème parmi tous ceux qui se présentent à son esprit? Montrez comment
on passe insensiblement au dialogue. Analysez ce dernier : vivacité,
naturel, enchaînement, esquisse psychologique. Le dénouement : en
quoi ressemble-t-il à un conte? — Les réflexions qu'en tire le Neveu le
rendent-elles amer, triste? Comment expliquez-vous qu'il n'ait jamais
su mettre en valeur ses qualités? — Qualifiez l'imagination du Neveu
d'après ce passage. En quoi est-il un « raté » à sa manière?

6. Comment s'expliquent les sentiments éprouvés par le Philosophe?
Pourquoi sont-ils simultanés? Essayez de reprendre chaque point du
jugement exprimé aux lignes 196-200 et d'en trouver la justification dans
le texte. — Pouvez-vous vous faire, sur le Neveu, une opinion moins
contradictoire? — Le Neveu cherche-t-il à dissiper le malaise dans lequel
il voit son interlocuteur? Pourquoi?

Alors il recommença à se frapper le front avec un de ses poings; à se mordre la lèvre, et rouler au plafond ses yeux égarés, ajoutant : Mais c'est une affaire faite. J'ai mis quelque chose de côté. Le temps s'est écoulé, et c'est toujours autant d'amassé.

MOI. — Vous voulez dire de perdu?

LUI. — Non, non, d'amassé. On s'enrichit à chaque instant. Un jour de moins à vivre ou un écu de plus, c'est tout un. Le point important est d'aller aisément, librement, agréablement, copieusement tous les soirs à la garde-robe, *o stercus pretiosum*[1]! Voilà le grand résultat de la vie dans tous les états. Au dernier moment, tous sont également riches, et Samuel Bernard[2] qui, à force de vols, de pillages, de banqueroutes, laisse vingt-sept millions en or, et Rameau qui ne laissera rien, Rameau à qui la charité fournira la serpillière dont on l'enveloppera. Le mort n'entend pas sonner les cloches. C'est en vain que cent prêtres s'égosillent pour lui, qu'il est précédé et suivi d'une longue file de torches ardentes, son âme ne marche pas à côté du maître des cérémonies. Pourrir sous du marbre, pourrir sous de la terre, c'est toujours pourrir. Avoir autour de son cercueil les Enfants rouges et les Enfants bleus[3], ou n'avoir personne, qu'est-ce que cela fait? Et puis vous voyez bien ce poignet, il était raide comme un diable. Ces dix doigts, c'étaient autant de bâtons fichés dans un métacarpe de bois, et ces tendons, c'étaient de vieilles cordes à boyau plus sèches, plus raides, plus inflexibles que celles qui ont servi à la roue d'un tourneur. Mais je vous les ai tant tourmentées, tant brisées, tant rompues. Tu ne veux pas aller; et moi, mordieu, je dis que tu iras; et cela sera.

Et tout en disant cela, de la main droite, il s'était saisi les doigts et le poignet de la main gauche et il les renversait en dessous; l'extrémité des doigts touchait au bras; les jointures en craquaient; je craignais que les os n'en demeurassent disloqués.

MOI. — Prenez garde, lui dis-je, vous allez vous estropier.

LUI. — Ne craignez rien, ils y sont faits; depuis dix ans je leur en ai donné bien d'une autre façon. Malgré qu'ils en

---

1. « O précieux excrément! »; 2. *Samuel Bernard* (1651-1739) : financier qui s'enrichit d'une façon considérable; banquier de Louis XIV, il devint conseiller d'État sous Louis XV; 3. Orphelins élevés à l'hôpital, ainsi désignés par la couleur de leur uniforme.

eussent, il a bien fallu que les bougres s'y accoutumassent et
qu'ils apprissent à se placer sur les touches et à voltiger sur
255 les cordes. Aussi à présent cela va. Oui, cela va. (7) (8)

[INTERMÈDE DE MIME]

En même temps il se met dans l'attitude d'un joueur de
violon; il fredonne de la voix un *allegro*[1] de Locatelli[2]; son
bras droit imite le mouvement de l'archet, sa main gauche et
ses doigts semblent se promener sur la longueur du manche;
5 s'il fait un ton faux, il s'arrête, il remonte ou baisse la corde;
il la pince de l'ongle pour s'assurer qu'elle est juste; il reprend
le morceau où il l'a laissé; il bat la mesure du pied, il se démène
de la tête, des pieds, des mains, des bras, du corps. Comme
vous avez vu quelquefois, au concert spirituel[3], Ferrari ou
10 Chiabran[4], ou quelque autre virtuose dans les mêmes convulsions, m'offrant l'image du même supplice et me causant à
peu près la même peine; car n'est-ce pas une chose pénible
à voir que le tourment dans celui qui s'occupe à me peindre
le plaisir? Tirez entre cet homme et moi un rideau qui me
15 le cache, s'il faut qu'il me montre un patient appliqué à la
question[5]. Au milieu de ses agitations et de ses cris, s'il se

---

1. *Allegro* : partie d'une sonate, d'un mouvement vif et gai; 2. *Locatelli* (1693-
1764), originaire de Bergame en Italie, violoniste célèbre; 3. Les *Concerts spirituels*,
fondés en 1725 par Philidor, se donnaient au château des Tuileries les jours de fête;
4. *Ferrari*, nom porté par deux frères (morts tous deux en 1780), l'un violoncelliste
et l'autre violoniste virtuose, ainsi que *Chiabran*, tous Italiens; 5. *Question* : torture
employée par la Justice pour tirer des aveux du prévenu.

■■■ **QUESTIONS** ■■■

7. Quelle semble être la philosophie de la vie professée par le Neveu?
Quel grand thème de méditation rejoint-il? Comment le relie-t-il à son
genre de vie par l'intermédiaire de ses préoccupations habituelles? —
Précisez la relation existant entre ce qui précède et l'assouplissement pro-
gressif de son poignet et de ses doigts? Pourquoi le Neveu se livre-t-il
à cette démonstration? Si le temps y a aidé, la volonté persévérante
n'a-t-elle eu aucun rôle dans cette éducation? Pourquoi donc Rameau
n'a-t-il pas fait le même effort au point de vue moral, ou l'a-t-il fait
dans un autre sens?

8. SUR L'ENSEMBLE DU PASSAGE INTITULÉ : « PHILOSOPHIE DU PARA-
SITISME ». — Qu'apprenons-nous de nouveau sur le Neveu? Semble-t-il
profondément affecté par les disgrâces qui lui arrivent? La part de l'imagination dans son comportement.

— L'immoralisme du Neveu est-il explicable par le non-conformisme?
Quelle part y tient l'indignation contre l'ordre social établi? Peut-il
souhaiter cependant la destruction de cet ordre social? Qu'est devenue
chez lui la valeur morale de dignité humaine? La valeur symbolique que
prend pour lui la notion de souplesse.

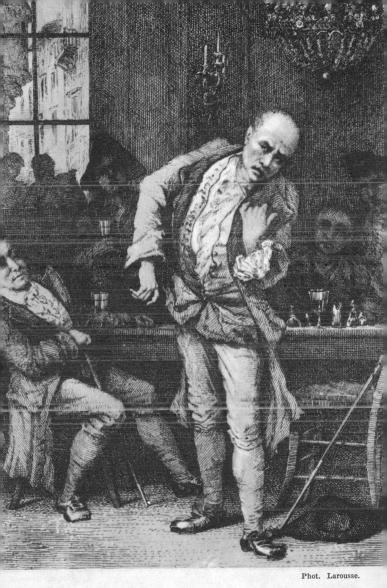

« En même temps il se met dans l'attitude d'un joueur de violon. » (P. 50.)

Illustration de Dubouchet, d'après un dessin de Hirsch, pour l'édition de 1875.

« Aujourd'hui la Guimard venge le prince du financier. » (P. 65.)

Portrait de Marie-Madeleine Guimard, par Fragonard.

présentait une tenue[1], un de ces endroits harmonieux où l'archet se meut lentement sur plusieurs cordes à la fois, son visage prenait l'air de l'extase, sa voix s'adoucissait, il s'écoutait avec ravissement. Il est sûr que les accords résonnaient dans ses oreilles et dans les miennes. Puis remettant son instrument sous son bras gauche de la même main dont il le tenait, et laissant tomber sa main droite avec son archet : Eh bien, me disait-il, qu'en pensez-vous?

MOI. — A merveille!

LUI. — Cela va, ce me semble, cela résonne à peu près comme les autres. (1)

Et aussitôt il s'accroupit comme un musicien qui se met au clavecin.

Je vous demande grâce pour vous et pour moi, lui dis-je.

LUI. — Non, non, puisque je vous tiens, vous m'entendrez. Je ne veux point d'un suffrage qu'on m'accorde sans savoir pourquoi. Vous me louerez d'un ton plus assuré, et cela me vaudra quelque écolier.

MOI. — Je suis si peu répandu, et vous allez vous fatiguer en pure perte.

LUI. — Je ne me fatigue jamais.

Comme je vis que je voudrais inutilement avoir pitié de mon homme, car la sonate[2] sur le violon l'avait mis tout en eau, je pris le parti de le laisser faire. Le voilà donc assis au clavecin, les jambes fléchies, la tête élevée vers le plafond où l'on eût dit qu'il voyait une partition notée, chantant, préludant, exécutant une pièce d'Alberti[3] ou de Galuppi[4], je ne sais

---

1. *Tenue* : note que l'on soutient pendant un certain nombre de mesures ou de temps; 2. *Sonate* : morceau de musique instrumentale, composé de plusieurs parties de caractère différent; 3. *Alberti*. Trois personnages portant ce nom peuvent être celui à qui fait ici allusion Rameau : Domenico *Alberti* (1717?-1740), claveciniste, chanteur et compositeur; Johann Friedrich *Alberti* (1642-1710), organiste et compositeur; Giuseppe Matteo *Alberti* (1685-1751), compositeur. De ces trois compositeurs italiens, il est probable que c'est le dernier dont parle Rameau; 4. *Galuppi* (1706-1785) : compositeur vénitien et créateur de l'opéra bouffe.

QUESTIONS

1. Étudiez les moyens utilisés par Diderot pour décrire la mimique du Neveu. La précision technique des détails : quel nouveau domaine Diderot ouvre-t-il ici à la littérature? A quoi reconnaît-on ici l'auteur de l'*Encyclopédie*? — Comment se précisent ici les formes de l'imagination chez le Neveu? Est-il un simple mime ou à la fois artiste et visionnaire? Est-il étonnant qu'il semble épuisé? En quoi se prend-il à son propre jeu? Discutez l'opinion de l'auteur concernant *le tourment dans celui qui s'occupe à me peindre le plaisir* (lignes 13-14). Dégagez les conceptions esthétiques que suppose une telle formule.

lequel des deux. Sa voix allait comme le vent et ses doigts
45 voltigeaient sur les touches, tantôt laissant le dessus¹ pour
prendre la basse²; tantôt quittant la partie d'accompagnement
pour revenir au dessus. Les passions se succédaient sur son
visage; on y distinguait la tendresse, la colère, le plaisir, la
douleur; on sentait les piano, les forte³, et je suis sûr qu'un
50 plus habile que moi aurait reconnu le morceau au mouvement, au caractère, à ses mines et à quelques traits de chant
qui lui échappaient par intervalle. Mais, ce qu'il avait de bizarre,
c'est que de temps en temps il tâtonnait, se reprenait comme
s'il eût manqué, et se dépitait de n'avoir plus la pièce dans les
55 doigts⁴.

Enfin vous voyez, dit-il en se redressant, et en essuyant les
gouttes de sueur qui descendaient le long de ses joues, que nous
savons aussi placer un triton⁵, une quinte superflue⁶, et que
l'enchaînement des dominantes⁷ nous est familier. Ces passages
60 enharmoniques⁸, dont le cher oncle a fait tant de train, ce
n'est pas la mer à boire, nous nous en tirons. (2) (3)

---

1. *Dessus* (*soprano* en italien) : « La plus haute et la plus aiguë des parties de la
musique, celle qui règne dans un concert au-dessus de toutes les autres » (*Encyclopédie*) ; 2. *Basse* : partie de la musique sur laquelle s'établit le corps de l'harmonie;
elle est assimilée à l'accompagnement à la ligne suivante; l'espace entre la *basse* et
le *dessus* devait être compris entre l'octave et trois octaves, suivant les règles de
l'époque telles qu'elles sont données par l'*Encyclopédie* ; 3. *Piano* : mot italien qua-
lifiant les passages joués ou chantés doucement, comme *forte* pour les passages joués
ou chantés fortement; 4. Comme si ses doigts n'étaient plus habitués à ce morceau
de musique; 5. *Triton* : intervalle de trois tons; longtemps proscrit, son introduction
fut une véritable révolution en musique; 6. *Quinte superflue* ou « quinte augmentée » :
intervalle formé de huit demi-tons; 7. *Dominante* : la cinquième note au-dessus de
la tonique ou fondamentale; 8. *Passage enharmonique* : passage dans lequel le même
son est désigné en deux noms différents, par le jeu des dièses et des bémols; leur différence, extrêmement faible, ne peut être rendue que sur les instruments à sons variables,
comme le violon, par opposition au clavecin ou à l'orgue. Le neveu de Rameau
fait allusion au morceau qu'il jouait au violon peu avant ce passage.

— QUESTIONS —

2. Rapprochez ce passage du précédent : en quoi se complètent-ils?
Que voulait démontrer le Neveu? Y est-il parvenu? Quelle valeur
attache-t-il à la virtuosité? Par quelle ambition est-il soutenu? — En
vous aidant des notes du texte, montrez que Diderot parle de musique
en homme averti, voire en technicien; comment son tempérament et ses
travaux peuvent-ils expliquer de telles connaissances?

3. SUR L'ENSEMBLE DU PASSAGE INTITULÉ : « INTERMÈDE DE MIME ».
— Que nous apprend cette mimique sur le Neveu? Peut-on imaginer ses
qualités d'interprète musical d'après cette petite scène? Quelle semble
être sa qualité dominante en ce domaine? — Enfin, montrez que cette
gesticulation confirme sur sa personnalité et sur son genre de vie ce
que les passages précédents nous avaient déjà suggéré.

[DE L'ENSEIGNEMENT ET DE L'ÉDUCATION DES FILLES]

MOI. — Vous vous êtes donné bien de la peine pour me montrer que vous étiez fort habile; j'étais homme à vous croire sur votre parole.

LUI. — Fort habile, oh! non; pour mon métier, je le sais
5 à peu près, et c'est plus qu'il ne faut. Car, dans ce pays-ci, est-ce qu'on est obligé de savoir ce qu'on montre?

MOI. — Pas plus que de savoir ce qu'on apprend.

LUI. — Cela est juste, morbleu! et très juste! Là, monsieur le philosophe, la main sur la conscience, parlez net. Il y eut
10 un temps où vous n'étiez pas cossu comme aujourd'hui.

MOI. — Je ne le suis pas encore trop.

LUI. — Mais vous n'iriez plus au Luxembourg en été, vous vous en souvenez...

MOI. — Laissons cela, oui, je m'en souviens.

15 LUI. — En redingote de peluche[1] grise...

MOI. — Oui, oui.

LUI. — Éreinté[2] par un des côtés, avec la manchette déchirée et les bas de laine noirs et recousus par derrière avec du fil blanc.

20 MOI. — Et oui, oui, tout comme il vous plaira.

LUI. — Que faisiez-vous alors dans l'allée des Soupirs[3]?

MOI. — Une assez triste figure.

LUI. — Au sortir de là, vous trottiez sur le pavé.

MOI. — D'accord.

25 LUI. — Vous donniez des leçons de mathématiques[4].

MOI. — Sans en savoir un mot; n'est-ce pas là que vous en vouliez venir?

LUI. — Justement.

---

1. *Peluche* : étoffe bon marché, analogue au velours, dont les fils sont longs d'un côté; 2. *Éreinté* : déformé; 3. *L'allée des Soupirs* : allée de platanes située à l'ouest du jardin du Luxembourg, à l'emplacement actuel de la rue de Fleurus; 4. Le détail est exact.

MOI. — J'apprenais en montrant aux autres, et j'ai fait
30 quelques bons écoliers. (1)

LUI. — Cela se peut; mais il n'en est pas de la musique
comme de l'algèbre ou de la géométrie. Aujourd'hui que vous
êtes un gros monsieur...

MOI. — Pas si gros.

35 LUI. — Que vous avez du foin dans vos bottes...

MOI. — Très peu.

LUI. — Vous donnez des maîtres à votre fille.

MOI. — Pas encore. C'est sa mère qui se mêle de son éducation; car il faut avoir la paix chez soi.

40 LUI. — La paix chez soi? Morbleu! on ne l'a que quand
on est le serviteur ou le maître, et c'est le maître qu'il faut
être. J'ai eu une femme. Dieu veuille avoir son âme; mais
quand il lui arrivait quelquefois de se rebéquer¹, je m'élevais
sur mes ergots, je déployais mon tonnerre, je disais comme
45 Dieu : « Que la lumière se fasse »; et la lumière était faite.
Aussi en quatre années de temps nous n'avons pas eu dix
fois un mot plus haut que l'autre. Quel âge a votre enfant?

MOI. — Cela ne fait rien à l'affaire.

LUI. — Quel âge a votre enfant?

50 MOI. — Et que diable! laissons là mon enfant et son âge,
et revenons aux maîtres qu'elle aura.

LUI. — Pardieu! je ne sache rien de si têtu qu'un philosophe. En vous suppliant très humblement, ne pourrait-on
savoir de monseigneur le philosophe quel âge à peu près peut
55 avoir mademoiselle sa fille?

---

1. *Se rebéquer* : tenir tête à un supérieur.

─────── QUESTIONS ───────

1. Dans l'échange des répliques des lignes 1-9, faites la part du
paradoxe, de la satire et de la vérité. Le comique de ce dialogue : à quoi
remarque-t-on la gêne croissante du Philosophe, à qui est rappelé un
passé peu brillant? Pourquoi le Neveu insiste-t-il tant sur la misère passée
de Diderot? Que veut-il souligner? — Appréciez la conclusion de cette
phase du dialogue (lignes 29-30) : le Neveu a-t-il pris sa revanche sur
le Philosophe?

MOI. — Supposez-lui huit ans.[1] (2)

LUI. — Huit ans! Il y a quatre ans que cela devrait avoir les doigts sur les touches.

MOI. — Mais peut-être ne me souciai-je pas trop de faire entrer dans le plan de son éducation une étude qui occupe si longtemps et qui sert si peu.

LUI. — Et que lui apprendrez-vous donc, s'il vous plaît?

MOI. — A raisonner juste, si je puis; chose si peu commune parmi les hommes, et plus rare encore parmi les femmes.

LUI. — Eh! laissez-la déraisonner tant qu'elle voudra, pourvu qu'elle soit jolie, amusante et coquette.

MOI. — Puisque la nature a été assez ingrate envers elle pour lui donner une organisation[2] délicate avec une âme sensible, et l'exposer aux mêmes peines de la vie que si elle avait une organisation forte et un cœur de bronze, je lui apprendrai, si je puis, à les supporter avec courage.

LUI. — Eh! laissez-la pleurer, souffrir, minauder, avoir des nerfs agacés comme les autres, pourvu qu'elle soit jolie, amusante et coquette (3). Quoi! point de danse?

MOI. — Pas plus qu'il n'en faut pour faire une révérence, avoir un maintien décent, se bien présenter et savoir marcher.

---

1. Marie-Angélique, fille de Diderot, est née le 2 septembre 1753; 2. *Organisation* : voir page 24, note 1.

——— QUESTIONS ———

2. Vers quel sujet la conversation s'oriente-t-elle maintenant? — Ces considérations, malgré le voile de la fiction, ne préparent-elles pas une forme de littérature plus personnelle? — Comment le caractère de chacun des personnages se reflète-t-il dans leur discussion concernant *la paix chez soi* (lignes 38-47)? La décision de Diderot concernant l'éducation de sa fille n'est-elle due qu'à ce souci de tranquillité ou bien au respect de certaines traditions? — Le comique dans tout ce passage. Montrez que les réticences de Diderot à propos de l'âge de sa fille sont symétriques de sa gêne devant l'évocation impitoyable de son passé. Quel sentiment pousse le Philosophe à céder devant l'insistance de son interlocuteur (ligne 56)?

3. Quelles conceptions opposées de l'éducation s'affrontent ici? Montrez que le neveu de Rameau se fait le défenseur d'un idéal encore très répandu à l'époque. En quoi Diderot propose-t-il un système plus favorable à la dignité humaine et à la réflexion individuelle? — Montrez qu'ici s'opposent également deux conceptions du rôle de la femme dans la société: quelles relations existent entre le point de vue de Diderot et la place donnée aux femmes au XVIIIe siècle philosophique?

LUI. — Point de chant?

MOI. — Pas plus qu'il n'en faut pour bien prononcer.

LUI. — Point de musique?

80 MOI. — S'il y avait un bon maître d'harmonie, je la lui confierais volontiers, deux heures par jour, pendant un ou deux ans, pas davantage.

LUI. — Et à la place des choses essentielles que vous supprimez?...

85 MOI. — Je mets de la grammaire, de la fable[1], de l'histoire, de la géographie, un peu de dessin et beaucoup de morale.

LUI. — Combien il me serait facile de vous prouver l'inutilité de toutes ces connaissances-là dans un monde tel que le nôtre; que dis-je, l'inutilité! peut-être le danger (4)! Mais je 90 m'en tiendrai pour ce moment à une question : ne lui faudra-t-il pas un ou deux maîtres?

MOI. — Sans doute.

LUI. — Ah! nous y revoilà. Et ces maîtres, vous espérez qu'ils sauront la grammaire, la fable, l'histoire, la géogra-95 phie, la morale, dont ils lui donneront des leçons? Chansons, mon cher maître, chansons; s'ils possédaient ces choses assez pour les montrer, ils ne les montreraient pas.

MOI. — Et pourquoi?

LUI. — C'est qu'ils auraient passé leur vie à les étudier. Il 100 faut être profond dans l'art ou dans la science pour en bien posséder les éléments. Les ouvrages classiques ne peuvent être bien faits que par ceux qui ont blanchi sous le harnais[2]. C'est le milieu et la fin qui éclaircissent les ténèbres du commencement. Demandez à votre ami, monsieur d'Alembert[3],

---

1. *Fable* : mythologie; 2. *Harnais* : à l'origine, armure complète d'un homme d'armes; d'où le sens de l'expression « avoir fait toute une longue carrière dans le métier »; 3. *D'Alembert* (1717-1783) : le plus grand mathématicien français du XVIIIᵉ siècle, collaborateur de Diderot à l'*Encyclopédie* jusqu'en 1758. Il en rédigea le *Discours préliminaire* et la partie mathématique.

———— QUESTIONS ————

4. Quelles disciplines propose le Neveu? Que lui oppose le Philosophe? Appréciez chaque élément; qu'est-ce qui en fait l'unité? Pourquoi *beaucoup de morale* (ligne 86)? — Expliquez la réponse du Neveu (lignes 87-89); montrez que ses opinions sont fortement influencées par les idées qui ont cours dans les maisons où il fréquente. En quoi — et pour qui — est-il *inutile*, et surtout *dangereux*, que l'on soit instruit et habitué à réfléchir par soi-même?

le coryphée[1] de la science mathématique, s'il serait trop bon pour en faire des éléments[2]. Ce n'est qu'après trente à quarante ans d'exercice que mon oncle a entrevu les premières lueurs de la théorie musicale. (5) (6)

[LES « IDIOTISMES MORAUX »]

MOI. — O fou, archifou! m'écriai-je, comment se fait-il que dans ta mauvaise tête il se trouve des idées si justes pêle-mêle avec tant d'extravagances?

LUI. — Qui diable sait cela? C'est le hasard qui vous les jette, et elles demeurent. Tant y a que[3] quand on ne sait pas tout, on ne sait rien de bien. On ignore où une chose va, d'où une autre vient, où celle-ci et celle-là veulent être placées; laquelle doit passer la première, ou sera mieux la seconde. Montre-t-on bien sans la méthode? Et la méthode, d'où naît-elle? Tenez, mon philosophe, j'ai dans la tête que la physique sera toujours une pauvre science, une goutte d'eau prise avec la pointe d'une aiguille dans le vaste océan, un grain détaché de la chaîne des Alpes! Et les raisons des phénomènes? En vérité, il vaudrait autant ignorer que de savoir si peu et si mal; et c'était précisément où j'en étais, lorsque je me fis maître d'accompagnement et de composition. A quoi rêvez-vous?

MOI. — Je rêve que tout ce que vous venez de dire est plus spécieux[4] que solide. Mais laissons cela. Vous avez montré, dites-vous, l'accompagnement et la composition?

LUI. — Oui.

MOI. — Et vous n'en saviez rien du tout?

---

1. *Coryphée* : celui qui, dans les tragédies antiques, dirigeait le chœur; 2. *Éléments* : principes élémentaires; 3. *Tant il y a que* : quoi qu'il en soit; 4. *Spécieux* : qui a une apparence de vérité, de justesse; par extension : qui n'a que cette apparence.

─────── QUESTIONS ───────

5. L'importance du problème soulevé ici par le Neveu. Montrez que son idée est parfaitement juste en principe. Doit-on le suivre dans les conséquences pratiques qu'il en tire?

6. SUR L'ENSEMBLE DU PASSAGE INTITULÉ : « DE L'ENSEIGNEMENT ET DE L'ÉDUCATION DES FILLES ». — D'après ce passage, appréciez la position de Diderot sur l'éducation des filles : sur quoi insiste-t-il? Que refuse-t-il? Cette éducation est-elle complète malgré tout? N'est-il pas surprenant en apparence qu'aucune place ne soit laissée aux sciences? mais quel âge a la fille de Diderot (voir ligne 56)?

— Comparez ces idées avec celles de Molière et avec celles de Rousseau dans l'*Emile* (1762).

LUI. — Non, ma foi; et c'est pour cela qu'il y en avait de pires que moi, ceux qui croyaient savoir quelque chose. Au moins je ne gâtais ni le jugement ni les mains des enfants. En
25 passant de moi à un bon maître, comme ils n'avaient rien appris, du moins ils n'avaient rien à désapprendre, et c'était toujours autant d'argent et de temps épargnés. (1)

MOI. — Comment faisiez-vous?

LUI. — Comme ils font tous. J'arrivais, je me jetais dans une
30 chaise. « Que le temps est mauvais! que le pavé est fatigant! » Je bavardais quelques nouvelles : « Mademoiselle Lemierre[1] devait faire un rôle de vestale dans l'opéra nouveau; mais elle est grosse pour la seconde fois; on ne sait qui la doublera. Mademoiselle Arnould[2] vient de quitter son petit comte[3];
35 on dit qu'elle est en négociation avec Bertin[4]. Le petit comte a pourtant trouvé la porcelaine de monsieur de Montamy[5]. Il y avait, au dernier concert des amateurs[6], une Italienne qui a chanté comme un ange. C'est un rare corps que ce Préville[7], il faut le voir dans le *Mercure galant*[8]; l'endroit de
40 l'énigme est impayable. Cette pauvre Dumesnil[9] ne sait plus ni ce qu'elle dit ni ce qu'elle fait. Allons, mademoiselle, prenez votre livre. » Tandis que mademoiselle, qui ne se presse pas, cherche son livre qu'elle a égaré, qu'on appelle une femme

---

1. *Mlle Lemierre* (1733-1786) : cantatrice de l'Opéra; 2. *Mlle Arnould* (1744-1802), autre artiste de l'Opéra; 3. Louis de Brancas, comte de Lauragais, membre adjoint de l'Académie des sciences; il soumit à celle-ci en 1764 plusieurs morceaux de porcelaine de son invention; 4. *Bertin* d'Antilly, trésorier des parties casuelles, c'est-à-dire du service des finances, qui percevait des impôts sur les droits et revenus éventuels; 5. Ardais de *Montamy*, ami de Diderot, poursuivait des recherches sur la couleur pour la peinture en émail; 6. Le *Concert des amateurs* fut organisé à partir de 1775 et se donnait à l'hôtel de Soubise; 7. *Préville*, de son vrai nom Pierre-Louis Dubus (1721-1799), acteur qui jouait tous les rôles avec un égal succès; 8. *Le Mercure galant* ou *la Comédie sans titre* (1683) de Boursault, sorte de revue faisant défiler au bureau du *Mercure galant* une série de personnages comiques; *l'endroit de l'énigme* désigne un passage de la fin de la pièce; 9. Marie-Françoise Marchand, dite *Dumesnil*, tragédienne qui débuta à la Comédie-Française en 1737. Diderot parle d'elle dans le *Paradoxe sur le comédien*, dans des termes assez voisins : « [Sur scène], la moitié du temps elle ne sait ce qu'elle dit; mais il vient un moment sublime. »

QUESTIONS

1. Dans la tirade du Neveu (lignes 4-16), cherchez ce qui est l'amorce d'une discussion fructueuse, les idées utiles et le scepticisme qui choque le Philosophe. Montrez que cet état d'esprit est illustré à la fin de ce passage dans les méthodes employées par Rameau (lignes 22-27). Faites, à propos de ses dernières lignes, le départ entre le paradoxe et la juste critique des mauvais maîtres. Que peut-on craindre en effet de ces derniers?

de chambre, qu'on gronde, je continue : « La Clairon[1] est vraiment incompréhensible. On parle d'un mariage fort saugrenu : c'est celui de mademoiselle... comment l'appelez-vous? une petite créature qu'il entretenait, à qui il a fait deux ou trois enfants, qui avait été entretenue par tant d'autres. — Allons, Rameau, cela ne se peut; vous radotez. — Je ne radote point. On dit même que la chose est faite. Le bruit court que De Voltaire est mort; tant mieux. — Et pourquoi tant mieux? — C'est qu'il va nous donner quelque bonne folie. C'est son usage que de mourir une quinzaine auparavant. » Que vous dirai-je encore? Je disais quelques polissonneries que je rapportais des maisons où j'avais été, car nous sommes tous grands colporteurs. Je faisais le fou, on m'écoutait, on riait, on s'écriait : « Il est toujours charmant. » Cependant le livre de mademoiselle s'était enfin retrouvé sous un fauteuil où il avait été traîné, mâchonné, déchiré par un jeune doguin[2], ou par un petit chat. Elle se mettait à son clavecin. D'abord elle y faisait du bruit toute seule, ensuite je m'approchais, après avoir fait à la mère un signe d'approbation. *La mère :* « Cela ne va pas mal; on n'aurait qu'à vouloir, mais on ne veut pas; on aime mieux perdre son temps à jaser, à chiffonner[3], à courir, à je ne sais quoi. Vous n'êtes pas sitôt parti, que le livre est fermé pour ne le rouvrir qu'à votre retour. Aussi vous ne la grondez jamais. » Cependant, comme il fallait faire quelque chose, je lui prenais les mains que je lui plaçais autrement; je me dépitais, je criais, *sol, sol, sol*, mademoiselle, c'est un *sol. La mère :* « Mademoiselle, est-ce que vous n'avez point d'oreilles? Moi qui ne suis pas au clavecin, et qui ne vois pas sur votre livre, je sens qu'il faut un *sol*. Vous donnez une peine infinie à monsieur; je ne conçois pas sa patience; vous ne retenez rien de ce qu'il vous dit, vous n'avancez point... » Alors je rabattais un peu les coups[4], et hochant de la tête, je disais : « Pardonnez-moi, madame, pardonnez-moi; cela pourrait aller mieux si mademoiselle voulait, si elle étudiait un peu, mais cela ne va pas mal. » *La mère :* « A votre place, je la tiendrais un an sur la même pièce[5]. — Oh! pour cela, elle n'en sortira pas qu'elle ne soit au-dessus de toutes difficultés; et cela ne sera pas si long que madame le croit. — Monsieur Rameau, vous la

---

1. *La Clairon :* voir page 27, note 4 ; 2. *Doguin :* petit chien venant du dogue d'Angleterre, et très à la mode alors; 3. *Chiffonner :* s'occuper de chiffons, de toilettes; 4. *Rabattre les coups :* apaiser la querelle, en atténuant les griefs; 5. Le même morceau.

flattez. Vous êtes trop bon. Voilà de la leçon la seule chose
qu'elle retiendra et qu'elle saura bien me répéter dans l'occasion. » L'heure se passait; mon écolière me présentait le petit
85 cachet avec la grâce du bras et la révérence qu'elle avait apprise
du maître à danser; je le mettais dans ma poche, pendant
que la mère disait : « Fort bien, mademoiselle; si Javillier[1]
était là, il vous applaudirait. » Je bavardais encore un moment
par bienséance; je disparaissais ensuite, et voilà ce qu'on appe-
90 lait alors une leçon d'accompagnement. (2)

MOI. — Et aujourd'hui c'est donc autre chose?

LUI. — Vertudieu! je le crois. J'arrive; je suis grave; je
me hâte d'ôter mon manchon[2], j'ouvre le clavecin, j'essaye les
touches. Je suis toujours pressé; si l'on me fait attendre un
95 moment, je crie comme si l'on me volait un écu. Dans une
heure d'ici il faut que je sois là, dans deux heures chez madame
la duchesse une telle; je suis attendu à dîner chez une belle
marquise, et au sortir de là, c'est un concert chez monsieur
le baron de Bagge[3], rue Neuve-des-Petits-Champs.

100 MOI. — Et cependant vous n'êtes attendu nulle part?

LUI. — Il est vrai. (3)

MOI. — Et pourquoi employer toutes ces petites viles ruses-là?

LUI. — Viles! et pourquoi, s'il vous plaît? Elles sont d'usage
dans mon état; je ne m'avilis point en faisant comme tout

---

1. *Javillier l'Etang* : danseur de l'Opéra; 2. Le *manchon* était alors en usage pour
les hommes comme pour les femmes; 3. Le *baron de Bagge*, hollandais, était violoniste amateur et donnait chez lui des concerts.

─────── ■ QUESTIONS ───────

2. Montrez que toute cette tirade constitue une petite scène autonome
à l'intérieur de l'œuvre. Est-ce pourtant une digression? Comment se
rattache-t-elle à ce qui précède immédiatement et à la discussion en
général? Quel titre pourrait-on donner à ce passage? — Analysez le caractère et l'attitude de chaque personnage. N'y a-t-il pas des traits de satire
qui restent d'une vérité actuelle? Quels éléments sont typiques du
XVIIIe siècle? En quoi consistait essentiellement le rôle du Neveu dans
l'esprit de la mère qui le payait? Peut-on juger que celui-ci était foncièrement malhonnête? — Le comique dans ce passage : satire des mœurs,
comique de mots, de caractères. Est-ce simplement une caricature, ou
n'y a-t-il pas aussi, dans la peinture de Rameau, un certain sens des
nuances? — A-t-on déjà pu auparavant apprécier le talent du Neveu à
jouer une comédie à plusieurs personnages?

3. Comment s'accuse le contraste de ce passage avec le précédent?
Cherchez notamment comment le rythme ici constitue la valeur essentielle
de ces quelques lignes et s'oppose au bavardage qui précède. Voyez-vous
d'autres éléments que l'on puisse dégager dans la même intention?

le monde. Ce n'est pas moi qui les ai inventées, et je serais bizarre et maladroit de ne pas m'y conformer. Vraiment, je sais bien que si vous allez appliquer à cela certains principes généraux de je ne sais quelle morale qu'ils ont tous à la bouche et qu'aucun d'eux ne pratique, il se trouvera que ce qui est blanc sera noir, et que ce qui est noir sera blanc. Mais, monsieur le philosophe, il y a une conscience générale, comme il y a une grammaire générale, et puis des exceptions dans chaque langue, que vous appelez, je crois, vous autres savants, des... aidez-moi donc, des...

MOI. — Idiotismes[1].

LUI. — Tout juste. Eh bien, chaque état a ses exceptions à la conscience générale, auxquelles je donnerais volontiers le nom d'idiotismes de métier.

MOI. — J'entends. Fontenelle[2] parle bien, écrit bien, quoique son style fourmille d'idiotismes français.

LUI. — Et le souverain, le ministre, le financier, le magistrat, le militaire, l'homme de lettres, l'avocat, le procureur[3], le commerçant, le banquier, l'artisan, le maître à chanter, le maître à danser, sont de fort honnêtes gens, quoique leur conduite s'écarte en plusieurs points de la conscience générale, et soit remplie d'idiotismes moraux. Plus l'institution des choses est ancienne, plus il y a d'idiotismes; plus les temps sont malheureux, plus les idiotismes se multiplient. Tant vaut l'homme, tant vaut le métier, et réciproquement, à la fin, tant vaut le métier, tant vaut l'homme. On fait donc valoir le métier tant qu'on peut.

MOI. — Ce que je conçois clairement à tout cet entortillage, c'est qu'il y a peu de métiers honnêtement exercés, ou peu d'honnêtes gens dans leurs métiers. (4)

---

1. *Idiotisme* : construction particulière à une langue; 2. *Fontenelle* (1657-1757) : précurseur des Encyclopédistes, qui mit en relief l'importance de l'esprit critique dans son *Histoire des oracles* et fit œuvre de vulgarisation scientifique dans ses *Entretiens sur la pluralité des mondes*; 3. *Procureur* : avoué.

--- QUESTIONS ---

4. Essayez de résumer en quelques mots la pensée du Neveu. A quel point de vue se place ce dernier? Montrez sa franchise, son refus d'utiliser la morale pour couvrir des actions jugées plus ou moins répréhensibles. Par quel autre mot pourrait-on traduire *idiotisme*? Le raisonnement est-il faux? Que tend-il à démontrer? En quoi la conclusion du Philosophe (lignes 132-134) apporte-t-elle un élément nouveau? Développez-le.

135 LUI. — Bon! il n'y en a point; mais en revanche il y a peu de fripons hors de leur boutique[1]; et tout irait assez bien sans un certain nombre de gens qu'on appelle assidus, exacts, remplissant rigoureusement leurs devoirs, stricts, ou, ce qui revient au même, toujours dans leurs boutiques, et faisant leur métier
140 depuis le matin jusqu'au soir, et ne faisant que cela. Aussi sont-ils les seuls qui deviennent opulents et qui soient estimés.

MOI. — A force d'idiotismes.

LUI. — C'est cela; je vois que vous m'avez compris. Or donc un idiotisme de presque tous les états, car il y en a de communs
145 à tous les pays, à tous les temps, comme il y a des sottises communes; un idiotisme commun est de se procurer le plus de pratiques que l'on peut : une sottise commune est de croire que le plus habile est celui qui en a le plus. Voilà deux exceptions à la conscience générale auxquelles il faut se plier. C'est
150 une espèce de crédit. Ce n'est rien en soi; mais cela vaut par l'opinion. On a dit que *bonne renommée valait mieux que ceinture dorée.* Cependant qui a bonne renommée n'a pas ceinture dorée, et je vois qu'aujourd'hui qui a ceinture dorée ne manque guère de renommée. Il faut, autant qu'il est pos-
155 sible, avoir le renom et la ceinture. Et c'est mon objet, lorsque je me fais valoir par ce que vous qualifiez d'adresses viles, d'indignes petites ruses. Je donne ma leçon et je la donne bien : voilà la règle générale. Je fais croire que j'en ai plus à donner que la journée n'a d'heures, voilà l'idiotisme. (5)

160 MOI. — Et la leçon, vous la donnez bien?

LUI. — Oui, pas mal, passablement. La basse fondamentale[2] du cher oncle a bien simplifié tout cela. Autrefois je volais

---

1. Il y a peu de gens malhonnêtes hors du cadre de leurs activités professionnelles;
2. Principale découverte musicale de Jean-Philippe Rameau; système harmonique dans lequel la note fondamentale de chaque accord est prise comme basse rationnelle.

──────── **QUESTIONS** ────────

5. En quoi le Neveu développe-t-il ici d'une façon logique son paradoxe antérieur? Quel rôle jouent, à son avis, les gens *assidus, exacts* (ligne 137)? — La relation établie par le Neveu entre « richesse » et « renommée » est-elle, comme il le prétend, un fait d'observation valable en n'importe quel temps et pour n'importe quelle société? — Les deux dernières phrases du Neveu (lignes 157-159) ne tempèrent-elles pas son cynisme antérieur? — Diderot moraliste d'après cet exposé : à quoi peut-on deviner que le Neveu est le porte-parole de certaines idées qui ont tenté le Philosophe? Dans quelle tradition des moralistes français pourrait se replacer toute cette théorie des *idiotismes* moraux?

l'argent de mon écolier, oui, je le volais, cela est sûr. Aujour-
d'hui je le gagne, du moins comme les autres.

MOI. — Et le voliez-vous sans remords?

LUI. — Oh! sans remords! On dit que *si un voleur vole l'autre,
le diable s'en rit*. Les parents regorgeaient d'une fortune acquise
Dieu sait comment; c'étaient des gens de cour, des financiers,
des gros commerçants, des banquiers, des gens d'affaires. Je les
aidais à restituer, moi et une foule d'autres qu'ils employaient
comme moi. Dans la nature, toutes les espèces se dévorent;
toutes les conditions se dévorent dans la société. Nous faisons
justice les uns des autres sans que la loi s'en mêle. La Deschamps autrefois, aujourd'hui la Guimard[1] venge le prince du
financier, et c'est la marchande de mode, le bijoutier, le tapis-
sier, la lingère, l'escroc, la femme de chambre, le cuisinier,
le bourrelier qui vengent le financier de la Deschamps. Au
milieu de tout cela, il n'y a que l'imbécile ou l'oisif qui soit
lésé sans avoir vexé personne, et c'est fort bien fait. D'où
vous voyez que ces exceptions à la conscience générale, ou ces
idiotismes moraux dont on fait tant de bruit sous la déno-
mination de *tours du bâton*[2], ne sont rien, et qu'à tout[3], il
n'y a que le coup d'œil qu'il faut avoir juste.

MOI. — J'admire le vôtre.

LUI. — Et puis la misère. La voix de la conscience et de l'honneur est bien faible, lorsque les boyaux crient (6). Suffit que si
je deviens jamais riche, il faudra bien que je restitue, et que
je suis bien résolu à restituer de toutes les manières possibles,
par la table, par le jeu, par le vin, par les femmes.

MOI. — Mais j'ai peur que vous ne deveniez jamais riche.

LUI. — Moi, j'en ai le soupçon.

MOI. — Mais s'il en arrivait autrement, que feriez-vous?

---

1. *La Deschamps*, comme *la Guimard*, était danseuse à l'Opéra. La première fut
la maîtresse de l'avocat général Antoine-Louis Séguier, ennemi des Philosophes;
2. On appelait alors *tours du bâton* tous les petits gains malhonnêtes, dans les différents métiers; 3. *A tout* [prendre].

————— QUESTIONS —————

6. Résumez en quelques mots la théorie cyclique du Neveu sur la circulation de l'argent. Comment s'y mêlent les idées de Montesquieu
et de Voltaire sur la prospérité économique et la théorie de la lutte pour
la vie, pour aboutir à une vision pessimiste de la société? Le déterminisme
social mis au service du cynisme moral : quelle est la portée de la dernière phrase de ce passage (lignes 185-186)?

LUI. — Je ferais comme tous les gueux revêtus; je serais le plus insolent maroufle[1] qu'on eût encore vu. C'est alors que je
195 me rappellerais tout ce qu'ils m'ont fait souffrir, et je leur rendrais bien les avanies[2] qu'ils m'ont faites. J'aime à commander, et je commanderai. J'aime qu'on me loue, et l'on me louera. J'aurai à mes gages toute la troupe Vilmorienne[3], et je leur dirai, comme on me l'a dit : « Allons, faquins, qu'on
200 m'amuse », et l'on m'amusera; « Qu'on me déchire les honnêtes gens », et on les déchirera, si l'on en trouve encore; et puis nous aurons des filles, nous nous tutoierons quand nous serons ivres; nous nous enivrerons, nous ferons des contes, nous aurons toutes sortes de travers et de vices. Cela
205 sera délicieux. Nous prouverons que De Voltaire[4] est sans génie; que Buffon[5], toujours guindé sur des échasses, n'est qu'un déclamateur ampoulé; que Montesquieu n'est qu'un bel esprit; nous reléguerons d'Alembert dans ses mathématiques, nous en donnerons sur dos et ventre à tous ces petits
210 Catons[6] comme vous, qui nous méprisent par envie, dont la modestie est le manteau de l'orgueil, et dont la sobriété est la loi du besoin. Et de la musique? c'est alors que nous en ferons.

MOI. — Au digne emploi que vous feriez de la richesse, je vois combien c'est grand dommage que vous soyez gueux.
215 Vous vivriez là d'une manière bien honorable pour l'espèce humaine, bien utile à vos concitoyens, bien glorieuse pour vous. (7)

---

1. *Maroufle* : voir page 40, note 6; 2. *Avanie* : traitement humiliant; 3. Tous les parasites qui vivaient dans l'entourage de Vilmorien, fermier général et gendre de Bouret, dont il est question plus loin; 4. Voir page 33, note 1; 5. Georges Louis Leclerc, comte *de Buffon* (1707-1788), naturaliste et écrivain; auteur d'une monumentale *Histoire naturelle* (1749-1788) et des *Epoques de la nature* (1778), il fut un écrivain soucieux d'une expression claire et élégante ; son style parfois pompeux soulevait déjà des critiques; 6. *Caton* l'Ancien (234-149) s'acharna contre le développement du luxe à Rome. Son nom est devenu synonyme de « censeur à l'esprit étroit ».

--- **QUESTIONS** ---

7. Analysez les différents éléments de la revanche que prendrait le Neveu. Le ton est-il celui d'une révolte contre l'ordre de la société? Montrez que le personnage est plus préoccupé d'avoir son tour des jouissances matérielles que de faire souffrir en retour ceux qui l'ont méprisé. — Comment s'explique l'acharnement que Diderot lui prête contre les Encyclopédistes et leurs amis? Quelle est son intention? — Comparez l'attitude de Rameau devenu puissant avec celle de Gil Blas dans la même situation, chez Lesage (*Gil Blas de Santillane*, livre VIII). Diderot ne retrouve-t-il pas ici certains traits du héros picaresque? Mais Gil Blas ferait-il la théorie de son amoralisme ?— L'idéal du Philosophe (lignes 237-280) semble-t-il aussi solidement raisonné que celui du Neveu?

LUI. — Mais je crois que vous vous moquez de moi. Monsieur le philosophe, vous ne savez pas à qui vous vous jouez ; vous ne vous doutez pas que dans ce moment je représente la partie la plus importante de la ville et de la cour. Nos opulents dans tous les états ou se sont dit à eux-mêmes ou ne se sont pas dit les mêmes choses que je vous ai confiées ; mais le fait est que la vie que je mènerais à leur place est exactement la leur. Voilà où vous en êtes, vous autres. Vous croyez que le même bonheur est fait pour tous. Quelle étrange vision ! Le vôtre suppose un certain tour d'esprit romanesque que nous n'avons pas, une âme singulière, un goût particulier. Vous décorez cette bizarrerie du nom de vertu, vous l'appelez philosophie. Mais la vertu, la philosophie sont-elles faites pour tout le monde ? En a qui peut, en conserve qui peut. Imaginez l'univers sage et philosophe ; convenez qu'il serait diablement triste. Tenez, vive la philosophie, vive la sagesse de Salomon[1] : boire de bon vin, se gorger de mets délicats, se rouler sur de jolies femmes, se reposer dans des lits bien mollets. Excepté cela, le reste n'est que vanité. **(8)**

MOI. — Quoi ! défendre sa patrie ?

LUI. — Vanité ! Il n'y a plus de patrie : je ne vois d'un pôle à l'autre que des tyrans et des esclaves.

MOI. — Servir ses amis ?

LUI. — Vanité ! Est-ce qu'on a des amis ? Quand on en aurait faudrait-il en faire des ingrats ? Regardez-y bien, et vous verrez que c'est presque toujours là ce qu'on recueille des services

---

1. *Salomon*, fils et successeur de David, régna de 973 à 930 avant J.-C. Sa sagesse est restée proverbiale ; mais l'image que s'en fait le Neveu est surtout liée à la splendeur et au luxe, auxquels l'histoire biblique fait aussi allusion à propos du règne de Salomon.

QUESTIONS

8. En quoi la critique sociale se fait-elle plus précise et plus dure ? — Analysez les étapes du paradoxe soutenu par le Neveu : relevez tous les termes destinés à détruire et à ridiculiser l'idée que les philosophes se font du caractère universel de la sagesse humaine. Que devient alors la philosophie, sinon un « idiotisme » elle aussi ? — Ne peut-on penser que, sous une forme caricaturale, Diderot se fait à lui-même des objections et projette ses propres doutes dans son personnage ? — Le dernier mot de la réplique du Neveu rappelle la formule placée dans la Bible en tête de l'Ecclésiaste *(Vanité des vanités, et tout est vanité !)* ; quelle résonance prend ici cette allusion, ainsi que le rappel de la sagesse de Salomon qui le précède ?

rendus. La reconnaissance est un fardeau, et tout fardeau est
245 fait pour être secoué.

MOI. — Avoir un état dans la société et en remplir les devoirs?

LUI. — Vanité! Qu'importe qu'on ait un état ou non, pourvu
qu'on soit riche, puisqu'on ne prend un état que pour le devenir. Remplir ses devoirs, à quoi cela mène-t-il? à la jalousie,
250 au trouble, à la persécution. Est-ce ainsi qu'on s'avance?
Faire sa cour, morbleu! faire sa cour, voir les grands, étudier
leurs goûts, se prêter à leurs fantaisies, servir leurs vices,
approuver leurs injustices : voilà le secret.

MOI. — Veiller à l'éducation de ses enfants?

255 LUI. — Vanité! C'est l'affaire d'un précepteur.

MOI. — Mais si ce précepteur, pénétré de vos principes,
néglige ses devoirs, qui est-ce qui en sera châtié?

LUI. — Ma foi, ce ne sera pas moi, mais peut-être un jour
le mari de ma fille ou la femme de mon fils.

260 MOI. — Mais si l'un et l'autre se précipitent dans la débauche
et les vices?

LUI. — Cela est de leur état.

MOI. — S'ils se déshonorent?

LUI. — Quoi qu'on fasse, on ne peut se déshonorer quand
265 on est riche.

MOI. — S'ils se ruinent?

LUI. — Tant pis pour eux. (9)

MOI. — Je vois que si vous vous dispensez de veiller à la
conduite de votre femme, de vos enfants, de vos domestiques,
270 vous pourriez aisément négliger vos affaires.

———— QUESTIONS ————

9. Le procédé de développement dans ce passage : comment le ton
et le rythme des répliques traduisent-ils l'assurance de plus en plus grande
du Neveu face à son interlocuteur? D'où vient chez lui cette exaltation
croissante? — Analysez un à un les arguments que le Neveu oppose aux
commandements de la morale traditionnelle évoqués par le Philosophe;
appréciez leur valeur logique par rapport au système d'idées dont se
réclame l'immoralisme du Neveu. — En étudiant notamment les lignes 249-
250, peut-on expliquer comment l'immoralisme du Neveu arrive curieu-
sement aux mêmes conclusions que J.-J. Rousseau sur la reconnaissance
des bienfaits?

LUI. — Pardonnez-moi, il est quelquefois difficile de trouver de l'argent, et il est prudent de s'y prendre de loin.

MOI. — Vous donnerez peu de soin à votre femme?

LUI. — Aucun, s'il vous plaît. Le meilleur procédé, je crois, qu'on puisse avoir avec sa chère moitié, c'est de faire ce qui lui convient. A votre avis, la société ne serait-elle pas fort amusante, si chacun y était à sa chose[1]?

MOI. — Pourquoi pas? la soirée n'est jamais plus belle pour moi que quand je suis content de ma matinée.

LUI. — Et pour moi aussi. (10) (11)

[MORALITÉ ET BONHEUR]

MOI. — Ce qui rend les gens du monde si délicats sur leurs amusements, c'est leur profonde oisiveté.

LUI. — Ne croyez pas cela; ils s'agitent beaucoup.

MOI. — Comme ils ne se lassent jamais, ils ne se délassent jamais.

---

1. Si chacun donnait tous ses soins à ses affaires et à ce qui le concerne.

―――― **QUESTIONS** ――――――――――――――

10. Quel argument trouve le philosophe pour désarçonner son adversaire? Le Neveu est-il décontenancé? A quoi voit-on cependant que son attitude change à l'égard de son interlocuteur? — Sur quelle constatation assez inattendue les deux personnages se trouvent-ils finalement d'accord? Cela signifie-t-il qu'ils ont la même notion du bonheur?

11. Sur l'ensemble du passage intitulé : « Les Idiotismes moraux ». — En écartant les digressions et les considérations secondaires, analysez le mouvement de toute cette partie de la conversation : montrez que, d'un cas particulier, la discussion s'élargit peu à peu jusqu'à mettre en question les fondements mêmes de la morale.

— Lequel des deux interlocuteurs mène le jeu et domine l'autre, selon les moments de la discussion?

— La part du paradoxe dans ce moment du dialogue.

— L' « idiotisme moral » : comment cette notion chère au Neveu met-elle en question le principe même de la conscience professionnelle? Cette notion une fois admise, comment peut-on définir l'état moral de la société et la prescription des devoirs? Y a-t-il un idéal moral possible ou un état de fait qu'on dénomme hypocritement loi morale?

— Comment tout ce passage reflète-t-il les hésitations de la pensée de Diderot, entre déterminisme et idéalisme? Que devient, dans cette perspective, la notion de « bonheur », fin suprême de la morale naturelle?

— Quoi qu'il prétende, le Neveu a-t-il su profiter de toutes ses découvertes sur l'égoïsme profond du monde? Quelles conclusions tirer de son échec?

LUI. — Ne croyez pas cela; ils sont sans cesse excédés.

MOI. — Le plaisir est toujours une affaire pour eux, et jamais un besoin.

LUI. — Tant mieux; le besoin est toujours une peine. (1)

10 MOI. — Ils usent tout. Leur âme s'hébète; l'ennui s'en empare. Celui qui leur ôterait la vie au milieu de leur abondance accablante, les servirait. C'est qu'ils ne connaissent du bonheur que la partie qui s'émousse le plus vite. Je ne méprise pas les plaisirs des sens : j'ai un palais aussi, et il est flatté d'un

15 mets délicat ou d'un vin délicieux; j'ai un cœur et des yeux, et j'aime à voir une jolie femme [...]; quelquefois, avec mes amis, une partie de débauche, même un peu tumultueuse, ne me déplaît pas. Mais, je ne vous le dissimulerai pas, il m'est infiniment plus doux encore d'avoir secouru le malheureux,

20 d'avoir terminé une affaire épineuse, donné un conseil salutaire, fait une lecture agréable, une promenade avec un homme ou une femme chère à mon cœur, passé quelques heures instructives avec mes enfants, écrit une bonne page, rempli les devoirs de mon état, dit à celle que j'aime quelques choses

25 tendres et douces qui amènent ses bras autour de mon col. Je connais telle action que je voudrais avoir faite pour tout ce que je possède. C'est un sublime ouvrage que *Mahomet*, j'aimerais mieux avoir réhabilité la mémoire des Calas[1]. Un homme de ma connaissance s'était réfugié à Carthagène[2];

30 c'était un cadet de famille dans un pays où la coutume transfère tout le bien aux aînés. Là il apprend que son aîné, enfant gâté, après avoir dépouillé son père et sa mère trop faciles de tout ce qu'ils possédaient, les avait expulsés de leur château et que les bons vieillards languissaient indigents dans une

35 petite ville de la province. Que fait alors ce cadet qui, traité durement par ses parents, était allé tenter la fortune au loin? Il leur envoie des secours; il se hâte d'arranger ses affaires, il revient opulent, il ramène son père et sa mère dans leur

---

1. Voltaire écrivit la tragédie intitulée *Mahomet* en 1741; il consacra une partie de son temps et de sa fortune à la réhabilitation de Calas, bourgeois protestant de Toulouse, exécuté en 1762 à la suite d'une erreur judiciaire; 2. Il s'agit de l'Écossais Hoop.

━━━━━ **QUESTIONS** ━━━━━

1. Sur quel thème s'oriente maintenant la conversation? — Le jugement porté sur les gens du monde : l'opposition entre le philosophe et le parasite n'est-elle pas plus apparente que réelle? Quelle interprétation divergente tirent-ils de la même observation?

domicile, il marie ses sœurs. Ah! mon cher Rameau, cet homme
regardait cet intervalle comme le plus heureux de sa vie; c'est
les larmes aux yeux qu'il m'en parlait; et moi, je sens, en vous
faisant ce récit, mon cœur se troubler de joie et le plaisir me
couper la parole. (2)

LUI. — Vous êtes des êtres bien singuliers!

MOI. — Vous êtes des êtres bien à plaindre, si vous n'imaginez pas qu'on s'est élevé au-dessus du sort, et qu'il est impossible d'être malheureux à l'abri de deux belles actions telles
que celle-ci.

LUI. — Voilà une espèce de félicité avec laquelle j'aurai de
la peine à me familiariser, car on la rencontre rarement. Mais,
à votre compte, il faudrait donc être d'honnêtes gens?

MOI. — Pour être heureux? assurément.

LUI. — Cependant je vois une infinité d'honnêtes gens qui
ne sont pas heureux et une infinité de gens qui sont heureux
sans être honnêtes.

MOI. — Il vous semble.

LUI. — Et n'est-ce pas pour avoir eu du sens commun et
de la franchise un moment que je ne sais où aller souper[1]
ce soir?

MOI. — Hé non! c'est pour n'en avoir pas toujours eu; c'est
pour n'avoir pas senti de bonne heure qu'il fallait d'abord se
faire une ressource indépendante de la servitude.

LUI. — Indépendante ou non, celle que je me suis faite est
au moins la plus aisée.

---

1. *Souper* : dîner.

QUESTIONS

2. Composition de ce passage : montrez que, progressivement, le ton
s'élève et que l'émotion devient plus intense. Analysez le lyrisme senti-
mental de la fin. — Le bonheur pour le philosophe : est-ce une pure
abstraction? Refuse-t-il comme méprisable ce qui vient des sens? Quelle
place malgré cela assigne-t-il aux joies sensuelles? Que place-t-il au-dessus
d'elles? Les deux choses sont-elles incompatibles? — Montrez qu'ici
Diderot présente à traits rapides les éléments essentiels de l'art de vivre
du philosophe, en s'appuyant sur des exemples authentiques. Quelle
place fait-il à la morale et au sentiment? — Rapprochez l'anecdote qui
termine ce passage de l'histoire des bons Troglodytes dans les *Lettres
persanes* de Montesquieu et surtout des *Salons*, où Diderot fait le compte
rendu de certains tableaux de Greuze.

65   MOI. — Et la moins sûre et la moins honnête.

LUI. — Mais la plus conforme à mon caractère de fainéant, de sot, de vaurien.

MOI. — D'accord. (3)

LUI. — Et que puisque je puis faire mon bonheur par des
70 vices qui me sont naturels, que j'ai acquis sans travail, que je conserve sans effort, qui cadrent avec les mœurs de ma nation, qui sont du goût de ceux qui me protègent, et plus analogues à leurs petits besoins particuliers que des vertus qui les gêneraient en les accusant depuis le matin jusqu'au soir, il serait
75 bien singulier que j'allasse me tourmenter comme une âme damnée pour me bistourner[1] et me faire autre que je ne suis, pour me donner un caractère étranger au mien, des qualités très estimables, j'y consens pour ne pas disputer[2], mais qui me coûteraient beaucoup à acquérir, à pratiquer, ne me mène-
80 raient à rien, peut-être à pis que rien, par la satire continuelle des riches auprès desquels les gueux comme moi ont à chercher leur vie. On loue la vertu, mais on la hait, mais on la fuit, mais elle gèle de froid, et dans ce monde, il faut avoir les pieds chauds. Et puis cela me donnerait de l'humeur infail-
85 liblement; car pourquoi voyons-nous si fréquemment les dévots si durs, si fâcheux, si insociables? C'est qu'ils se sont imposé une tâche qui ne leur est pas naturelle; ils souffrent, et quand on souffre, on fait souffrir les autres. Ce n'est pas là mon compte ni celui de mes protecteurs; il faut que je sois
90 gai, souple, plaisant, bouffon, drôle. La vertu se fait respecter, et le respect est incommode; la vertu se fait admirer, et l'admiration n'est pas amusante. J'ai affaire à des gens qui s'ennuient et il faut que je les fasse rire. Or c'est le ridicule et la folie qui font rire, il faut donc que je sois ridicule et fou; et quand la

---

1. *Se bistourner* : se déformer; 2. *Disputer* : discuter.

─────── **QUESTIONS** ───────

3. Comment réagit le Neveu? Quel thème revient une fois de plus à la ligne 44? Est-il convaincu? Retrouve-t-il cependant aussitôt son aplomb coutumier? Ne peut-on pas penser qu'il a été plus sensible à l'émotion de Diderot, à la fin de sa tirade, qu'aux arguments qui ont été présentés? — Par quelle expérience personnelle retrouve-t-il son agressivité? Derrière quelles considérations, touchant son caractère, se retranche-t-il pour refuser son adhésion à ce que Diderot lui propose? — Ne se sent-il pas encouragé par l'assentiment ambigu de son interlocuteur, à la fin de cet échange de répliques?

nature ne m'aurait pas fait tel, le plus court serait de le paraître (4). Heureusement je n'ai pas besoin d'être hypocrite; il y en a déjà tant de toutes les couleurs, sans compter ceux qui le sont avec eux-mêmes. Ce chevalier de La Morlière[1], qui retape[2] son chapeau sur son oreille, qui porte la tête au vent, qui vous regarde le passant par-dessus l'épaule, qui fait battre une longue épée sur sa cuisse, qui a l'insulte toute prête pour celui qui n'en porte point, et qui semble adresser un défi à tout venant, que fait-il? tout ce qu'il peut pour se persuader qu'il est un homme de cœur, mais il est lâche. Offrez-lui une croquignole[3] sur le bout du nez, et il la recevra en douceur. Voulez-vous lui faire baisser le ton? élevez-le. Montrez-lui votre canne ou appliquez votre pied entre ses fesses, tout étonné de se trouver un lâche, il vous demandera qui est-ce qui vous l'a appris, d'où vous le savez. Lui-même l'ignorait le moment précédent; une longue et habituelle singerie de bravoure lui en avait imposé, il avait tant fait les mines qu'il croyait la chose. Et cette femme qui se mortifie, qui visite les prisons, qui assiste à toutes les assemblées de charité, qui marche les yeux baissés, qui n'oserait regarder un homme en face, sans cesse en garde contre la séduction de ses sens; tout cela empêche-t-il que son cœur ne brûle, que des soupirs ne lui échappent. [...]? Et l'ami Rameau, s'il se mettait un jour à marquer du mépris pour la fortune, les femmes, la bonne chère, l'oisiveté, à catoniser[4], que serait-il? un hypocrite. Il faut que Rameau soit ce qu'il est : un brigand heureux avec des brigands opulents et non un fanfaron de vertu ou même un homme vertueux, rongeant sa croûte de pain, seul, ou à côté des gueux. Et pour le trancher net, je ne m'accommode

---

1. Jacques Rochette *de La Morlière* (1719-1785), auteur de comédies et de romans licencieux, escroc et intrigant, était pilier de cabaret; 2. *Retaper :* retrousser les bords de son chapeau; 3. *Croquignole :* chiquenaude, coup léger; 4. *Catoniser :* imiter la rigueur de Caton (voir page 66, note 5).

─────────── QUESTIONS ───────────

4. Analysez l'argumentation du Neveu : quels en sont les éléments positifs? N'est-il pas vrai que, dans sa situation de parasite, il ne peut adopter une autre attitude que la sienne actuellement? Que pourrait-on lui objecter? — N'y a-t-il pas, également, une certaine conformité entre son caractère et son genre de vie? Montrez qu'il craint essentiellement la misère et l'effort qu'elle lui imposerait. — Relevez les maximes qui jalonnent les propos du Neveu.

point de votre félicité, ni du bonheur de quelques visionnaires
125 comme vous. **(5)**

MOI. — Je vois, mon cher, que vous ignorez ce que c'est, et
que vous n'êtes pas même fait pour l'apprendre.

LUI. — Tant mieux, mordieu! tant mieux. Cela me ferait
crever de faim, d'ennui, et de remords peut-être.

130 MOI. — D'après cela, le seul conseil que j'aie à vous donner,
c'est de rentrer bien vite dans la maison d'où vous vous êtes
imprudemment fait chasser.

LUI. — [...] Je veux bien être abject, mais je veux que ce
soit sans contrainte. Je veux bien descendre de ma dignité...
135 Vous riez?

MOI. — Oui, votre dignité me fait rire. **(6) (7)**

[RAMEAU ET SES PROTECTEURS]

LUI. — Chacun a la sienne; je veux bien oublier la mienne,
mais à ma discrétion et non à l'ordre d'autrui. Faut-il qu'on
puisse me dire : Rampe, et que je sois obligé de ramper? C'est
l'allure du ver, c'est mon allure; nous la suivons l'un et l'autre

———————— QUESTIONS ————————

5. Que tendent à montrer les deux exemples que le Neveu cite ici?
Sont-ils très critiquables dans le fond? — Quel est le défaut de La Morlière?
Comment se complète ici le portrait traditionnel du fanfaron? Montrez
que le Neveu veut souligner l'hypocrisie du faible, qui cherche à se
donner une apparence de force. Au nom de quoi repousse-t-il ce mensonge envers soi-même? — Le second exemple : rapprochez-le de La
Bruyère (*les Caractères*, portrait d'Onuphre, chapitre XIII), et de Molière
(*le Tartuffe*, I, II, et *le Misanthrope*, III, II). A l'égard de qui est la trom-
perie? — Par quel raisonnement le Neveu tire-t-il les conclusions des
portraits qu'il vient de faire?

6. Pourquoi la discussion change-t-elle brutalement d'orientation?
Pourquoi le Philosophe conseille-t-il de nouveau maintenant à Rameau
de retourner s'humilier chez son ancien protecteur? — Expliquez le
comique des deux dernières répliques. Sur quoi est-il fondé?

7. SUR L'ENSEMBLE DU PASSAGE INTITULÉ : « MORALITÉ ET BONHEUR ».
— La conception du bonheur chez les deux personnages. L'idéalisme du
Philosophe : rapprochez-le de celui que Diderot manifeste dans sa critique des tableaux de Greuze (dans les *Salons*).
— Comment cet aspect de l'écrivain est-il mis en relief par l'immoralisme apparent de son interlocuteur? Ce dernier n'a-t-il pas cependant
une certaine morale? Appréciez le jugement qu'il porte sur l'hypocrisie.
Comparez ses paroles et sa vie sur ce point : le Neveu est-il aussi foncièrement dépravé qu'il y paraît à première vue?

quand on nous laisse aller, mais nous nous redressons quand
on nous marche sur la queue. On m'a marché sur la queue,
et je me redresserai. Et puis vous n'avez pas d'idée de la pétau-
dière dont il s'agit. Imaginez un mélancolique et maussade
personnage, dévoré de vapeurs, enveloppé dans deux ou trois
tours de robe de chambre, qui se déplaît à lui-même, à qui
tout déplaît, qu'on fait avec peine sourire en se disloquant
le corps et l'esprit en cent manières diverses, qui considère
froidement les grimaces plaisantes de mon visage et celles de
mon jugement qui sont plus plaisantes encore; car, entre nous,
ce père Noël[1], ce vilain bénédictin, si renommé pour les grimaces, malgré ses succès à la cour, n'est, sans me vanter ni lui
non plus, à comparaison de moi qu'un polichinelle de bois.
J'ai beau me tourmenter pour atteindre au sublime des Petites-
Maisons[2], rien n'y fait. Rira-t-il? ne rira-t-il pas? voilà ce que
je suis forcé de me dire au milieu de mes contorsions, et vous
pouvez juger combien cette incertitude nuit au talent. Mon
hypocondre[3], la tête renfoncée dans un bonnet de nuit qui
lui couvre les yeux, a l'air d'une pagode[4] immobile à laquelle
on aurait attaché un fil au menton, d'où il descendrait jusque
sous son fauteuil. On attend que le fil se tire, et il ne se tire
point, ou s'il arrive que la mâchoire s'entrouvre, c'est pour
articuler un mot désolant, un mot qui vous apprend que vous
n'avez point été aperçu, et que toutes vos singeries sont perdues; ce mot est la réponse à une question que vous lui aurez
faite il y a quatre jours; ce mot dit, le ressort mastoïde se
détend, et la mâchoire se referme...

Puis il se mit à contrefaire son homme, il s'était placé dans
une chaise, la tête fixe, le chapeau jusque sur ses paupières,
les yeux à demi clos, les bras pendants, remuant sa mâchoire
comme un automate, et disant : « Oui, vous avez raison,
mademoiselle, il faut mettre de la finesse là. »

C'est que cela décide, que cela décide toujours et sans appel,
le soir, le matin, à la toilette, à dîner, au café, au jeu, au théâtre,
à souper, au lit, et, Dieu me le pardonne, je crois, entre les
bras de sa maîtresse. Je ne suis pas à portée d'entendre ces

---

1. Peut-être s'agit-il ici de dom *Noël*, *bénédictin* de Reims, qui parut à la Cour
en 1750; 2. Les *Petites-Maisons* étaient le lieu où l'on enfermait les fous; 3. *Hypocondre*
(ou plus couramment « hypocondriaque »), personnage triste et fantasque, toujours
inquiet au sujet de sa santé; 4. *Pagode* : nom donné alors à des statuettes orientales
représentant des idoles adorées dans les pagodes; ces représentations étaient alors
très à la mode.

dernières décisions-ci, mais je suis diablement las des autres. Triste, obscur, et tranché, comme le destin, tel est notre patron. **(1)**

45 Vis-à-vis c'est une bégueule qui joue l'importance, à qui l'on se résoudrait à dire qu'elle est jolie, parce qu'elle l'est encore, quoiqu'elle ait sur le visage quelques gales par-ci par-là, et qu'elle coure après le volume de madame Bouvillon[1]. J'aime les chairs quand elles sont belles ; mais aussi trop est trop, et le mouvement est si essentiel à la matière ! *Item*[2], elle
50 est plus méchante, plus fière et plus bête qu'une oie. *Item*, elle veut avoir de l'esprit. *Item*, il faut lui persuader qu'on lui en croit comme à personne. *Item*, cela ne sait rien, et cela décide aussi. *Item*, il faut applaudir à ces décisions des pieds et des mains, sauter d'aise, se transir d'admiration : « Que cela est
55 beau, délicat, bien dit, finement vu, singulièrement senti ! où les femmes prennent-elles cela ? Sans étude, par la seule force de l'instinct, par la seule lumière naturelle : cela tient du prodige. Et puis qu'on vienne nous dire que l'expérience, l'étude, la réflexion, l'éducation y font quelque chose », et autres
60 pareilles sottises, et pleurer de joie ; dix fois dans la journée se courber, un genou fléchi en devant, l'autre jambe tirée en arrière, les bras tendus vers la déesse, chercher son désir dans ses yeux, rester suspendu à sa lèvre, attendre son ordre et partir comme un éclair. Qui est-ce qui peut s'assujettir à un
65 rôle pareil, si ce n'est le misérable qui trouve là, deux ou trois fois la semaine, de quoi calmer la tribulation[3] de ses intestins !

---

1. *Madame Bouvillon* : personnage du *Roman comique* de Scarron ; cette bourgeoise mancelle pesait plus de « trente quintaux de chair » ; 2. *Item* : mot latin signifiant « de même », employé dans les énumérations et les inventaires notariés ; 3. *Tribulation* : adversité et par suite peine qu'on en éprouve (mot souvent mis au pluriel et couramment employé dans le vocabulaire théologique).

——— QUESTIONS ———

1. Comment la notion de *dignité* trouve-t-elle sa place dans la bouche du Neveu ? En quoi consiste-t-elle ? Est-ce la première fois qu'il réagit par un refus, quand on lui conseille de retourner chez ses protecteurs ? — La composition du portrait. Quels sont les traits dominants du personnage évoqué ? Comment Rameau les traduit-il ? Démontrez qu'en se mettant lui-même en scène en face de son protecteur chacun des deux gagne un relief particulier. — Qu'apporte la mimique s'ajoutant à la description ? Nous est-elle nécessaire ? En fait, montrez qu'elle est destinée à accompagner d'une façon simultanée la description, dont elle est disjointe par suite du caractère linéaire de l'œuvre écrite (par opposition à la simultanéité d'impression fournie par la peinture).

Que penser des autres, tels que le Palissot, le Fréron, les Poin-
sinets, le Baculard[1] qui ont quelque chose, et dont les bassesses
ne peuvent s'excuser par le borborygme d'un estomac qui
souffre? (2)

MOI. — Je ne vous aurais jamais cru si difficile.

LUI. — Je ne le suis pas. Au commencement je voyais faire
les autres, et je faisais comme eux, même un peu mieux, parce
que je suis plus franchement impudent, meilleur comédien,
plus affamé, fourni de meilleurs poumons. Je descends apparemment en droite ligne du fameux Stentor[2].

Et pour me donner une juste idée de la force de ce viscère[3],
il se mit à tousser d'une violence à ébranler les vitres du café,
et à suspendre l'attention des joueurs d'échecs.

MOI. — Mais à quoi bon ce talent?

LUI. — Vous ne le devinez pas?

MOI. — Non, je suis un peu borné.

LUI. — Supposez la dispute engagée et la victoire incertaine;
je me lève, et déployant mon tonnerre, je dis : « Cela est comme
mademoiselle l'assure. C'est là ce qui s'appelle juger. Je le
donne en cent à tous nos beaux esprits. L'expression est de
génie. » Mais il ne faut pas toujours approuver de la même
manière; on serait monotone, on aurait l'air faux, on deviendrait insipide. On ne se sauve de là que par du jugement, de
la fécondité; il faut savoir préparer et placer ces tons majeurs
et péremptoires, saisir l'occasion et le moment. Lors, par
exemple, qu'il y a partage entre les sentiments, que la dispute
s'est élevée à son dernier degré de violence, qu'on ne s'entend
plus, que tous parlent à la fois, il faut être placé à l'écart,
dans l'angle de l'appartement le plus éloigné du champ de
bataille, avoir préparé son explosion par un long silence, et

---

1. *Palissot, Fréron, Poinsinet* : voir page 38, note 2; *Baculard d'Arnaud* (1718-
1805), petit poète, ami de Poinsinet, qui vécut en parasite; 2. *Stentor* : héros argien
de la guerre de Troie, célèbre pour sa forte voix (Homère, *l'Iliade*, chant V); 3. *Viscère* désigne ici les poumons.

─────── QUESTIONS ───────

2. Comment s'organise ce portrait? En quoi est-il également une caricature? Par quels procédés Rameau accentue-t-il l'aspect mécanique
de son énumération (lignes 44-64)? — Avec quoi contrastent les flatteries qu'il rapporte au style direct (lignes 54-59)? Que rappelle la description de l'attitude prise par le Neveu, attentif aux désirs de sa maîtresse?
Quelle excuse se trouve-t-il? — Comment Diderot parvient-il ainsi à
ravaler ses ennemis au dernier degré de l'abjection? Est-ce la première
fois qu'il utilise ce procédé? Cherchez-en d'autres exemples.

tomber subitement, comme une comminge[1], au milieu des
contendants[2]. Personne n'a eu cet art comme moi. Mais où
je suis surprenant, c'est dans l'opposé : j'ai des petits tons
100 que j'accompagne d'un sourire, une variété infinie de mines
approbatives; là, le nez, la bouche, le front, les yeux entrent
en jeu; j'ai une souplesse de reins, une manière de contourner
l'épine du dos, de hausser ou de baisser les épaules, d'étendre
les doigts, d'incliner la tête, de fermer les yeux et d'être stu-
105 péfait comme si j'avais entendu descendre du ciel une voix
angélique et divine. C'est là ce qui flatte. Je ne sais si vous
saisissez bien toute l'énergie de cette dernière attitude-là. Je
ne l'ai point inventée, mais personne ne m'a surpassé dans
l'exécution. Voyez, voyez.

110 MOI. — Il est vrai que cela est unique.

LUI. — Croyez-vous qu'il y ait cervelle de femme un peu
vaine qui tienne à cela[3]?

MOI. — Non. Il faut convenir que vous avez porté le talent
de faire des fous et de s'avilir aussi loin qu'il est possible. (3) (4)

---

1. *Comminge :* bombe de mortier de 500 livres utilisée au temps de Louis XIV,
et aussi par comparaison avec le comte de Comminges (dans les Pyrénées), particulièrement gros; 2. *Contendant :* celui qui lutte, qui discute avec un autre; d'où,
ici, combattant; 3. Qui résiste à cela.

--------- **QUESTIONS** ---------

3. Quel nouveau trait pittoresque le personnage nous découvre-t-il ici?
Sommes-nous surpris de ce talent chez lui (voir pages 50-53)? — Quelle
image pouvons-nous avoir des discussions et des conversations dans
certains salons d'après ce texte? — Analysez les deux mouvements
antithétiques de la tirade du Neveu (lignes 83-109); étudiez-en le vocabulaire, la précision descriptive des termes. — Recherchez les traits qui
marquent sa volonté de perfectionner sa technique jusque dans les détails,
et qu'il en est conscient. — La fierté de Rameau est-elle injustifiée? —
Appréciez la réponse que lui fait le Philosophe : n'a-t-on pas l'impression que la réserve de ce dernier trahit un souci de se tenir à distance
plutôt qu'une réticence dans l'appréciation des faits eux-mêmes?

4. SUR L'ENSEMBLE DU PASSAGE INTITULÉ : « RAMEAU ET SES PROTEC-
TEURS ». — A quel moment le Philosophe a-t-il déjà conseillé au Neveu
de revenir chez ses protecteurs? Pourquoi revient-il maintenant à ce
propos, en ayant la certitude que c'est la seule solution possible?

— Comment se précise la personnalité des gens dont le Neveu a été
le flatteur attitré? Sait-on leur identité exacte?

— Quels talents Rameau manifeste-t-il dans ce passage? Comment
apparaissent ses anciens protecteurs? Le réalisme caricatural dans les
deux portraits.

— L'aspect picaresque du Neveu; montrez que, chez lui, la flatterie
n'est pas un moyen de vivre sans rien faire, mais un art qui repose sur
une technique très consciente et dont il est très fier. Peut-on dire qu'il
soit un dilettante?

[LA FLATTERIE CONSIDÉRÉE COMME UN DES BEAUX-ARTS]

LUI. — Ils auront beau faire, tous tant qu'ils sont, ils n'en viendront jamais là; le meilleur d'entre eux, Palissot, par exemple, ne sera jamais qu'un bon écolier. Mais si ce rôle amuse d'abord, et si l'on goûte quelque plaisir à se moquer en dedans de la bêtise de ceux qu'on enivre, à la longue cela ne pique plus; et puis, après un certain nombre de découvertes, on est forcé de se répéter. L'esprit et l'art ont leurs limites; il n'y a que Dieu et quelques génies rares pour qui la carrière s'étend à mesure qu'ils y avancent. Bouret[1] en est un peut-être : il y a de celui-ci des traits qui m'en donnent à moi, oui, à moi-même, la plus sublime idée. Le petit chien, le Livre de la Félicité, les flambeaux sur la route de Versailles sont de ces choses qui me confondent et m'humilient; ce serait capable de dégoûter du métier.

MOI. — Que voulez-vous dire avec votre petit chien?

LUI. — D'où venez-vous donc? Quoi! sérieusement, vous ignorez comment cet homme rare s'y prit pour détacher de lui et attacher au garde des sceaux[2] un petit chien qui plaisait à celui-ci?

MOI. — Je l'ignore, je le confesse.

LUI — Tant mieux. C'est une des plus belles choses qu'on ait imaginées; toute l'Europe en a été émerveillée, et il n'y a pas un courtisan dont elle n'ait excité l'envie. Vous qui ne manquez pas de sagacité, voyons comment vous vous y seriez pris à sa place (1). Songez que Bouret était aimé de son chien;

---

1. *Bouret* (1710-1777), d'abord trésorier général de la Maison du roi, puis fermier général et administrateur des Postes, fut enfin directeur du personnel des Fermes. Les allusions qui suivent rappellent l'habileté avec laquelle le personnage sut flatter le roi ou ses ministres; 2. Ce garde des Sceaux est Machault d'Arnouville (1701-1794), qui fut en même temps le protecteur de Bouret.

— QUESTIONS —

1. A quel niveau s'élève maintenant la conversation? Comment le Neveu considère-t-il son emploi de flatteur? Quels moyens utilise-t-il pour ennoblir ce métier : noms cités, allusions, jugement de *toute l'Europe*, qualificatifs employés? — Le Neveu est-il sincère dans sa jalousie à l'égard de Bouret? Quelles conséquences en pouvez-vous tirer?

songez que le vêtement bizarre du ministre[1] effrayait le petit animal; songez qu'il n'avait que huit jours pour vaincre les difficultés. Il faut connaître toutes les conditions du problème pour sentir le mérite de la solution. Eh bien!

30   MOI. — Eh bien; il faut que je vous avoue que, dans ce genre, les choses les plus faciles m'embarrasseraient.

LUI. — Écoutez, me dit-il, en me frappant un petit coup sur l'épaule, car il est familier, écoutez et admirez. Il se fait faire un masque qui ressemble au garde des sceaux; il emprunte
35   d'un valet de chambre la volumineuse simarre; il se couvre le visage du masque; il endosse la simarre. Il appelle son chien, il le caresse, il lui donne la gimblette[2]; puis tout à coup changeant de décoration, ce n'est plus le garde des sceaux, c'est Bouret qui appelle son chien et qui le fouette. En moins
40   de deux ou trois jours de cet exercice continué du matin au soir, le chien sait fuir Bouret le fermier général et courir à Bouret le garde des sceaux. Mais, je suis trop bon; vous êtes un profane qui ne méritez pas d'être instruit des miracles qui s'opèrent à côté de vous.

45   MOI. — Malgré cela, je vous prie, le livre, les flambeaux?

LUI. — Non, non. Adressez-vous aux pavés qui vous diront ces choses-là, et profitez de la circonstance qui nous a rapprochés, pour apprendre des choses que personne ne sait que moi.

50   MOI. — Vous avez raison.

LUI. — Emprunter la robe et la perruque, j'avais oublié la perruque, du garde des sceaux! se faire un masque qui lui ressemble! le masque surtout me tourne la tête. Aussi cet homme jouit-il de la plus haute considération; aussi possède-t-il
55   des millions. Il y a des croix de Saint-Louis[3] qui n'ont pas de pain; aussi pourquoi courir après la croix, au hasard de se faire échiner, et ne pas se tourner vers un état sans péril, qui ne manque jamais sa récompense? Voilà ce qui s'appelle aller au grand. Ces modèles-là sont décourageants; on a pitié de

---

1. Le ministre des Finances portait une robe et, en dessous, une sorte de soutane, la *simarre*, à laquelle il est fait allusion quelques lignes plus loin; **2.** *Gimblette :* sorte de pâtisserie sèche, dure et ronde, ressemblant aux petits fours; **3.** La *croix de Saint-Louis* est une distinction militaire instituée par Louis XIV en 1693, pour récompenser les officiers.

soi, et l'on s'ennuie. Le masque! le masque! Je donnerais un de mes doigts pour avoir trouvé le masque. **(2)**

MOI. — Mais avec cet enthousiasme pour les belles choses et cette fertilité de génie que vous possédez, est-ce que vous n'avez rien inventé?

LUI. — Pardonnez-moi; par exemple, l'attitude admirative du dos dont je vous ai parlé; je la regarde comme mienne, quoiqu'elle puisse peut-être m'être contestée par des envieux. Je crois bien qu'on l'a employée auparavant; mais qui est-ce qui a senti combien elle était commode pour rire en dessous de l'impertinent qu'on admirait! J'ai plus de cent façons d'entamer la séduction d'une jeune fille, à côté de sa mère, sans que celle-ci s'en aperçoive, et même de la rendre complice. A peine entrais-je dans la carrière, que je dédaignai toutes les manières vulgaires de glisser un billet doux; j'ai dix moyens de me le faire arracher, et parmi ces moyens j'ose me flatter qu'il y en a de nouveaux. Je possède surtout le talent d'encourager un jeune homme timide; j'en ai fait réussir qui n'avaient ni esprit ni figure. Si cela était écrit, je crois qu'on m'accorderait quelque génie.

MOI. — ... Vous ferait un honneur singulier.

LUI. — Je n'en doute pas. **(3)**

MOI. — A votre place, je jetterais ces choses-là sur le papier. Ce serait dommage qu'elles se perdissent.

───────── **QUESTIONS** ─────────

2. Analysez les étapes successives de cette histoire. Comment la présentation même du problème à résoudre insiste-t-elle déjà sur les difficultés de l'entreprise? — L'art de dramatiser et d'idéaliser une histoire banale : relevez tous les termes et tous les procédés qui amplifient l'événement : doit-on croire le Neveu tout à fait dupe de sa propre comédie? — Comment réagit le Philosophe? Étudiez chacune de ses réponses; est-il aussi admiratif que le souhaiterait Rameau? Pourquoi demande-t-il l'histoire du livre et des flambeaux (ligne 45)? — Les commentaires du Neveu : sur quel aspect de la méthode employée par Bouret insiste-t-il avec admiration? A-t-il raison? Comment rattache-t-il cette anecdote à tout un système social, interprété selon sa propre perspective?

3. D'après ce passage, montrez que Rameau cherche, dans le rôle qu'il s'est attribué dans la vie : 1º à s'imposer comme un maître; 2º à exprimer pleinement sa personnalité, qu'il sent exceptionnelle. — Son amour-propre est-il, dans ces conditions, aussi choquant ou ridicule qu'on aurait pu le croire? Flatter, pour lui, est-il seulement un moyen de vivre ou encore un talent délicat? — Comment s'est opérée en lui la déviation des valeurs morales?

LUI. — Il est vrai, mais vous ne soupçonnez pas combien je
85 fais peu de cas de la méthode et des préceptes. Celui qui a
besoin d'un protocole[1] n'ira jamais loin. Les génies lisent peu,
pratiquent beaucoup, et se font d'eux-mêmes. Voyez César,
Turenne, Vauban, la marquise de Tencin[2], son frère le cardinal[3],
et le secrétaire de celui-ci, l'abbé Trublet[4]. Et Bouret? Qui
90 est-ce qui a donné des leçons à Bouret? Personne, c'est la
nature qui forme ces hommes rares-là. Croyez-vous que l'histoire du chien et du masque soit écrite quelque part?

MOI. — Mais à vos heures perdues, lorsque l'angoisse de
votre estomac vide ou la fatigue de votre estomac surchargé
95 éloigne le sommeil....

LUI. — J'y penserai. Il vaut mieux écrire de grandes choses
que d'en exécuter de petites (4). Alors l'âme s'élève, l'imagination s'échauffe, s'enflamme et s'étend, au lieu qu'elle se
rétrécit à s'étonner, auprès de la petite Hus[5], des applaudisse-
100 ments que ce sot public s'obstine à prodiguer à cette minaudière
de Dangeville[6] qui joue si platement, qui marche presque
courbée en deux sur la scène, qui a l'affectation de regarder
sans cesse dans les yeux de celui à qui elle parle et de jouer
en dessous, et qui prend elle-même ses grimaces pour de la
105 finesse, son petit trotter pour de la grâce; à cette emphatique
Clairon[7] qui est plus maigre, plus apprêtée, plus étudiée, plus
empesée qu'on ne saurait dire. Cet imbécile parterre les claque
à tout rompre et ne s'aperçoit pas que nous sommes un pelo-

---

1. *Protocole* : formulaire, d'où recueil de préceptes et guide pour l'action; 2. *Mme de Tencin* (1681-1749), mère de d'Alembert, tint un salon célèbre; son habileté et ses intrigues étaient alors très connues; 3. *Le cardinal* Pierre de Tencin (1680-1758), frère de Mme de Tencin, archevêque d'Embrun, puis cardinal et archevêque de Lyon; 4. *L'abbé Tublet* : secrétaire du cardinal de Tencin; 5. *Mlle Hus* : comédienne, amie de Bertin; 6. Marie-Anne Botot dite *Dangeville* (1714-1796), comédienne, sur laquelle Diderot semble rapporter le jugement de Mlle Hus; 7. Mlle *Clairon* : voir page 27, note 4.

QUESTIONS

4. L'ironie du Philosophe échappe-t-elle réellement au Neveu, ou fait-il semblant de ne pas la comprendre? Pourquoi cherche-t-il à démon-trer l'inutilité des méthodes et des préceptes, pour admettre, en fin de compte, qu'il vaut mieux *écrire de grandes choses que d'en exécuter de petites?* — Le génie suffit-il? La méthode, l'apprentissage sont-ils inutiles aux êtres doués? Dégagez l'importance du problème soulevé ici par le Neveu. En quoi ses théories peuvent-elles nous apparaître comme mar-quées d'un certain « romantisme »? Comment les exemples donnés à l'appui de la théorie remettent-ils en question le principe même de l'idée énoncée ici?

ton d'agréments[1]; il est vrai que le peloton grossit un peu, mais qu'importe? que nous avons la plus belle peau, les plus beaux yeux, le plus joli bec, peu d'entrailles à la vérité, une démarche qui n'est pas légère, mais qui n'est pas non plus aussi gauche qu'on le dit. Pour le sentiment, en revanche, il n'y en a aucune à qui nous ne damions le pion.

MOI. — Comment dites-vous tout cela? est-ce ironie ou vérité?

LUI. — Le mal est que ce diable de sentiment est tout en dedans, et qu'il n'en transpire pas une lueur au dehors. Mais moi qui vous parle, je sais, et je sais bien qu'elle en a. Si ce n'est pas cela précisément, c'est quelque chose comme cela. Il faut voir, quand l'humeur nous prend, comme nous traitons les valets, comme les femmes de chambre sont souffletées, comme nous menons à grands coups de pied les Parties casuelles[2] pour peu qu'elle s'écartent du respect qui nous est dû. C'est un petit diable, vous dis-je, tout plein de sentiment et de dignité... Oh çà, vous ne savez où vous en êtes, n'est-ce pas?

MOI. — J'avoue que je ne saurais démêler si c'est de bonne foi ou méchamment que vous parlez. Je suis un bon homme; ayez la bonté d'en user avec moi plus rondement et de laisser là votre art.

LUI. — Cela, c'est ce que nous débitons à la petite Hus, de la Dangeville et de la Clairon, mêlé par-ci par-là de quelques mots qui vous donnassent[3] l'éveil. Je consens que vous me preniez pour un vaurien, mais non pour un sot, et il n'y aurait qu'un sot ou un homme perdu d'amour qui pût dire sérieusement tant d'impertinences. (5)

---

1. Nous avons tout un ensemble d'agréments; ce *nous* désigne Mlle Hus, dont Rameau reprend ici l'opinion; 2. *Bertin*, trésorier des *Parties casuelles*; voir page 60, note 4; 3. Qui soient capables de vous donner...; le subjonctif a ici une valeur consécutive.

--- **QUESTIONS** ---

5. D'après l'indication donnée par le Neveu (lignes 133-136), distinguez dans ce qu'il vient de dire : 1° ce qui est flatterie pour Mlle Hus; 2° les quelques expressions destinées à *donner l'éveil* au Philosophe; sur quel ton ces dernières sont-elles glissées? N'y a-t-il pas aussi des éléments difficiles à classer dans l'une de ces deux catégories (lignes 117-125)? — Analysez le mécanisme de l'ironie dans tout ce passage : montrez un exemple des procédés auxquels l'écrivain doit faire appel pour faire comprendre le décalage qui existe entre ce qu'il dit et ce qu'il pense. — L'importance de ce passage pour identifier précisément les personnages dont le Neveu est le protégé.

MOI. — Mais comment se résout-on à les dire?

LUI. — Cela ne se fait pas tout d'un coup; mais petit à petit on y vient. *Ingenii largitor venter*[1].

140 MOI. — Il faut être pressé d'une cruelle faim.

LUI. — Cela se peut. Cependant, quelque fortes qu'elles vous paraissent, croyez que ceux à qui elles s'adressent sont plutôt accoutumés à les entendre que nous à les hasarder.

MOI. — Est-ce qu'il y a là quelqu'un qui ait le courage d'être 145 de votre avis?

LUI. — Qu'appelez-vous quelqu'un? C'est le sentiment et le langage de toute la société.

MOI. — Ceux d'entre vous qui ne sont pas de grands vauriens, doivent être de grands sots.

150 LUI. — Des sots, là? je vous jure qu'il n'y en a qu'un, c'est celui qui nous fête pour lui en imposer.

MOI. — Mais comment s'en laisse-t-on si grossièrement imposer? Car enfin la supériorité des talents de la Dangeville et de la Clairon est décidée.

155 LUI. — On avale à pleine gorgée le mensonge qui nous flatte, et l'on boit goutte à goutte une vérité qui nous est amère. Et puis nous avons l'air si pénétré, si vrai! (6)

MOI. — Il faut cependant que vous ayez péché une fois contre les principes de l'art, et qu'il vous soit échappé par 160 mégarde quelques-unes de ces vérités amères qui blessent; car en dépit du rôle misérable, abject, vil, abominable que vous faites, je crois qu'au fond vous avez l'âme délicate.

LUI. — Moi, point du tout. Que le diable m'emporte si je sais au fond ce que je suis. En général, j'ai l'esprit rond comme 165 une boule, et le caractère franc comme l'osier[2]; jamais faux,

---

1. « L'estomac donne de l'esprit »; quand on a faim, on trouve des idées; 2. *Franc comme l'osier* : comparaison courante, justifiée sans doute par le fait que le bois de l'osier n'a pas de nœuds.

6. Quelles excuses donne Rameau pour calomnier le talent et flatter Mlle Hus? Est-ce par des raisons morales qu'il le justifie? — Montrez que le conformisme (lignes 141-143) sert de justification à ces méthodes. Pourquoi Rameau tient-il tant à la distinction entre *sots* et *vauriens* (lignes 150-151)? Quelle est, par suite, son opinion sur la société qu'il fréquente?

pour peu que j'aie intérêt d'être vrai, jamais vrai pour peu
que j'aie intérêt d'être faux. Je dis les choses comme elles me
viennent; sensées, tant mieux; impertinentes, on n'y prend
pas garde. J'use en plein de mon franc parler. Je n'ai pensé
de ma vie, ni avant que de dire, ni en disant, ni après avoir dit.
Aussi je n'offense personne.

MOI. — Mais cela vous est pourtant arrivé avec les honnêtes
gens chez qui vous viviez, et qui avaient pour vous tant de
bontés. (7) (8)

[LA « MÉNAGERIE » DE LA MAISON BERTIN]

LUI. — Que voulez-vous? C'est un malheur, un mauvais
moment comme il y en a dans la vie. Point de félicité continue;
j'étais trop bien, cela ne pouvait durer. Nous avons, comme
vous savez, la compagnie la plus nombreuse et la mieux choisie. C'est une école d'humanité, le renouvellement de l'antique
hospitalité. Tous les poètes qui tombent, nous les ramassons.
Nous eûmes Palissot, après sa *Zarès*[1], Bret[2] après *le Faux
Généreux;* tous les musiciens décriés, tous les auteurs qu'on
ne lit point, toutes les actrices sifflées, tous les acteurs hués,
un tas de pauvres honteux, plats parasites à la tête desquels

---

1. *Zarès :* tragédie en cinq actes, jouée en 1751 sans succès; 2. *Bret* (1717-1792)
n'eut pas plus de succès avec *les Faux généreux,* comédie en cinq actes et en vers
(1758).

─── QUESTIONS ───

7. Pourquoi le Philosophe pense-t-il que le Neveu a l'*âme délicate?*
Cherchez des arguments qui montrent que le personnage n'est peut-être
pas totalement perverti. Quelle distinction entre le rôle et le caractère
de Rameau l'auteur essaie-t-il de faire? — La réponse du Neveu : pourquoi affecte-t-il de n'avoir aucune qualité? Montrez que la deuxième
phrase (lignes 163-164) est beaucoup plus juste. Quelles conséquences
tire Rameau du peu d'importance qu'il a? Est-il en contradiction avec
ce qu'il a dit de son génie?

8. SUR L'ENSEMBLE DU PASSAGE INTITULÉ : « LA FLATTERIE CONSIDÉRÉE
COMME UN DES BEAUX-ARTS ». — Analysez l'ensemble du passage précédent. Comment Rameau tente-t-il de donner à la flatterie ses lettres de
noblesse? Que cherche-t-il à montrer ensuite en détaillant ses méthodes?
Rapprochez ces considérations de la réflexion du Neveu, disant au début
du texte, à propos des joueurs d'échecs, que la médiocrité n'est pas
supportable dans les genres artistiques. En quoi cette remarque peut-elle
s'appliquer à lui-même?
— Comment le Neveu concilie-t-il le génie de la flatterie et le respect
de la franchise?

j'ai l'honneur d'être, brave chef d'une troupe timide. C'est moi qui les exhorte à manger la première fois qu'ils viennent; c'est moi qui demande à boire pour eux. Ils tiennent si peu de place! Quelques jeunes gens déguenillés qui ne savent où
15 donner de la tête, mais qui ont de la figure; d'autres scélérats qui cajolent le patron et qui l'endorment, afin de glaner après lui sur la patronne. Nous paraissons gais; mais au fond nous avons tous de l'humeur et grand appétit. Des loups ne sont pas plus affamés; des tigres ne sont pas plus cruels. Nous
20 dévorons comme des loups, lorsque la terre a été longtemps couverte de neige; nous déchirons comme des tigres tout ce qui réussit. Quelquefois les cohues Bertin, Monsauge et Villemorien[1] se réunissent, c'est alors qu'il se fait un beau bruit dans la ménagerie. Jamais on ne vit ensemble tant de bêtes
25 tristes, acariâtres, malfaisantes et courroucées. On n'entend que les noms de Buffon, de Duclos[2], de Montesquieu, de Rousseau, de Voltaire, de d'Alembert, de Diderot, et Dieu sait de quelles épithètes ils sont accompagnés. Nul n'aura de l'esprit s'il n'est aussi sot que nous. C'est là que le plan
30 de la comédie des *Philosophes*[3] a été conçu; la scène du colporteur, c'est moi qui l'ai fournie, d'après la *Théologie en quenouille*[4]. Vous n'êtes pas épargné là plus qu'un autre. (1)

MOI. — Tant mieux! Peut-être me fait-on plus d'honneur que je n'en mérite. Je serais humilié si ceux qui disent du mal

---

1. *Bertin :* protecteur de Mlle Hus chez qui se déroule l'action racontée ici; *Thiroux de Monsauge*, fermier des Postes et gendre de Bouret, comme *Villemorien* (voir page 66, note 3); 2. *Charles Pinot Duclos* (1704-1772), moraliste français auteur de romans et de *Considérations sur les mœurs*, secrétaire perpétuel de l'Académie française, il y soutenait les candidatures des Encyclopédistes; 3. *Les Philosophes :* comédie de Palissot, voir page 38, note 2; 4. *La Femme docteur ou la Théologie janséniste tombée en quenouille*, pièce antijanséniste du P. Bongeaut (1731).

--------- **QUESTIONS** ---------

1. Qu'est-ce qui fait l'unité de cette tirade aux points de vue du ton et du thème? Comment Rameau parvient-il à donner l'illusion de grouillement d'une foule? — Montrez que tout le texte est bâti sur un va-et-vient continuel entre expressions nobles et termes dépréciatifs. Comment s'exprime le mépris dans ce passage? — Quel effet produit l'emploi du ton ou de précédés épiques (que vous relèverez)? — Dégagez la continuité, tout le long du texte, de la comparaison faite avec les animaux; mettez en relief la justesse de l'effet obtenu. — Deux catégories de noms propres d'écrivains apparaissent ici : comment Diderot traite-t-il chacune d'elles? Est-ce la première fois qu'on cite Palissot? Quel est l'intérêt de nommer dans ce contexte la comédie des *Philosophes?*

de tant d'habiles et honnêtes gens s'avisaient de dire du bien de moi.

LUI. — Nous sommes beaucoup, et il faut que chacun paye son écot. Après le sacrifice des grands animaux nous immolons les autres.

MOI. — Insulter la science et la vertu pour vivre, voilà du pain bien cher!

LUI. — Je vous l'ai déjà dit, nous sommes sans conséquence. Nous injurions tout le monde et nous n'affligeons personne (2). Nous avons quelquefois le pesant abbé d'Olivet, le gros abbé Le Blanc, l'hypocrite Batteux[1]. Le gros abbé n'est méchant qu'avant dîner. Son café pris, il se jette dans un fauteuil, les pieds appuyés contre la tablette de la cheminée, et s'endort comme un vieux perroquet sur son bâton. Si le vacarme devient violent, il bâille, il étend ses bras, il frotte ses yeux et dit : « Eh bien, qu'est-ce, qu'est-ce? — Il s'agit de savoir si Piron[2] a plus d'esprit que Voltaire. — Entendons-nous, c'est de l'esprit que vous dites? il ne s'agit pas de goût? Car du goût, votre Piron ne s'en doute pas. — Ne s'en doute pas? — Non. » Et puis nous voilà embarqués dans une dissertation sur le goût. Alors le patron fait signe de la main qu'on l'écoute, car c'est surtout de goût qu'il se pique. « Le goût, dit-il... le goût est une chose... » Ma foi, je ne sais quelle chose il disait que c'était; ni lui non plus.

Nous avons quelquefois l'ami Robbé[3]. Il nous régale de ses

---

1. Sur l'abbé *d'Olivet*, voir page 35, note 3; l'abbé *Le Blanc* ou *Leblanc* (1707-1781) écrivit des *Lettres sur les Anglais* et des tragédies; il échoua à ses multiples tentatives d'entrer à l'Académie française; l'abbé *Batteux* (1713-1780), esthéticien, était ami d'Olivet, ennemi de Voltaire; **2.** *Piron* (1689-1773), auteur de *la Métromanie*, petit poète souvent spirituel; **3.** *Robbé* : voir page 41, note 9.

QUESTIONS

2. Montrez que la première réplique du Philosophe (lignes 33-36) n'est faite que pour souligner ce qu'on doit penser des ennemis des philosophes. La réponse faite par Rameau ne ramène-t-elle pas la calomnie à ses véritables proportions (lignes 37-39)? Comment se traduit l'amertume du Philosophe? — Est-il entièrement exact que tous ces parasites soient *sans conséquence* (ligne 42)? Les ennemis littéraires des philosophes n'ont-ils eu aucune importance? Montrez : 1° qu'ils ont été le reflet d'autres personnages beaucoup plus puissants; 2° qu'ils ont contribué à aggraver la situation.

60 contes cyniques, des miracles des convulsionnaires[1], dont il
a été le témoin oculaire, et de quelques chants de son poème
sur un sujet qu'il connaît à fond. Je hais ses vers, mais j'aime
à l'entendre réciter : il a l'air d'un énergumène[2]. Tous s'écrient
autour de lui : « Voilà ce qu'on appelle un poète! » Entre nous,
65 cette poésie-là n'est qu'un charivari de toutes sortes de bruits
confus, le ramage barbare des habitants de la tour de Babel.

Il nous vient aussi un certain niais[3], qui a l'air plat et bête,
mais qui a de l'esprit comme un démon et qui est plus malin
qu'un vieux singe. C'est une de ces figures qui appellent la
70 plaisanterie et les nasardes[4], et que Dieu fit pour la correction
des gens qui jugent à la mine, et à qui leur miroir aurait dû
apprendre qu'il est aussi aisé d'être un homme d'esprit et
d'avoir l'air d'un sot, que de cacher un sot sous une physionomie spirituelle. C'est une lâcheté bien commune que celle
75 d'immoler un bon homme à l'amusement des autres. On ne
manque jamais de s'adresser à celui-ci. C'est un piège que
nous tendons aux nouveaux venus, et je n'en ai presque pas
vu un seul qui n'y donnât. (3)

J'étais quelquefois surpris de la justesse des observations de ce
80 fou sur les hommes et sur les caractères, et je le lui témoignai.

C'est, me répondit-il, qu'on tire parti de la mauvaise compagnie comme du libertinage. On est dédommagé de la perte de
son innocence par celle de ses préjugés. Dans la société des

---

1. Les manifestations d'hystérie collective, au cours desquelles des illuminés
tombaient en convulsions et croyaient être l'objet de miracles, furent nombreuses
au XVIIIe siècle; elles avaient commencé en 1729 au cimetière Saint-Médard à Paris,
sur la tombe du diacre Pâris. Malgré les mesures prises par l'Église et par la police
pour mettre fin à ces désordres, les sectes d'illuminés se multiplièrent jusqu'à la fin
du siècle; 2. *Energumène* (au sens religieux) : homme possédé par le démon; 3. Peut-
être s'agit-il de Poinsinet le Jeune; 4. *Nasarde :* chiquenaude sur le nez, puis moquerie.

━━━━━ **QUESTIONS** ━━━━━

3. Comment est composé ce passage? Comparez à Lesage, *Gil Blas
de Santillane* (VII, XIII). — Quels sont les différents traits de caricature
(adjectifs, comparaisons, gestes, etc.) dans la première partie du texte?
Par quels moyens la satire est-elle rendue mordante? Qui en fait encore
les frais? — Quelle manie est ridiculisée dans l'épisode de l'« ami Robbé »?
Pourquoi le Neveu aime-t-il entendre Robbé réciter? N'y trouve-t-il
qu'un amusement ou est-il intéressé par la mimique en général? — Caractérisez le troisième épisode. En quoi consiste la malice faite aux nouveaux
venus? Quelle leçon tire le Neveu de ses constatations? Est-elle conforme
à ce qu'il a déjà dit sur l'hypocrisie?

« Il y avait, au dernier concert des amateurs, une Italienne qui a chanté comme un ange. » (P. 60.)

École française du XVIIIᵉ siècle. Collection particulière.

« Elle se mettait à son clavecin. » (Page 61.)

Mᵐᵉ de Boissieu jouant du clavecin. Illustration de
Jean-Jacques de Boissieu (1736-1810). Lyon, musée des Beaux-Arts.

méchants, où le vice se montre à masque levé, on apprend à les connaître; et puis j'ai un peu lu.

MOI. — Qu'avez-vous lu?

LUI. — J'ai lu et je lis, et relis sans cesse Théophraste[1], La Bruyère et Molière.

MOI. — Ce sont d'excellents livres.

LUI. — Ils sont bien meilleurs qu'on ne pense; mais qui est-ce qui sait les lire?

MOI. — Tout le monde, selon la mesure de son esprit.

LUI. — Presque personne. Pourriez-vous me dire ce qu'on y cherche?

MOI. — L'amusement et l'instruction.

LUI. — Mais quelle instruction? car c'est là le point.

MOI. — La connaissance de ses devoirs, l'amour de la vertu, la haine du vice. **(4)**

LUI. — Moi j'y recueille tout ce qu'il faut faire et tout ce qu'il ne faut pas dire. Ainsi quand je lis *l'Avare*, je me dis : Sois avare si tu veux, mais garde-toi de parler comme l'avare. Quand je lis *le Tartuffe*, je me dis : Sois hypocrite si tu veux, mais ne parle pas comme l'hypocrite. Garde des vices qui te sont utiles; mais n'en aie ni le ton, ni les apparences qui te rendraient ridicule. Pour se garantir de ce ton, de ces apparences, il faut les connaître; or, ces auteurs en ont fait des peintures excellentes. Je suis moi et je reste ce que je suis, mais j'agis et je parle comme il convient. Je ne suis pas de ces gens qui méprisent les moralistes; il y a beaucoup à profiter, surtout en ceux qui ont mis la morale en action. Le vice ne blesse les hommes que par intervalle; les caractères apparents du vice les blessent du matin au soir. Peut-être vaudrait-il mieux être

---

1. *Théophraste* : philosophe grec né à Lesbos (372-287 environ), auteur de *Caractères*, que La Bruyère traduisit d'après le texte latin.

--- **QUESTIONS** ---

4. Par quel biais la conversation dévie-t-elle une fois encore? Montrez le naturel de ce glissement et expliquez la relation qui existe entre l'observation des mœurs et la lecture. Quel caractère commun possèdent les trois auteurs cités? — Le rôle des moralistes selon le Philosophe (lignes 97-98).

un insolent que d'en avoir la physionomie; l'insolent de caractère n'insulte que de temps en temps, l'insolent de physionomie
115 insulte toujours. Au reste, n'allez pas imaginer que je sois le
seul lecteur de mon espèce; je n'ai d'autre mérite ici que
d'avoir fait, par système, par justesse d'esprit, par une vue
raisonnable et vraie, ce que la plupart des autres font par
instinct. De là vient que leurs lectures ne les rendent pas meil-
120 leurs que moi, mais qu'ils restent ridicules en dépit d'eux;
au lieu que je ne le suis que quand je veux, et que je les laisse
alors loin derrière moi : car le même art qui m'apprend à me
sauver du ridicule en certaines occasions, m'apprend aussi
dans d'autres à l'attraper supérieurement. Je me rappelle
125 alors tout ce que les autres ont dit, tout ce que j'ai lu, et j'y
ajoute tout ce qui sort de mon fonds qui est en ce genre d'une
fécondité surprenante. **(5)**

MOI. — Vous avez bien fait de me révéler ces mystères; sans
quoi, je vous aurais cru en contradiction.

130 LUI. — Je n'y suis point, car pour une fois où il faut éviter
le ridicule, heureusement il y en a cent où il faut s'en donner.
Il n'y a pas de meilleur rôle auprès des grands que celui de
fou. Longtemps il y a eu le fou du roi en titre[1], en aucun[2] il
n'y a eu en titre le sage du roi. Moi, je suis le fou de Bertin
135 et de beaucoup d'autres, le vôtre peut-être dans ce moment,
ou peut-être vous le mien : celui qui serait sage n'aurait point
de fou; celui donc qui a un fou n'est pas sage; s'il n'est pas
sage il est fou et peut être, fût-il le roi, le fou de son fou. Au
reste, souvenez-vous que dans un sujet aussi variable que les

---

1. Louis XIII est le dernier roi à avoir eu son fou attitré; 2. À aucun moment.

─────── QUESTIONS ───────

5. Que cherche le Neveu dans la lecture? Sommes-nous surpris de
cette façon de faire? Comment les auteurs choisis contribuent-ils à donner
une apparence paradoxale à ce mode de lecture? — Comparez ce que
le Neveu trouve dans la littérature avec : 1° ce que, peu auparavant, le
Philosophe y cherchait; 2° l'idéal classique qui consiste à « instruire et
plaire ». — Sous une apparence volontairement choquante, ce passage
ne nous enseigne-t-il pas ce que la lecture des chefs-d'œuvre littéraires
doit apporter à l'homme cultivé? Que faut-il modifier du texte pour cela?
— La réflexion relative au *Tartuffe* (lignes 102-103) est-elle si éloignée des
remarques qu'avait faites La Bruyère dans le portrait d'Onuphre? Faites
également une comparaison avec les idées de J.-J. Rousseau sur l'immo-
ralité de Molière.

mœurs, il n'y a [rien] d'absolument, d'essentiellement, de
généralement vrai ou faux, sinon qu'il faut être ce que l'intérêt
veut qu'on soit, bon ou mauvais, sage ou fou, décent ou ridicule, honnête ou vicieux. Si par hasard la vertu avait conduit
à la fortune, ou j'aurais été vertueux, ou j'aurais simulé la
vertu comme un autre. On m'a voulu ridicule et je me le suis
fait ; pour vicieux, nature seule en avait fait les frais. Quand
je dis vicieux, c'est pour parler votre langue, car si nous venions
à nous expliquer, il pourrait arriver que vous appelassiez vice
ce que j'appelle vertu, et vertu ce que j'appelle vice. **(6)**

Nous avons aussi les auteurs de l'Opéra-Comique, leurs
acteurs et leurs actrices, et plus souvent leurs entrepreneurs
Corbi, Moette[1], tous gens de ressource et d'un mérite supérieur.

Et j'oubliais les grands critiques de la littérature, *l'Avant-
Coureur*, *les Petites Affiches*, *l'Année littéraire*, *l'Observateur
littéraire*, *le Censeur hebdomadaire*[2], toute la clique des feuil-
listes[3].

MOI. — *L'Année littéraire ! l'Observateur littéraire !* Cela ne
se peut ; ils se détestent.

LUI. — Il est vrai ; mais tous les gueux se réconcilient à la
gamelle **(7)**. Ce maudit *Observateur littéraire*, que le diable
l'eût emporté lui et ses feuilles ! C'est ce chien de petit prêtre
avare[4], puant et usurier, qui est la cause de mon désastre.
Il parut sur notre horizon hier pour la première fois ; il arriva
à l'heure qui nous chasse tous de nos repaires, l'heure du

---

1. *Corbi* et *Moette* : directeurs associés de l'Opéra-Comique de 1757 à 1762 ;
2. Journaux scientifiques et littéraires, *l'Année littéraire* était dirigée par Fréron et
l'Observateur littéraire par l'abbé de La Porte, brouillé avec Fréron, ce qui explique
l'exclamation de Diderot. Ces journaux étaient généralement anti-encyclopédistes ;
3. *Feuilliste* : journaliste (seul terme utilisé en ce sens à l'époque) ; 4. L'abbé de La
Porte.

— QUESTIONS —

6. Quel est le thème de ce développement ? Quelles pourraient être
ici les définitions du *fou* et du *sage ?* — La relativité en matière de mœurs
— et donc de morale — est-elle un thème particulièrement neuf ? Quels
passages connus de Montaigne et de Pascal y ont déjà fait allusion ?
Quel usage les philosophes du XVIIIe siècle ont-ils su faire de cette constatation ? — En quoi le Neveu, poussant l'idée jusqu'à son extrême limite,
met-il en question la morale naturelle chère aux philosophes ?

7. A quoi se rattache ce nouveau défilé ? Montrez que les considérations sur l'usage de la lecture constituaient une digression ; comment
a-t-elle été amenée ? Par quel moyen revient-on au thème principal que
l'on avait perdu de vue ? Tirez-en une constatation sur les procédés de
composition de Diderot.

165 dîner. Quand il fait mauvais temps, heureux celui d'entre nous qui a la pièce de vingt-quatre sols dans sa poche[1]. Tel s'est moqué de son confrère qui était arrivé le matin crotté jusqu'à l'échine et mouillé jusqu'aux os, qui, le soir, rentre chez lui dans le même état. Il y en eut un, je ne sais plus lequel, qui
170 eut, il y a quelques mois, un démêlé violent avec le Savoyard qui s'est établi à notre porte. Ils étaient en compte courant; le créancier voulait que son débiteur se liquidât, et celui-ci n'était pas en fonds. On sert, on fait les honneurs de la table à l'abbé, on le place au haut bout. J'entre; je l'aperçois.
175 « Comment, l'abbé, lui dis-je, vous présidez? voilà qui est fort bien pour aujourd'hui, mais demain vous descendrez, s'il vous plaît, d'une assiette, après-demain, d'une autre assiette, et ainsi, d'assiette en assiette, soit à droite soit à gauche jusqu'à ce que de la place que j'ai occupée une fois avant vous,
180 Fréron une fois après moi, Dorat[2] une fois après Fréron, Palissot une fois après Dorat, vous deveniez stationnaire à côté de moi, pauvre plat bougre comme vous [...]. » L'abbé, qui est bon diable, et qui prend tout bien, se mit à rire. Mademoiselle, pénétrée de la vérité de mon observation et de la
185 justesse de ma comparaison, se mit à rire; tous ceux qui siégeaient à droite et à gauche de l'abbé et qu'il avait reculés d'un cran, se mirent à rire; tout le monde rit, excepté monsieur, qui se fâche, et me tient des propos qui n'auraient rien signifié[3], si nous avions été seuls : « Rameau, vous êtes un impertinent.
190 — Je le sais bien, et c'est à cette condition que vous m'avez reçu. — Un faquin. — Comme un autre. — Un gueux. — Est-ce que je serais ici sans cela? — Je vous ferai chasser. — Après dîner je m'en irai de moi-même. — Je vous le conseille (8). » On dîna; je n'en perdis pas un coup de dent.

---

1. « Pour payer le fiacre » (addition de l'édition Assézat); 2. *Dorat* (1734-1780), dramaturge, romancier et poète, hostile lui aussi aux « philosophes »; 3. Qui n'auraient eu aucune conséquence.

——————— QUESTIONS ———————

8. Que nous conte maintenant Rameau? Le lecteur attend-il depuis longtemps le récit de ce *désastre?* Montrez que l'enchaînement s'est fait grâce à deux mots prononcés à propos de ce qui précède; lesquels? Comment les circonstances de l'incident sont-elles présentées : ton, vivacité du rythme, énergie de l'expression? — Que nous apprend ce passage sur ce genre de société? Quel rôle se donne le Neveu parmi tous ces gens? Est-il conforme à l'image qu'il nous avait construite de lui-même? — Comment nous apparaît ici le patron de Rameau? Quel détail laisse entendre qu'une telle algarade entre le Neveu et son protecteur n'est pas chose nouvelle?

Après avoir bien mangé, bu largement, car, après tout, il n'en aurait été ni plus ni moins, messer Gaster[1] est un personnage contre lequel je n'ai jamais boudé, je pris mon parti, et je me disposais à m'en aller. J'avais engagé ma parole en présence de tant de monde, qu'il fallait bien la tenir. Je fus un temps considérable à rôder dans l'appartement, cherchant ma canne et mon chapeau où ils n'étaient pas, et comptant toujours que le patron se répandrait dans un nouveau torrent d'injures, que quelqu'un s'interposerait, et que nous finirions par nous raccommoder à force de nous fâcher. Je tournais, je tournais, car moi je n'avais rien sur le cœur; mais le patron, lui, plus sombre et plus noir que l'Apollon d'Homère lorsqu'il décoche ses traits sur l'armée des Grecs[2], son bonnet une fois plus renfoncé que de coutume, se promenait en long et en large, le poing sous le menton. Mademoiselle s'approche de moi : « Mais, mademoiselle, qu'est-ce qu'il y a donc d'extraordinaire? ai-je été différent aujourd'hui de moi-même? — Je veux qu'il sorte. — Je sortirai, je ne lui ai point manqué. — Pardonnez-moi; on invite monsieur l'abbé, et... — C'est lui qui s'est manqué à lui-même en invitant l'abbé, en me recevant, et avec moi tant d'autres bélîtres tels que moi... — Allons, mon petit Rameau, il faut demander pardon à monsieur l'abbé. — Je n'ai que faire de son pardon. — Allons, allons, tout cela s'apaisera... » On me prend par la main, on m'entraîne vers le fauteuil de l'abbé; j'étends les bras, je contemple l'abbé avec une espèce d'admiration, car qui est-ce qui a jamais demandé pardon à l'abbé? « L'abbé, lui dis-je, l'abbé, tout ceci est bien ridicule, n'est-il pas vrai?... » Et puis je me mets à rire, et l'abbé aussi. Me voilà donc excusé de ce côté-là; mais il fallait aborder l'autre, et ce que j'avais à lui dire était une autre paire de manches. Je ne sais plus trop comment je tournai mon excuse : « Monsieur, voilà ce fou... — Il y a trop longtemps qu'il me fait souffrir; je n'en veux plus entendre parler. — Il est fâché. — Oui, je suis très fâché. — Cela ne lui arrivera plus. — Qu'au premier faquin... » Je ne sais s'il était dans un de ces jours d'humeur où mademoiselle craint d'en approcher et n'ose le toucher qu'avec ses mitaines de velours, ou s'il entendit mal ce que je disais, ou

---

1. *Messer Gaster* : Expression qui reprend le mot gréco-latin signifiant « l'estomac », popularisée par Rabelais (IV, vii) et par La Fontaine (*les Membres de l'Estomac*, III, ii); 2. Allusion au début de *l'Iliade*.

si je dis mal : ce fut pis qu'auparavant **(9)**. Que diable! est-ce qu'il ne me connaît pas? est-ce qu'il ne sait pas que je suis
235 comme les enfants, et qu'il y a des circonstances où je laisse tout aller sous moi? Et puis je crois, Dieu me pardonne, que je n'aurais pas un moment de relâche. On userait un pantin d'acier à tenir la ficelle du matin au soir et du soir au matin. Il faut que je les désennuie, c'est la condition, mais il faut que
240 je m'amuse quelquefois. Au milieu de cet imbroglio il me passa par la tête une pensée funeste, une pensée qui me donna de la morgue, une pensée qui m'inspira de la fierté et de l'insolence; c'est qu'on ne pouvait se passer de moi, que j'étais un homme essentiel.

245 MOI. — Oui, je crois que vous leur êtes très utile, mais qu'ils vous le sont encore davantage. Vous ne retrouverez pas, quand vous voudrez, une aussi bonne maison; mais eux, pour un fou qui leur manque, ils en retrouveront cent.

LUI. — Cent fous comme moi! Monsieur le philosophe, ils
250 ne sont pas si communs. Oui, des plats fous. On est plus difficile en sottise qu'en talent ou en vertu. Je suis rare dans mon espèce, oui, très rare. A présent qu'ils ne m'ont plus, que font-ils? ils s'ennuient comme des chiens. Je suis un sac inépuisable d'impertinences. J'avais à chaque instant une boutade
255 qui les faisait rire aux larmes : j'étais pour eux les Petites-Maisons[1] tout entières.

MOI. — Aussi vous aviez la table, le lit, l'habit, veste et culotte, les souliers et la pistole par mois. **(10)**

---

1. *Petites-Maisons* : voir page 75, note 2.

──────── **QUESTIONS** ────────

9. L'art du récit : étudiez les procédés qui donnent une vie intense à la fin de cette anecdote. Par quel moyen notamment le dialogue est-il transcrit? Le procédé est-il habituel au Neveu? Le lecteur, qui connaît bien maintenant le personnage, peut-il imaginer les gestes qui accompagnent toute cette histoire? — Les sentiments de Rameau : est-il sincère dans son compte rendu? Cherche-t-il à donner le change sur ses craintes et à cacher ses maladresses? Montrez que le récit reste cependant conforme à l'idée que le Neveu se fait de sa « dignité ». — Sait-on vraiment comment l'incident se termine?

10. Les réflexions du Neveu sur l'incident : s'en prend-il à l'injustice de son patron ou à lui-même? — Les trois justifications que le Neveu se donne sont-elles du même ordre? — La part de l'orgueil dans l'erreur commise par le Neveu : soulignez la persistance du thème de la « dignité » (lignes 248-255)? — Comment le Philosophe essaie-t-il (lignes 244-247) de faire raisonner le Neveu sur la réalité de sa condition?

LUI. — Voilà le beau côté, voilà le bénéfice; mais les charges,
vous n'en dites mot. D'abord, s'il était bruit d'une pièce nouvelle, quelque temps qu'il fît, il fallait fureter dans tous les
greniers de Paris, jusqu'à ce que j'en eusse trouvé l'auteur;
que je me procurasse la lecture de l'ouvrage, et que j'insinuasse
adroitement qu'il y avait un rôle qui serait supérieurement
rendu par quelqu'un de ma connaissance. « Et par qui, s'il
vous plaît? — Par qui? belle question! ce sont les grâces, la
gentillesse, la finesse. — Vous voulez dire mademoiselle Dangeville[1]? Par hasard la connaîtriez-vous? — Oui, un peu, mais
ce n'est pas elle. — Et qui donc? » Je nommais tout bas. « Elle!
— Oui, elle », répétais-je, un peu honteux, car j'ai quelquefois
de la pudeur, et à ce nom répété il fallait voir comme la physionomie du poète s'allongeait, et d'autres fois comme on
m'éclatait au nez. Cependant, bon gré mal gré qu'il en eût,
il fallait que j'amenasse mon homme à dîner; et lui qui crai-
gnait de s'engager, rechignait, remerciait. Il fallait voir comme
j'étais traité quand je ne réussissais pas dans ma négociation :
j'étais un butor, un sot, un balourd, je n'étais bon à rien; je
ne valais pas le verre d'eau qu'on me donnait à boire (11).
C'était bien pis lorsqu'on jouait, et qu'il fallait aller intrépide-
ment au milieu des huées d'un public qui juge bien, quoi
qu'on en dise, faire entendre mes claquements de mains isolés,
attacher les regards sur moi, quelquefois dérober les sifflets à
l'actrice, et ouïr chuchoter à côté de soi : « C'est un des valets
déguisés de celui qui couche. Ce maraud-là se taira-t-il?... »
On ignore ce qui peut déterminer à cela; on croit que c'est
ineptie, tandis que c'est un motif qui excuse tout.

MOI. — Jusqu'à l'infraction des lois civiles.

LUI. — A la fin cependant j'étais connu, et l'on disait : « Oh!
c'est Rameau. » Ma ressource était de jeter quelques mots
ironiques qui sauvassent du ridicule mon applaudissement

---

1. Mlle *Dangeville* : voir page 82, note 6.

───── QUESTIONS ─────

11. Qu'apprenons-nous ici des relations entre les auteurs dramatiques
et les comédiens? De quelle catégorie d'auteurs s'agit-il ici? Pourquoi
le poète demande-t-il au Neveu s'il connaît Mlle Dangeville (lignes 266-
267)? Que souhaiterait-il? Comparez avec l'accueil fait par des comédiens à un poète dans Lesage (*Gil Blas de Santillane*, III, XI).

solitaire qu'on interprétait à contre-sens. Convenez qu'il faut un puissant intérêt pour braver ainsi le public assemblé, et que chacune de ces corvées valait mieux qu'un petit écu?

MOI. — Que ne vous faisiez-vous prêter main-forte?

295 LUI. — Cela m'arrivait aussi, et je glanais un peu là-dessus. Avant que de se rendre au lieu du supplice, il fallait se charger la mémoire des endroits brillants où il importait de donner le ton. S'il m'arrivait de les oublier et de me méprendre, j'en avais le tremblement à mon retour; c'était un vacarme dont 300 vous n'avez pas d'idée (12). Et puis à la maison une meute de chiens à soigner; il est vrai que je m'étais sottement imposé cette tâche; des chats dont j'avais la surintendance. J'étais trop heureux si *Micou* me favorisait d'un coup de griffe qui déchirât ma manchette ou ma main. *Criquette* est sujette à la 305 colique; c'est moi qui lui frotte le ventre. Autrefois mademoiselle avait des vapeurs, ce sont aujourd'hui des nerfs. Je ne parle point d'autres indispositions légères dont on ne se gêne pas devant moi. Pour ceci, passe, je n'ai jamais prétendu contraindre; j'ai lu je ne sais où, qu'un prince surnommé 310 le Grand, restait quelquefois appuyé sur le dossier de la chaise percée de sa maîtresse. On en use à son aise avec ses familiers, et j'en étais ces jours-là plus que personne. Je suis l'apôtre de la familiarité et de l'aisance; je les prêchais là d'exemple, sans qu'on s'en formalisât; il n'y avait qu'à me laisser aller. 315 Je vous ai ébauché le patron. Mademoiselle commence à devenir pesante, il faut entendre les bons contes qu'ils en font.

MOI. — Vous n'êtes pas de ces gens-là?

LUI. — Pourquoi non?

MOI. — C'est qu'il est au moins indécent de donner des 320 ridicules à ses bienfaiteurs.

LUI. — Mais n'est-ce pas pis encore de s'autoriser de ses bienfaits pour avilir son protégé?

——————— **QUESTIONS** ———————

12. La deuxième sorte de mission confiée à Rameau est-elle plus agréable pour lui? En quoi s'accorde-t-elle avec les mœurs théâtrales de l'époque? — Montrez que cet office est doublement humiliant pour Rameau : comment tente-t-il de sauvegarder sa « dignité » en public? Pourquoi n'accepte-t-il pas alors les servitudes de son métier de parasite?

MOI. — Mais si le protégé n'était pas vil par lui-même, rien
ne donnerait au protecteur cette autorité. (13)

LUI. — Mais si les personnages n'étaient pas ridicules par
eux-mêmes, on n'en ferait pas de bons contes. Et puis est-ce
ma faute s'ils s'encanaillent? Est-ce ma faute, lorsqu'ils se
sont encanaillés, si on les trahit, si on les bafoue? Quand on
se résout à vivre avec des gens comme nous et qu'on a le sens
commun, il y a je ne sais combien de noirceurs auxquelles
il faut s'attendre. Quand on nous prend, ne nous connaît-on
pas pour ce que nous sommes, pour des âmes intéressées,
viles et perfides? Si l'on nous connaît, tout est bien. Il y a un
pacte tacite qu'on nous fera du bien et que tôt ou tard nous
rendrons le mal pour le bien qu'on nous aura fait. Ce pacte
ne subsiste-t-il pas entre l'homme et son singe ou son perroquet? Brun[1] jette les hauts cris que Palissot, son convive et
son ami, ait fait des couplets contre lui. Palissot a dû faire les
couplets, et c'est Brun qui a tort. Poinsinet jette les hauts cris
que Palissot ait mis sur son compte les couplets qu'il avait
faits contre Brun. Palissot a dû mettre sur le compte de Poinsinet les couplets qu'il avait faits contre Brun, et c'est Poinsinet qui a tort. Le petit abbé Rey[2] jette les hauts cris de ce que
son ami Palissot lui a soufflé sa maîtresse auprès de laquelle
il l'avait introduit : c'est qu'il ne fallait point introduire un
Palissot chez sa maîtresse, ou se résoudre à la perdre; Palissot
a fait son devoir, et c'est l'abbé Rey qui a tort. Le libraire
David[3] jette les hauts cris de ce que son associé Palissot a
couché ou voulu coucher avec sa femme; la femme du libraire
David jette les hauts cris de ce que Palissot a laissé croire à
qui l'a voulu qu'il avait couché avec elle; que Palissot ait
couché ou non avec la femme du libraire David, ce qui est
difficile à décider, car la femme a dû nier ce qui était et Palissot

---

1. Probablement le poète Lebrun (ou Le Brun), dit « Lebrun-Pindare » (1729-
1807), ou son frère Lebrun de Granville, rédacteur de *la Renommée littéraire*; 2. Peut-
être l'aumônier de l'ordre de Saint-Lazare, docteur en théologie; 3. *David* : libraire
et imprimeur pour qui travailla Diderot.

─────── **QUESTIONS** ───────

13. Quel point commun y a-t-il entre toutes les corvées imposées à
Rameau? En quoi sont-elles toutes liées à une catégorie de personnes
et à un genre de vie? — Lorsque le Philosophe emploie le mot *bienfaiteurs* (ligne 319), prend-il réellement le mot au sens strict ou cherche-t-il
à faire rebondir la conversation? En quels termes se pose le problème
de la dignité humaine selon le Neveu (lignes 318-319) et selon le Philosophe (lignes 322-323)?

a pu laisser croire ce qui n'était pas, quoi qu'il en soit, Palissot
355 a fait son rôle et c'est David et sa femme qui ont tort. Qu'Hel
vétius[1] jette les hauts cris que Palissot le traduise sur la scène
comme un malhonnête homme, lui à qui il doit encore l'argen
qu'il lui prêta pour se faire traiter de la mauvaise santé, se
nourrir et se vêtir, a-t-il dû se promettre un autre procédé
360 de la part d'un homme souillé de toutes sortes d'infamies,
qui par passe-temps fait abjurer la religion à son ami[2], qu
s'empare du bien de ses associés, qui n'a ni foi, ni loi, ni sen
timent, qui court à la fortune *per fas et nefas*[3], qui compt
ses jours par ses scélératesses, et qui s'est traduit lui-même
365 sur la scène comme un des plus dangereux coquins[4], impudenc
dont je ne crois pas qu'il y ait eu dans le passé un premier
exemple, ni qu'il y en ait un second dans l'avenir? Non. C
n'est donc pas Palissot, mais c'est Helvétius qui a tort. Si l'on
mène un jeune provincial à la ménagerie de Versailles[5], et qu'il
370 s'avise par sottise de passer la main à travers les barreaux de
la loge du tigre ou de la panthère, si le jeune homme laisse
son bras dans la gueule de l'animal féroce, qui est-ce qui a
tort? Tout cela est écrit dans le pacte tacite; tant pis pour celu
qui l'ignore ou l'oublie **(14)**. Combien je justifierais par c
375 pacte universel et sacré de gens qu'on accuse de méchanceté,
tandis que c'est soi qu'on devrait accuser de sottise! Oui
grosse comtesse[6], c'est vous qui avez tort, lorsque vous rassem
blez autour de vous ce qu'on appelle parmi les gens de votre
sorte des *espèces*[7], et que ces espèces vous font des vilenies,
380 vous en font faire, et vous exposent au ressentiment des hon

---

1. *Helvétius* (1715-1771), fermier général et philosophe, écrivit *De l'esprit*, ouvrag
radicalement sensualiste; 2. Allusion à un mauvais tour joué par Palissot à Poinsi
net : il décida son ami à se faire protestant en lui faisant espérer la place de gou
verneur du prince royal de Prusse; 3. Par tous les moyens. Expression latine signi
fiant : « par ce que permettent et défendent les dieux »; 4. Dans *l'Homme dangereux*
comédie en 3 actes et en vers (1770); 5. La ménagerie, située près du Grand Canal
ne fut transférée au jardin des Plantes de Paris qu'à l'époque de la Révolution
6. Sans doute la comtesse de Lamarck, qui protégeait Palissot (voir page 38, note 2)
7. « *L'espèce* est celui qui, n'ayant pas le mérite de son état, se prête encore de lui
même à son avilissement » (Duclos, *Considérations sur les mœurs*).

QUESTIONS

14. Résumez brièvement l'argumentation de Rameau dans ce passage
Comment ces idées se rattachent-elles à ce qui précède? Analysez la
logique pessimiste sur laquelle repose tout le raisonnement. Quel en
est le point de départ? Celui-ci est-il faux? — Parmi toute la série
d'exemples cités, quel est le personnage qui revient à chaque fois? Pour
quoi cette insistance?

nêtes gens. Les honnêtes gens font ce qu'ils doivent, les espèces aussi, et c'est vous qui avez tort de les accueillir. Si Bertinhus[1] vivait doucement, paisiblement avec sa maîtresse, si par l'honnêteté de leurs caractères ils s'étaient fait des connaissances honnêtes, s'ils avaient appelé autour d'eux des hommes à talents, des gens connus dans la société par leur vertu, s'ils avaient réservé pour une petite compagnie éclairée et choisie les heures de distraction qu'ils auraient dérobées à la douceur d'être ensemble, de s'aimer, de se le dire dans le silence de la retraite, croyez-vous qu'on en eût fait ni bons ni mauvais contes? Que leur est-il donc arrivé? ce qu'ils méritaient. (15) Ils ont été punis de leur imprudence, et c'est nous que la Providence avait destinés de toute éternité à faire justice des Bertins du jour, et ce sont nos pareils d'entre nos neveux qu'elle a destinés à faire justice des Monsauges[2] et des Bertins à venir. Mais tandis que nous exécutons ses justes décrets sur la sottise, vous qui nous peignez tels que nous sommes, vous exécutez ses justes décrets sur nous. Que penseriez-vous de nous, si nous prétendions, avec des mœurs honteuses, jouir de la considération publique? Que nous sommes des insensés. Et ceux qui s'attendent à des procédés honnêtes de la part de gens nés vicieux, de caractère vils et bas, sont-ils sages? Tout a son vrai loyer dans ce monde. Il y a deux procureurs généraux, l'un à votre porte, qui châtie les délits contre la société; la nature est l'autre. Celle-ci connaît[3] de tous les vices qui échappent aux lois. Vous vous livrez à la débauche des femmes, vous serez hydropique; vous êtes crapuleux, vous serez poumonique; vous ouvrez votre porte à des marauds et vous vivez avec eux, vous serez trahis, persiflés, méprisés; le plus

---

1. *Bertinhus* : Bertin (voir page 60, note 4); calembour qui latinise le nom de Bertin, en l'associant au nom de Mlle Hus; 2. *Monsauge* : voir page 86, note 1; 3. *Connaître de* : être compétent pour juger (terme de procédure).

──── **QUESTIONS** ────

15. Définissez le ton de ce passage. — Les idées exprimées : quelles sont-elles? N'est-on pas un peu surpris de les entendre émettre par le Neveu et non pas son interlocuteur? — Le Neveu a-t-il raison de considérer la sottise comme un vice punissable? En quoi une telle morale s'oppose-t-elle à celle de J.-J. Rousseau? — Montrez que ce passage propose un idéal positif aux gens d'un certain monde, et qu'il est fondé sur une certaine idée de la justice. Cet idéal n'est-il pourtant pas un peu utopique, étant donné la manière dont se sont formées la fortune et la situation de gens comme Bertin?

410 court est de se résigner à l'équité de ces jugements, et de se
dire à soi-même : c'est bien fait; de secouer ses oreilles et de
s'amender, ou de rester ce qu'on est, mais aux conditions
susdites.

MOI. — Vous avez raison. [...] (16) (17)

[NÉCESSITÉ DU SUBLIME DANS LE MAL]

MOI. — [...] Depuis que nous causons, j'ai une question sur
la lèvre.

LUI. — Pourquoi l'avoir arrêtée là si longtemps?

MOI. — C'est que j'ai craint qu'elle ne fût indiscrète.

5 LUI. — Après ce que je viens de vous révéler, j'ignore quel
secret je puis avoir pour vous.

MOI. — Vous ne doutez pas du jugement que je porte de
votre caractère?

───────── QUESTIONS ─────────

16. Quel rôle s'attribue le Neveu au point de vue social? Comparez-le
à celui qu'il se donnait à propos de la répartition des richesses (pages 65-
66, lignes 166-212). — Comment Rameau précise-t-il sa notion
de la justice? Montrez que pour lui Providence et Nature sont pratiquement synonymes et que sa morale s'établit essentiellement dans le cadre de
la société contemporaine. Ces idées sont-elles fausses? Quelles critiques
peut-on faire cependant à ce déterminisme matérialiste en morale?

17. Sur l'ensemble du passage intitulé : « La Ménagerie de la
Maison Bertin ». — Quelle société le financier Bertin reçoit-il chez lui?
Quels traits communs possèdent les écrivains et les journalistes qui fré-
quentent ce cercle? En quoi *le Neveu de Rameau* est-il de ce fait une
œuvre polémique?
— La satire sociale est-elle toutefois limitée à la personne de Bertin
et de son entourage? Définissez l'importance du *Neveu de Rameau* comme
témoignage sur certaines classes de la société dans la seconde moitié
du XVIIIᵉ siècle. Comparez de ce point de vue la satire de Diderot au
Gil Blas de Lesage, en tenant compte des rapprochements suggérés dans
les questions placées au cours de cet extrait.
— Essayez d'imaginer la vie que menait Rameau d'après ce qu'il
nous raconte.
— Comment le Neveu juge-t-il lui-même sa disgrâce? Dans quelle
mesure s'incrimine-t-il lui-même et met-il en cause le système social
dans lequel il est engagé?
— Franchise et lucidité chez le Neveu; comment le Philosophe réussit-il
à provoquer ses confidences? Faut-il toutefois parler d'aveux ou de
confession?

LUI. — Nullement. Je suis à vos yeux un être très abject, très méprisable, et je le suis aussi quelquefois aux miens, mais rarement. Je me félicite plus souvent de mes vices que je ne m'en blâme. Vous êtes plus constant dans votre mépris! (1)

MOI. — Il est vrai; mais pourquoi me montrer toute votre turpitude?

LUI. — D'abord, c'est que vous en connaissiez une bonne partie, et que je voyais plus à gagner qu'à perdre à vous avouer le reste.

MOI. — Comment cela, s'il vous plaît?

LUI. — S'il importe d'être sublime en quelque genre, c'est surtout en mal. On crache sur un petit filou, mais on ne peut refuser une sorte de considération à un grand criminel : son courage vous étonne, son atrocité vous fait frémir. On prise en tout l'unité de caractère.

MOI. — Mais cette estimable unité de caractère, vous ne l'avez pas encore; je vous trouve de temps en temps vacillant dans vos principes; il est incertain si vous tenez votre méchanceté de la nature ou de l'étude, et si l'étude vous a porté aussi loin qu'il est possible.

LUI. — J'en conviens; mais j'y ai fait de mon mieux. N'ai-je pas eu la modestie de reconnaître des êtres plus parfaits que moi? ne vous ai-je pas parlé de Bouret[1] avec l'admiration la plus profonde? Bouret est le premier homme du monde dans mon esprit.

MOI. — Mais immédiatement après Bouret, c'est vous?

LUI. — Non.

MOI. — C'est donc Palissot[2]?

LUI. — C'est Palissot, mais ce n'est pas Palissot seul.

MOI. — Et qui peut être digne de partager le second rang avec lui?

---

1. *Bouret* : voir page 79, note 1; 2. *Palissot* : voir page 38, note 2.

─────── **QUESTIONS** ───────

1. Comment se traduit ici encore le cynisme de Rameau? Adoucit-il le jugement que Diderot peut porter sur lui? En éprouve-t-il quelque gêne ou quelque remords? Que veut-il dire aux lignes 9-12?

40   LUI. — Le renégat[1] d'Avignon. (2)

MOI. — Je n'ai jamais entendu parler de ce renégat d'Avignon, mais ce doit être un homme bien étonnant.

LUI. — Aussi l'est-il.

MOI. — L'histoire des grands personnages m'a toujours
45 intéressé.

LUI. — Je le crois bien. Celui-ci vivait chez un bon et honnête de ces descendants d'Abraham, promis au père des croyants en nombre égal à celui des étoiles[2].

MOI. — Chez un juif?

50   LUI. — Chez un juif. Il en avait surpris d'abord la commisération, ensuite la bienveillance, enfin la confiance la plus entière; car voilà comme il en arrive toujours : nous comptons tellement sur nos bienfaits, qu'il est rare que nous cachions notre secret à celui que nous avons comblé de nos bontés;
55 le moyen qu'il n'y ait pas des ingrats, quand nous exposons l'homme à la tentation de l'être impunément? C'est une réflexion juste que notre juif ne fit pas. Il confia donc au renégat qu'il ne pouvait en conscience manger du cochon. Vous allez voir tout le parti qu'un esprit fécond sut tirer de cet aveu. Quelques
60 mois se passèrent pendant lesquels notre renégat redoubla d'attachement. Quand il crut son juif bien touché, bien captivé, bien convaincu par ses soins qu'il n'avait pas un meilleur ami dans toutes les tribus d'Israël... Admirez la circonspection de cet homme! il ne se hâte pas; il laisse mûrir la poire avant que
65 de secouer la branche : trop d'ardeur pouvait faire échouer

---

1. *Renégat :* celui qui renie sa religion pour une autre; 2. Allusion au passage de la Bible (*Genèse*, XV, 5), où Dieu dit à Abraham : « Regarde le ciel, je te prie, et compte les étoiles si tu peux les compter »; il ajouta : « Ainsi sera ta postérité. »

———— QUESTIONS ————

2. Quelle est la théorie du Neveu sur sa propre turpitude et sur le mal en général? Que veut-il dire par *unité de caractère?* Montrez qu'il s'agit là d'une conception esthétique de la morale. Rapprochez-la des idées de Corneille concernant certaines de ses tragédies; cette idée peut-elle s'appliquer aux personnages et aux caractères d'une œuvre d'art, d'une peinture par exemple? — Faut-il cependant juger le Neveu comme un pur dilettante en morale? De quels principes traditionnels en morale se réclame-t-il? Que penser notamment de la hiérarchie des exemples à laquelle il se réfère?

ce projet. C'est qu'ordinairement la grandeur de caractère
résulte de la balance[1] naturelle de plusieurs qualités opposées. (3)

MOI. — Eh! Laissez là vos réflexions, et continuez-moi votre
histoire.

LUI. — Cela ne se peut. Il y a des jours où il faut que je
réfléchisse. C'est une maladie qu'il faut abandonner à son cours.
Où en étais-je?

MOI. — A l'intimité bien établie entre le juif et le renégat.

LUI. — Alors la poire était mûre... Mais vous ne m'écoutez
pas, à quoi rêvez-vous?

MOI. — Je rêve à l'inégalité de votre ton tantôt haut, tantôt
bas.

LUI. — Est-ce que le ton de l'homme vicieux peut être un (4)?
Il arrive un soir chez son bon ami, l'air effaré, la voix entre-
coupée, le visage pâle comme la mort, tremblant de tous ses
membres. « Qu'avez-vous? — Nous sommes perdus. — Perdus,
et comment? — Perdus, vous dis-je, sans ressource. — Expliquez-vous... — Un moment, que je me remette de mon effroi.
— Allons remettez-vous, » lui dit le juif, au lieu de lui dire :
« tu es un fieffé fripon, je ne sais ce que tu as à m'apprendre,
mais tu es un fieffé fripon, tu joues la terreur. »

MOI. — Et pourquoi devait-il lui parler ainsi?

LUI. — C'est qu'il était faux et qu'il avait passé la mesure;
cela est clair pour moi, et ne m'interrompez pas davantage.
« Nous sommes perdus, perdus, sans ressource! » Est-ce que
vous ne sentez pas l'affectation de ces *perdus* répétés? « Un
traître nous a déférés à la sainte Inquisition[2] », vous comme juif,

---

1. *Balance* : équilibre; 2. *L'Inquisition* : tribunal ecclésiastique établi pour la
recherche et le châtiment des hérétiques; son information se faisait dans un secret
absolu; l'Inquisition fut surtout puissante en Espagne et au Portugal. Les philosophes du XVIIIᵉ siècle se sont élevés contre elle avec indignation (voir en particulier
Voltaire, *Candide*).

——————— QUESTIONS ———————

3. Comment s'amorce cette histoire? Peut-on déjà prévoir son issue,
d'après les réflexions de Rameau, la religion de la victime et le nom
de *renégat* donné au héros? — Quel intérêt présentent les réflexions
dont le Neveu entrecoupe son récit? Montrez qu'elles préparent la suite,
qu'elles aiguisent la curiosité du lecteur et qu'elles marquent le plaisir
du conteur lui-même, qui savoure l'histoire à mesure qu'il la développe.

4. L'effet comique de ce jeu réciproque d'interruptions. Comment le
lecteur risquerait-il de les juger si elles se prolongeaient? Expliquez le
sens des deux dernières répliques (lignes 76-78).

moi comme renégat, comme un infâme renégat. » Voyez
comme le traître ne rougit pas de se servir des expressions les
95 plus odieuses. Il faut plus de courage qu'on ne pense pour
s'appeler de son nom; vous ne savez pas ce qu'il en coûte
pour en venir là.

MOI. — Non, certes (5). Mais cet infâme renégat?...

LUI. — Est faux, mais c'est une fausseté bien adroite. Le juif
100 s'effraye, il s'arrache la barbe, il se roule à terre, il voit les
sbires[1] à sa porte, il se voit affublé du san bénito[2], il voit son
auto-da-fé[3] préparé. « Mon ami, mon tendre ami, mon unique
ami, quel parti prendre? — Quel parti? De se montrer, d'affecter
la plus grande sécurité, de se conduire comme à l'ordinaire.
105 La procédure de ce tribunal est secrète, mais lente; il faut user
de ses délais pour tout vendre. J'irai louer ou je ferai louer
un bâtiment[4] par un tiers, oui, par un tiers, ce sera le mieux,
nous y déposerons votre fortune; car c'est à votre fortune
principalement qu'ils en veulent, et nous irons, vous et moi,
110 chercher sous un autre ciel la liberté de servir notre Dieu et
de suivre en sûreté la loi d'Abraham et de notre conscience.
Le point important dans la circonstance périlleuse où nous
nous trouvons est de ne point faire d'imprudence. » Fait et dit.
Le bâtiment est loué et pourvu de vivres et de matelots. La
115 fortune du juif est à bord; demain à la pointe du jour, ils
mettent à la voile; ils peuvent souper gaiement et dormir en
sûreté; demain ils échappent à leurs persécuteurs. Pendant la
nuit le renégat se lève, dépouille le juif de son portefeuille
de sa bourse et de ses bijoux, se rend à bord et le voilà parti.
120 Et vous croyez que c'est là tout? Bon! vous n'y êtes pas. Lorsqu'on me raconta cette histoire, moi je devinai ce que je vous
ai tu pour essayer votre sagacité. Vous avez bien fait d'être

---

1. *Sbire* : policier (mot d'origine italienne); 2. *San bénito* : casaque jaune que les
inquisiteurs faisaient revêtir aux condamnés à être brûlés; 3. *Auto-da-fé* : supplice
du feu infligé comme châtiment par l'Inquisition; 4. *Un bâtiment* : un navire, comme
le précise la suite du récit.

——— QUESTIONS ———

5. Comment l'intrigue se noue-t-elle maintenant? Quel était le risque
couru par un juif? Mettez en relief l'habileté du renégat de se dire également menacé, sachant que son crime serait jugé au moins aussi grave.
— En quoi le neveu de Rameau fait-il de cette histoire un enseignement
pratique, une leçon pour son interlocuteur? — Est-il objectif dans sa
manière de conter cette anecdote, ou se donne-t-il l'illusion de l'être?
A qui en fait réserve-t-il son intérêt?

un honnête homme, vous n'auriez été qu'un friponneau. Jusqu'ici le renégat n'est que cela : c'est un coquin méprisable à qui personne ne voudrait ressembler. Le sublime de sa méchanceté, c'est d'avoir été lui-même le délateur de son bon ami l'israélite dont la sainte Inquisition s'empara à son réveil, et dont, quelques jours après, on fit un beau feu de joie. Et ce fut ainsi que le renégat devint tranquille possesseur de la fortune de ce descendant maudit de ceux qui ont crucifié Notre-Seigneur. **(6)**

MOI. — Je ne sais lequel des deux me fait le plus d'horreur, ou de la scélératesse de votre renégat, ou du ton dont vous en parlez.

LUI. — Et voilà ce que je vous disais : l'atrocité de l'action vous porte au-delà du mépris et c'est la raison de ma sincérité. J'ai voulu que vous connussiez jusqu'où j'excellais dans mon art, vous arracher l'aveu que j'étais au moins original dans mon avilissement, me placer dans votre tête sur la ligne des grands vauriens et m'écrier ensuite : *Vivat Mascarillus, fourbum imperator*[1]! Allons, gai, monsieur le philosophe, chorus : *Vivat Mascarillus, fourbum imperator!*

Et là-dessus il se mit à faire un chant en fugue[2] tout à fait singulier; tantôt la mélodie était grave et pleine de majesté, tantôt légère et folâtre; dans un instant, il imitait la basse, dans un autre, une des parties du dessus[3]; il m'indiquait de son bras et de son col allongé les endroits des tenues[4], et s'exécutait, se composait à lui-même un chant de triomphe où l'on voyait qu'il s'entendait mieux en bonne musique qu'en bonnes mœurs.

---

1. « Vive Mascarille, empereur des fourbes » Molière, *l'Etourdi*, II, VIII; 2. *Fugue :* composition musicale dans laquelle différentes parties se suivent, en répétant le même thème, qui semble ainsi « fuir » d'une voix à l'autre; 3. *Dessus :* voir page 54, note 1; 4. *Tenue :* voir page 53, note 1.

■ **QUESTIONS**

6. Quelles sont les deux dernières phases de cette histoire? Montrez-en la progression dramatique. Quel est le ton sur lequel Rameau a raconté cette histoire? celui sur lequel il donne en quelque sorte la moralité? — Analysez le style de la fin du récit depuis : *Et vous croyez que c'est là tout* (ligne 120); les différentes formes de l'ironie dans ce passage. Comment peut-on deviner, d'après les paroles du Neveu, non seulement ses propres jeux de physionomie et ses gestes, mais encore l'attitude de son interlocuteur? — En quoi le renégat cité ici rappelle-t-il Tartuffe? Avec quelle différence? — Faut-il déduire de cette histoire que le Neveu admire l'hypocrisie? De quel point de vue considère-t-il l'événement?

Je ne savais, moi, si je devais rester ou fuir, rire ou m'indigner. Je restai dans le dessein de tourner la conversation sur quelque sujet qui chassât de mon âme l'horreur dont elle était remplie. Je commençais à supporter avec peine la présence
155 d'un homme qui discutait une action horrible, un exécrable forfait, comme un connaisseur en peinture ou en poésie examine les beautés d'un ouvrage de goût, ou comme un moraliste ou un historien relève et fait éclater les circonstances d'une action héroïque. Je devins sombre malgré moi; il s'en aperçut
160 et me dit :

LUI. — Qu'avez-vous? Est-ce que vous vous trouvez mal?

MOI. — Un peu; mais cela passera.

LUI. — Vous avez l'air soucieux d'un homme tracassé de quelque idée fâcheuse.

165 MOI. — C'est cela. (7) (8)

[LA « QUERELLE DES BOUFFONS »]

Après un moment de silence de sa part et de la mienne, pendant lequel il se promenait en sifflant et en chantant, pour le ramener à son talent, je lui dis :

MOI. — Que faites-vous à présent?

5 LUI. — Rien.

QUESTIONS

7. En quoi consiste le triomphe du Neveu? Quel aveu a-t-il arraché au Philosophe? Par quel moyen s'égale-t-il au renégat en racontant son histoire? Qu'est-ce qui cause son allégresse? Comment celle-ci se traduit-elle? Essayez de montrer l'adaptation de la mélodie aux sentiments éprouvés par Rameau. — Comment jugez-vous la perplexité du Philosophe? Importance de la double comparaison qu'il établit aux lignes 157-159 : le Neveu est-il à la fois un esthète et un immoraliste?

8. SUR L'ENSEMBLE DU PASSAGE INTITULÉ : « DE LA NÉCESSITÉ DU SUBLIME DANS LE MAL ». — La question posée par le Philosophe au début de cette partie de la discussion (lignes 13-14) est-elle propre à satisfaire le Neveu? En quoi réside son amour-propre?
— Le mouvement du dialogue : comment l'histoire du renégat s'amorce-t-elle, se trouve-t-elle coupée par des interruptions réciproques des deux interlocuteurs pour se déployer dans la longue tirade des lignes 99-131? En quoi ce rythme du dialogue reflète-t-il les sentiments des deux personnages?
— Comparez ce conte « immoral » au conte moral du cadet de Carthagène (pages 70-71, lignes 28-43), dont le Philosophe faisait pour sa part un exemple à suivre. Quelle est celle de ces deux histoires qui a le plus de relief?

MOI. — Cela est très fatigant.

LUI. — J'étais déjà suffisamment bête, j'ai été entendre cette musique de Duni[1] et de nos autres jeunes faiseurs[2], qui m'a achevé.

MOI. — Vous approuvez donc ce genre?

LUI. — Sans doute.

MOI. — Et vous trouvez de la beauté dans ces nouveaux chants?

LUI. — Si j'y en trouve! pardieu, je vous en réponds. Comme cela est déclamé! quelle vérité! quelle expression!

MOI. — Tout art d'imitation a son modèle dans la nature. Quel est le modèle du musicien quand il fait un chant?

LUI. — Pourquoi ne pas prendre la chose de plus haut? Qu'est-ce qu'un chant?

MOI. — Je vous avouerai que cette question est au-dessus de mes forces. Voilà comme nous sommes tous : nous n'avons dans la mémoire que des mots que nous croyons entendre[3] par l'usage fréquent et l'application même juste que nous en faisons; dans l'esprit, que des notions vagues. Quand je prononce le mot chant, je n'ai pas des notions plus nettes que vous et la plupart de vos semblables quand ils disent : réputation, blâme, honneur, vice, vertu, pudeur, décence, honte, ridicule. (1)

LUI. — Le chant est une imitation, par les sons, d'une échelle inventée par l'art ou inspirée par la nature, comme il vous plaira, ou par la voix ou par l'instrument, des bruits physiques

---

1. *Duni* : (1709-1775) : compositeur italien, fondateur avec Monsigny et Philidor de l'Opéra-Comique. Il était lié avec Diderot, à qui il présenta Goldoni; 2. *Faiseur* : compositeur (terme familier, mais sans nuance péjorative); 3. *Entendre* : comprendre.

QUESTIONS

1. Quel nouveau thème de conversation s'amorce ici? Est-il artificiel de l'aborder dans le cadre de ce texte, compte tenu du personnage? — Comment Diderot rattache-t-il ce thème à ce qui précède? Quel parallélisme existe-t-il entre le domaine de la musique et celui de la morale?

ou des accents de la passion; et vous voyez qu'en changeant
là dedans les choses à changer, la définition conviendrait
exactement à la peinture, à l'éloquence, à la sculpture et à la
35 poésie. Maintenant, pour en venir à votre question, quel est
le modèle du musicien ou du chant? C'est la déclamation, si
le modèle est vivant et pensant; c'est le bruit, si le modèle est
inanimé. Il faut considérer la déclamation comme une ligne,
et le chant comme une autre ligne, qui serpenterait sur la pre-
40 mière. Plus cette déclamation, type du chant, sera forte et
vraie, plus le chant qui s'y conforme la coupera en un plus
grand nombre de points; plus le chant sera vrai; et plus il sera
beau. Et c'est ce qu'ont très bien senti nos jeunes musiciens.
Quand on entend : *Je suis un pauvre diable*[1], on croit recon-
45 naître la plainte d'un avare; s'il ne chantait pas, c'est sur les
même tons qu'il parlerait à la terre, quand il lui confie son
or et qu'il lui dit : *O terre, reçois mon trésor*. Et cette petite
fille qui sent palpiter son cœur, qui rougit, qui se trouble et
qui supplie monseigneur de la laisser partir, s'exprimerait-elle
50 autrement? Il y a dans ces ouvrages toutes sortes de caractères,
une variété infinie de déclamation. Cela est sublime, c'est moi
qui vous le dis. Allez, allez entendre le morceau où le jeune
homme qui se sent mourir s'écrie : *Mon cœur s'en va*[2]*!* Écoutez
le chant, écoutez la symphonie, et vous me direz après quelle
55 différence il y a entre les vraies voix d'un moribond et le tour
de ce chant. Vous verrez si la ligne de la mélodie ne coïncide
pas tout entière avec la ligne de la déclamation. Je ne vous
parle pas de la mesure, qui est encore une des conditions du
chant; je m'en tiens à l'expression, et il n'y a rien de plus évi-
60 dent que le passage suivant que j'ai lu quelque part : *Musices
seminarium accentus*, l'accent est la pépinière de la mélodie.
Jugez de là de quelle difficulté et de quelle importance il est
de savoir bien faire le récitatif[3]. Il n'y a point de bel air dont
on ne puisse faire un beau récitatif, et point de beau récitatif
65 dont un habile homme ne puisse tirer un bel air. Je ne voudrais
pas assurer que celui qui récite bien chantera bien; mais je
serais surpris que celui qui chante bien, ne sût pas bien réciter.

---

1. Ariette chantée par Sordide, le fou avare de *l'Ile des fous*, comédie dont la
musique était de Duni; l'air cité ensuite (ligne 47) est extrait de la même pièce; 2. Cet
air est extrait du *Maréchal-ferrant*, opéra-comique en deux actes de Philidor, voir
page 23, note 8; 3. *Récitatif :* sorte de chant — non soumis à la mesure — dont
la mélodie et le rythme observent autant que possible l'accentuation naturelle des
mots et les inflexions de la phrase parlée.

Et croyez tout ce que je vous dis là, car c'est le vrai. **(2)**

MOI. — Je ne demanderais pas mieux que de vous en croire, si je n'étais arrêté par un petit inconvénient.

LUI. — Et cet inconvénient?

MOI. — C'est que si cette musique est sublime, il faut que celle du divin Lulli, de Campra, de Destouches, de Mouret[1], et même, soit dit entre nous, celle du cher oncle, soit un peu plate.

LUI, *s'approchant de mon oreille, me répondit.* — Je ne voudrais pas être entendu, car il y a ici beaucoup de gens qui me connaissent; c'est qu'elle l'est aussi. Ce n'est pas que je me soucie du cher oncle, puisque cher il y a. C'est une pierre. Il me verrait tirer la langue d'un pied qu'il ne me donnerait pas un verre d'eau; mais il a beau faire, à l'octave, à la septième : Hon, hon; hin, hin; tu, tu, tu, turelututu avec un charivari de diable; ceux qui commencent à s'y connaître et qui ne prennent plus du tintamarre pour de la musique, ne s'accommoderont jamais de cela **(3)**. On devrait défendre par une ordonnance de police à quelque personne, de quelque qualité

---

1. *Lulli* : voir page 26, note 4; *Campra* (1660-1744), auteur de *l'Europe galante*, dont la musique fait transition entre Lulli et Rameau; *Destouches* (1672-1749), auteur d'*Issé*; *Mouret* (1682-1738) : musicien de la chambre du roi, directeur du Concert spirituel. Tous ces musiciens appartiennent à l'école française.

======== QUESTIONS ========

2. Faites le plan de cette tirade. Quels sont les différents points importants de ce passage? Quel est l'avantage de la définition du chant donnée par le Neveu (lignes 29-32)? Essayez, en changeant les termes nécessaires, de reprendre la définition proposée pour l'adapter aux autres arts : peinture, éloquence, etc. (lignes 29-33). — Expliquez et discutez la définition selon laquelle toute forme d'art est une *imitation*, qui a son modèle dans la nature. — Comment les exemples donnés ensuite s'accordent-ils avec la définition donnée du « modèle du musicien »? D'après les lignes 38-43, quel est le critère d'un bon opéra? — Le style de cette tirade : à quelles nécessités doit se soumettre Diderot pour familiariser son lecteur avec des questions qui risquent d'être mal connues de lui? Comment reparaît ici le Diderot encyclopédiste?

3. Comment s'amorce l'examen critique de la musique d'opéra en France à cette époque? Quelles sont les deux conceptions en présence? — En vous aidant de la Notice (pages 17-18), précisez l'actualité de cette discussion. — Cherchez dans le début du *Neveu de Rameau* les passages qui faisaient allusion soit à la musique d'opéra de J.-Ph. Rameau, soit à sa dureté de cœur à l'égard de son neveu : comment les thèmes traités ici ont-ils été annoncés et préparés?

ou condition qu'elle fût, de faire chanter le *Stabat*[1] de Pergolèse[2]. Ce *Stabat*, il fallait le faire brûler par la main du bour-
reau. Ma foi, ces maudits bouffons avec leur *Servante Maî-*
90 *tresse*[3], leur *Tracallo*[4] nous en ont donné rudement dans le
cul. Autrefois un *Tancrède*[5], une *Issé*[6], une *Europe galante*,
les Indes, et *Castor*, *les Talents lyriques*[7] allaient à quatre,
cinq, six mois. On ne voyait point la fin des représentations
d'une *Armide*[8], à présent tout cela vous tombe les uns sur
95 les autres comme des capucins de cartes[9]. Aussi Rebel et
Francœur[10] jettent-ils feu et flamme. Ils disent que tout est
perdu, qu'ils sont ruinés, et que si l'on tolère plus longtemps
cette canaille chantante de la foire[11], la musique nationale est
au diable, et que l'Académie Royale du cul-de-sac[12] n'a qu'à
100 fermer boutique. Il y a bien quelque chose de vrai là dedans.
Les vieilles perruques qui viennent là depuis trente à quarante
ans, tous les vendredis, au lieu de s'amuser comme ils ont fait
par le passé, s'ennuient et bâillent sans trop savoir pourquoi.
Ils se le demandent et ne sauraient se répondre : que ne
105 s'adressent-ils à moi! La prédiction de Duni s'accomplira,
et du train que cela prend, je veux mourir si dans quatre ou
cinq ans, à dater du *Peintre amoureux de son modèle*[13], il y a
un chat à fesser dans la célèbre impasse. Les bonnes gens!
Ils ont renoncé à leurs symphonies pour jouer des symphonies
110 italiennes. Ils ont cru qu'ils feraient leurs oreilles à celles-ci,
sans conséquence pour leur musique vocale, comme si la symphonie[14] n'était pas au chant, à un peu de libertinage[15] près
inspiré par l'étendue de l'instrument et la mobilité des doigts,
ce que le chant est à la déclamation réelle. Comme si le violon
115 n'était pas le singe du chanteur, qui deviendra un jour, lorsque

1. *Stabat* [*Mater*] : composition religieuse retraçant les souffrances de la Vierge;
2. *Pergolèse* (1710-1736) : compositeur italien de musique religieuse et dramatique;
l'un des maîtres les plus célèbres de l'école napolitaine; 3. *La Servante maîtresse* :
opéra bouffe de Pergolèse (1733) dont le succès à Paris, en 1752, fut à l'origine de
la « querelle des bouffons »; 4. *Tracallo* : autre opéra bouffe de Pergolèse (1735);
5. *Tancrède* (1702), ainsi que *l'Europe galante* (1697) sont de Campra, cité plus haut;
6. *Issé* : composé par Destouches en 1697; 7. *Les Indes galantes* (1735), ballet héroïque,
Castor et Pollux (1737), tragédie lyrique, et *les Talents lyriques ou les Fêtes d'Hébé*
(1739) sont de Rameau; 8. *Armide* : opéra de Lulli sur des paroles de Quinault (1686);
9. *Capucin de cartes* : file de cartes découpées imitant grossièrement la forme d'un
capucin, que l'on pouvait faire tenir debout sur un côté; 10. *Rebel* (1701-1775) et
Francœur (1698-1787), directeurs de l'Opéra; 11. En 1762, l'opéra-comique de la
Foire se fondit avec la Comédie-Italienne; 12. L'Opéra, jusqu'en 1763, resta au
Palais-Royal, au fond d'une impasse; 13. Œuvre de Duni, représentée pour la première fois en 1757 avec un grand succès; 14. *Symphonie* : désigne ici les morceaux
d'un opéra que l'orchestre exécutait seul, comme l'ouverture par exemple; 15. *Liber-
tinage* : liberté, mépris des règles.

le difficile prendra la place du beau, le singe du violon. Le
premier qui joua Locatelli[1] fut l'apôtre de la nouvelle musique.
A d'autres, à d'autres. On nous accoutumera à l'imitation des
accents de la passion, ou des phénomènes de la nature par
le chant et la voix, par l'instrument, car voilà toute l'étendue
de l'objet de la musique, et nous conserverons notre goût pour
les vols, les lances, les gloires, les triomphes, les victoires?
Va-t'en voir s'ils viennent, Jean[2]. Ils ont imaginé qu'ils pleu-
reraient ou riraient à des scènes de tragédie ou de comédie
musiquées, qu'on porterait à leurs oreilles les accents de la
fureur, de la haine, de la jalousie, les vraies plaintes de l'amour,
les ironies, les plaisanteries du théâtre italien ou français, et
qu'ils resteraient admirateurs de *Ragonde* ou de *Platée*[3]. Je
t'en réponds, tarare ponpon[4], qu'ils éprouveraient sans cesse
avec quelle facilité, quelle flexibilité, quelle mollesse, l'harmonie, la prosodie, les ellipses, les inversions de la langue italienne
se prêtaient à l'art, au mouvement, à l'expression, aux tours
du chant et à la valeur mesurée des sons, et qu'ils continueraient
d'ignorer combien la leur est raide, sourde, lourde, pesante,
pédantesque et monotone[5]. Eh, oui, oui. Ils se sont persuadés
qu'après avoir mêlé leurs larmes aux pleurs d'une mère qui se
désole sur la mort de son fils, après avoir frémi de l'ordre
d'un tyran qui ordonne un meurtre, ils ne s'ennuieraient pas
de leur féerie, de leur insipide mythologie, de leurs petits
madrigaux doucereux qui ne marquent pas moins le mauvais
goût du poète que la misère de l'art qui s'en accommode. Les
bonnes gens! cela n'est pas et ne peut être. Le vrai, le bon,
le beau ont leurs droits. On les conteste, mais on finit par
admirer. Ce qui n'est pas marqué à ce coin[6], on l'admire
un temps; mais on finit par bâiller. Bâillez donc, messieurs,
bâillez à votre aise, ne vous gênez pas. L'empire de la nature
et de ma trinité, contre laquelle les portes de l'enfer ne prévau-
dront jamais[7], le vrai, qui est le père et qui engendre le bon
qui est le fils, d'où procède le beau qui est le saint-esprit,

---

1 *Locatelli*, voir page 56, note 2, 2. Expression devenue proverbiale, signifiant :
« n'y comptez pas » ; 3. *Les Amours de Ragonde* (1742) : opéra de Mouret; *Platée ou
Junon jalouse* (1749) : ballet bouffe de Rameau; 4. Vieux refrain de chanson, de
même sens que l'expression employée quelques lignes plus haut (l. 123); 5. C'était un
des arguments décisifs des partisans de la musique italienne; Stendhal fera des
réflexions analogues au XIXe siècle; 6. *Coin* : morceau de fer trempé et gravé qui servait
à marquer les monnaies et les médailles; par suite, au sens figuré, marque d'un trait,
d'un caractère; 7. Parodie des paroles prononcées par Jésus, au moment où il confie
à Pierre la charge de fonder l'Église chrétienne (Évangile de Matthieu, XVI, 18).

150 s'établit tout doucement. Le dieu étranger se place humblement sur l'autel à côté de l'idole du pays; peu à peu il s'y
affermit; un beau jour il pousse du coude son camarade, et
patatras, voilà l'idole en bas. C'est comme cela qu'on dit
que les jésuites ont planté le christianisme à la Chine et aux
155 Indes. Et ces jansénistes[1] ont beau dire : cette méthode politique qui marche à son but sans bruit, sans effusion de sang,
sans martyr, sans un toupet de cheveux arraché, me semble
la meilleure. **(4)**

160 MOI. — Il y a de la raison, à peu près, dans tout ce que vous
venez de dire.

LUI. — De la raison ?. tant mieux. Je veux que le diable m'emporte si j'y tâche[2]. Cela va comme je te pousse. Je suis comme
les musiciens de l'impasse quand mon oncle parut. Si j'adresse[3],
à la bonne heure, c'est qu'un garçon charbonnier parlera tou-
165 jours mieux de son métier que toute une académie et que tous
les Duhamels[4] du monde... **(5)**

---

1. *Janséniste* (opposé à la comparaison avec les jésuites de la phrase précédente)
est pris ici dans le sens de « sectateur étroit d'une doctrine »; les tenants de la tradition sont ennemis de la musique italienne par méfiance pour la nouveauté, le progrès
qu'elle représente; 2. Si j'm'y applique, c'est-à-dire que c'est évident par soi-même,
sans avoir besoin d'une démonstration brillante; 3. *Adresser* : atteindre son but;
4. Duhamel de Monceau (1700-1782), membre de l'Académie des sciences et auteur
d'une foule d'ouvrages, dont un *Art du charbonnier* (1760).

━━━ QUESTIONS ━━━

4. Résumez les différents arguments de Rameau. Quelle est, à son avis,
la supériorité de la musique moderne sur l'ancienne? Rapprochez cet
avantage des définitions qu'il a données lignes 29-43. La cause de
l'ennui qu'éprouvent les fidèles de l'ancienne manière; quels sont les
effets de cette désaffection? — Peut-on dire que les arguments de Rameau
(lignes 118-141) annoncent le romantisme (importance des passions,
lyrisme, refus de la mythologie)? En quoi est-ce en tout cas la recherche
d'un « modernisme » face aux traditions classiques? La supériorité de
la langue italienne sur la langue française dans le chant vous paraît-elle
juste (lignes 129-135)? Comparez cette opinion avec celle de Stendhal. —
Analysez et commentez d'une manière très précise la fin de la tirade depuis
Le vrai, le bon et le beau ont leurs droits : à·travers les exagérations ver-
bales du Neveu, quelles idées chères aux philosophes du XVIIIᵉ siècle
sur les principes fondamentaux de la pensée et de la morale ainsi que
sur le progrès des arts transparaissent ici? Est-il si paradoxal que le
Neveu prenne parti pour les « jésuites » contre les « jansénistes »?

5. Cherchez la raison du laconisme du Philosophe dans son approbation : a-t-il présenté, au début de la discussion, ces problèmes comme
lui étant familiers? — Que veut dire le Neveu à propos de Duhamel?

Et puis le voilà qui se met à se promener, en murmurant dans son gosier quelques-uns des airs de *l'Ile des Fous*[1], du *Peintre amoureux de son modèle*[2], du *Maréchal-ferrant*[3], de *la Plaideuse*[4], et de temps en temps il s'écriait, en levant les mains et les yeux au ciel : « Si cela est beau, mordieu! si cela est beau! comment peut-on porter à sa tête une paire d'oreilles et faire une pareille question? » Il commençait à entrer en passion et à chanter tout bas. Il élevait le ton à mesure qu'il se passionnait davantage; vinrent ensuite les gestes, les grimaces du visage et les contorsions du corps; et je dis : « Bon, voilà la tête qui se perd et quelque scène nouvelle qui se prépare. » En effet, il part d'un éclat de voix : *Je suis un pauvre misérable... Monseigneur, monseigneur, laissez-moi partir... O terre, reçois mon or, conserve bien mon trésor... Mon âme, mon âme, ma vie! O terre...! Le voilà le petit ami, le voilà le petit ami*[5]! *Aspettare e non venire... A Zerbina penserete... Sempre in contrasti con te si sta*[6]... Il entassait et brouillait ensemble trente airs italiens, français, tragiques, comiques, de toutes sortes de caractères; tantôt avec une voix de basse-taille[7] il descendait jusqu'aux enfers, tantôt s'égosillant et contrefaisant le fausset[8], il déchirait le haut des airs, imitant de la démarche, du maintien, du geste, les différents personnages chantants; successivement furieux, radouci, impérieux, ricaneur. Ici c'est une jeune fille qui pleure, et il en rend toute la minauderie; là, il est prêtre, il est roi, il est tyran, il menace, il commande, il s'emporte; il est esclave, il obéit. Il s'apaise, il se désole, il se plaint, il rit; jamais hors de ton, de mesure, du sens des paroles et du caractère de l'air (6). Tous les

1. *L'Ile des fous* : voir page 110, note 1; 2. *Le Peintre amoureux de son modèle* : voir page 112, note 13; 3. *Le Maréchal-Ferrant* : voir page 110, note 2; 4. *La Plaideuse ou le Procès* : opéra de Duni et Favart (1702); 5. Airs de *l'Ile des fous*; 6. « Attendre et ne pas venir... Vous penserez à Zerbine... Toujours on est en querelle avec toi. » Airs de *la Servante maîtresse* de Pergolèse; 7. La *voix de basse-taille*, grave, se situe entre celle de la basse et celle du baryton; 8. La *voix de fausset*, aiguë, imite celle d'une femme.

─── **QUESTIONS** ───

6. Comment, insensiblement, le Neveu est-il parvenu à un point d'excitation tel qu'il se livre à cette démonstration? Ce procédé ne lui est-il pas familier? — Mettez en relief la souplesse d'adaptation de la voix aux sentiments, aux personnages. N'apparaît-il pas, ici encore, comme un être hors du commun? Pouvait-on s'attendre à tant de justesse de ton dans l'état d'exaltation où il se trouve? En quoi sa situation habituelle de parasite et de flatteur lui facilite-t-elle cette adaptation quasi automatique à des rôles différents?

195 pousse-bois[1] avaient quitté leurs échiquiers et s'étaient rassemblés autour de lui. Les fenêtres du café étaient occupées en dehors par les passants qui s'étaient arrêtés au bruit. On faisait des éclats de rire à entrouvrir le plafond. Lui n'apercevait rien; il continuait, saisi d'une aliénation[2] d'esprit, d'un enthou-

200 siasme[3] si voisin de la folie qu'il est incertain qu'il en revienne, s'il ne faudra pas le jeter dans un fiacre et le mener droit aux Petites-Maisons[4]. En chantant un lambeau des *Lamentations* de Jommelli[5], il répétait avec une précision, une vérité et une chaleur incroyable les plus beaux endroits de chaque morceau;

205 ce beau récitatif obligé[6] où le prophète peint la désolation de Jérusalem, il l'arrosa d'un torrent de larmes qui en arrachèrent de tous les yeux. Tout y était, et la délicatesse du chant, et la force de l'expression, et la douleur. Il insistait sur les endroits où le musicien s'était particulièrement montré un

210 grand maître; s'il quittait la partie du chant, c'était pour prendre celle des instruments qu'il laissait subitement pour revenir à la voix, entrelaçant l'une à l'autre de manière à conserver les liaisons et l'unité du tout; s'emparant de nos âmes, et les tenant suspendues dans la situation la plus singu-

215 lière que j'aie jamais éprouvée (7)... Admirais-je? Oui, j'admirais! Étais-je touché de pitié? j'étais touché de pitié; mais une teinte de ridicule était fondue dans ces sentiments et les dénaturait. (8)

---

1. *Pousse-bois* : nom donné aux joueurs d'échecs du café de la Régence, où se situe la scène (voir page 23, note 7); 2. *Aliénation* est pris ici au sens premier : Rameau ne s'appartient plus, tout à la musique et aux différents rôles qu'il joue; 3. *Enthousiasme* a ici à la fois le sens courant et celui qu'explique Platon dans *Ion* : le fait, pour le poète, le musicien, d'être possédé par un dieu; 4. *Les Petites-Maisons* : voir page 75, note 2; 5. Nicolas *Jommelli* d'Avesa (1714-1774), compositeur italien; 6. *Récitatif obligé* : récitatif accompagné par l'orchestre et dont les intervalles, ménagés pour le repos, étaient remplis par la symphonie (orchestre seul).

──────── **QUESTIONS** ────────

7. Montrez que la scène s'élargit par l'apparition du public; comment réagit ce dernier? En vous aidant de la note 3, page 116, définissez ce que Diderot nomme ici *enthousiasme* (lignes 119-120), par référence à la folie et au sens étymologique du mot *aliénation*, et montrez-en la justesse par des exemples précis tirés du texte. — A quoi voit-on que Rameau est un interprète vocal bien doué, mais aussi un musicien éclairé?

8. Pourquoi le Philosophe hésite-t-il avant d'avouer qu'il admire? Justifiez sa pitié. N'est-elle pas un peu surprenante? Expliquez les lignes 217-218. N'a-t-on pas un peu l'impression qu'il joue lui-même le personnage de l'intellectuel qui craint d'être dupe de ce qu'il ne comprend pas clairement? Dans quelle mesure n'est-ce pas quelquefois la réaction de Diderot en face de sa propre personnalité, complexe sinon contradictoire?

Mais vous vous seriez échappé en éclats de rire à la manière dont il contrefaisait les différents instruments. Avec des joues renflées et bouffies, et un son rauque et sombre, il rendait les cors et les bassons[1]; il prenait un son éclatant et nasillard pour les hautbois[2]; précipitant sa voix avec une rapidité incroyable pour les instruments à corde dont il cherchait les sons les plus approchés; il sifflait les petits flûtes, il recoulait[3] les traversières[4]; criant, chantant, se démenant comme un forcené, faisant lui seul les danseurs, les danseuses, les chanteurs, les chanteuses, tout un orchestre, tout un théâtre lyrique, et se divisant en vingt rôles divers; courant, s'arrêtant avec l'air d'un énergumène[5], étincelant des yeux, écumant de la bouche. Il faisait une chaleur à périr, et la sueur qui suivait les plis de son front et la longueur de ses joues, se mêlait à la poudre de ses cheveux, ruisselait et sillonnait le haut de son habit. Que ne lui vis-je pas faire? Il pleurait, il riait, il soupirait, il regardait ou attendri, ou tranquille, ou furieux; c'était une femme qui se pâme de douleur, c'était un malheureux livré à tout son désespoir; un temple qui s'élève; des oiseaux qui se taisent au soleil couchant; des eaux ou qui murmurent dans un lieu solitaire et frais, ou qui descendent en torrent du haut des montagnes; un orage, une tempête, la plainte de ceux qui vont périr, mêlée au sifflement des vents, au fracas du tonnerre; c'était la nuit avec ses ténèbres, c'était l'ombre et le silence, car le silence même se peint par des sons (9). Sa tête était tout à fait perdue. Épuisé de fatigue, tel qu'un homme

---

1. *Basson* : instrument à vent et à anche qui forme dans l'orchestre la basse du quatuor des instruments en bois; 2. *Hautbois* : instrument à vent et à double anche, percé de trous et muni de clés; 3. *Recouler* : roucouler; 4. *Traversière* : flûte que l'on pose transversalement sur les lèvres; 5. *Énergumène* : voir page 88, note 2.

―――――― QUESTIONS ――――――

9. Distinguez les deux moments de ce passage. En quoi le premier marque-t-il encore une gradation? Dans quelle mesure cette nouvelle pantomime justifie-t-elle les rires de l'assistance, mentionnés au paragraphe précédent, et le mot *ridicule* de la ligne 217? — Montrez, par l'exemple de ce passage et du précédent, les efforts de Diderot pour exprimer la simultanéité de faits différents. Parvient-il tout à fait à son but, qui est de donner une impression globale en constituant une synthèse? — La seconde phase de ce passage ne répète-t-elle pas un peu ce qui nous avait déjà été décrit (lignes 183-215)? En quoi avons-nous, en fait, l'élargissement final qui clôt cette scène? N'y a-t-il que des personnages humains cette fois? Montrez l'importance de la dernière phrase (lignes 234-243).

245 qui sort d'un profond sommeil ou d'une longue distraction,
il resta immobile, stupide[1], étonné. Il tournait ses regards
autour de lui comme un homme égaré qui cherche à reconnaître le lieu où il se trouve; il attendait le retour de ses forces
et de ses esprits; il essuyait machinalement son visage. Sem-
250 blable à celui qui verrait à son réveil son lit environné d'un
grand nombre de personnes, dans un entier oubli ou dans une
profonde ignorance de ce qu'il a fait, il s'écria dans le premier
moment : « Eh bien, messieurs, qu'est-ce qu'il y a? D'où
viennent vos ris et votre surprise? Qu'est-ce qu'il y a? » Ensuite
255 il ajouta : « Voilà ce qu'on doit appeler de la musique et un
musicien! Cependant, messieurs, il ne faut pas mépriser certains airs de Lulli. Qu'on fasse mieux la scène de *Ah! j'atten-
drai*[2] sans changer les paroles, j'en défie. Il ne faut pas mépriser quelques endroits de Campra, les airs de violon de mon
260 oncle, ses gavottes[3], ses entrées de soldats, de prêtres, de sacri-
ficateurs... *Pâles flambeaux, nuit plus affreuse que les ténèbres...
Dieu du Tartare, Dieu de l'oubli*[4]... » Là il enflait sa voix, il
soutenait ses sons; les voisins se mettaient aux fenêtres, nous
mettions nos doigts dans nos oreilles. Il ajoutait : C'est qu'ici
265 il faut des poumons, un grand organe, un volume d'air; mais
avant peu, serviteur à l'Assomption[5]; le carème et les Rois
sont passés. Ils ne savent pas encore ce qu'il faut mettre en
musique, ni par conséquent ce qui convient au musicien. La
poésie lyrique est encore à naître; mais ils y viendront à force
270 d'entendre le Pergolèse, le Saxon[6], Terradoglias[7], Trasetta[8] et
les autres; à force de lire le Métastase[9], il faudra bien qu'ils
y viennent. **(10)**

---

1. *Stupide* : frappé de stupeur, hébété; 2. Premières paroles du monologue de
Roland dans la tragédie lyrique de Quinault, *Roland* (musique de Lulli); 3. *Gavotte* :
danse française ancienne dont le rythme a été adopté au XVIIIᵉ siècle dans la musique
instrumentale par Couperin et dans la musique de ballet par Rameau; 4. Air de
Castor et Pollux de Rameau; 5. Je vous donne rendez-vous plus tard; 6. *Le Saxon*,
Jean-Adolphe-Pierre Hasse (1699-1783), composa des opéras en Italie; 7. *Terradoglias* (1711-1751), musicien d'origine espagnole; 8. *Trasetta* (1727-1779), compositeur d'opéras italiens; 9. *Métastase* (1698-1782), poète italien qui composa de
nombreux mélodrames, c'est-à-dire des drames musicaux.

━━━ QUESTIONS ━━━

10. Montrez que le retour du Neveu à la réalité n'est pas moins surprenant de naturel que son *aliénation* ne l'a été par son intensité. Comment
s'adapte-t-il avec aisance à cet élargissement de son public? Est-ce une
concession à la prudence ou la marque d'une admiration sincère, si le
Neveu ne condamne pas en bloc toute la musique du XVIIᵉ siècle?

MOI. — Quoi donc! est-ce que Quinault[1], La Motte[2], Fontenelle[3] n'y ont rien entendu?

LUI. — Non, pour le nouveau style. Il n'y a pas six vers de suite dans tous leurs charmants poèmes qu'on puisse musiquer[4]. Ce sont des sentences ingénieuses, des madrigaux légers, tendres et délicats; mais pour savoir combien cela est vide de ressources pour notre art, le plus violent de tous, sans en excepter celui de Démosthène[5], faites-vous réciter ces morceaux, combien ils vous paraîtront froids, languissants, monotones. C'est qu'il n'y a rien là qui puisse servir de modèle au chant. J'aimerais autant avoir à musiquer les *Maximes* de La Rochefoucauld ou les *Pensées* de Pascal. C'est au cri animal de la passion à dicter la ligne qui nous convient. Il faut que ces expressions soient pressées les unes sur les autres; il faut que la phrase soit courte, que le sens en soit coupé, suspendu; que le musicien puisse disposer de tout et de chacune de ses parties, en omettre un mot ou le répéter, y en ajouter un qui lui manque, la tourner et retourner comme un polype[6] sans la détruire; ce qui rend la poésie lyrique française beaucoup plus difficile que dans les langues à inversions, qui présentent d'elles-mêmes tous ces avantages[7]... « *Barbare, cruel, plonge ton poignard dans mon sein. Me voilà prête à recevoir le coup fatal. Frappe. Ose... Ah! je languis, je meurs... Un feu secret s'allume dans mes sens... Cruel amour, que veux-tu de moi?... Laisse-moi la douce paix dont j'ai joui... Rends-moi la raison...* » Il faut que les passions soient fortes; la tendresse[8] du musicien et du poète lyrique doit être extrême. L'air est presque toujours la péroraison[9] de la scène. Il nous faut des exclamations, des interjections, des suspensions, des interruptions, des affirmations, des négations; nous appelons, nous invoquons, nous crions, nous gémissons, nous pleurons, nous rions franchement. Point d'esprit, point d'épigrammes, point de ces jolies

---

1. *Quinault* (1635-1688) : auteur de livrets d'opéras dont Lulli fit la musique; de leur collaboration est née la création de l'opéra en France; 2. *La Motte-Houdar* (1672-1731) : poète qui prit le parti des modernes dans la querelle des Anciens et des Modernes; 3. *Fontenelle* (1657-1757), également partisan des Modernes, auteur, entre autres, d'opéras, de comédies et de tragédies; 4. *Musiquer* : mettre en musique; 5. *Démosthène* (384-322), homme politique et orateur athénien, cité ici comme maître de l'éloquence passionnée; 6. *Polype* : poulpe; 7. Cette idée que la poésie française, où l'inversion est difficile, se prête mal au lyrisme a été déjà soutenue par le P. Rapin à l'époque classique et reprise par Fénelon dans sa *Lettre à l'Académie* (1714); 8. *Tendresse* : sensibilité; 9. *Péroraison* : conclusion; d'où, ce qui parachève (terme de rhétorique).

305 pensées. Cela est trop loin de la simple nature. Or n'allez
pas croire que le jeu des acteurs de théâtre et leur déclamation
puissent nous servir de modèles. Fi donc! il nous le faut plus
énergique, moins maniéré, plus vrai. Les discours simples, les
voix communes de la passion nous sont d'autant plus néces-
310 saires que la langue sera plus monotone, aura moins d'accent.
Le cri animal ou de l'homme passionné leur en donne. **(11)**

Tandis qu'il me parlait ainsi, la foule qui nous environnait,
ou n'entendant[1] rien, ou prenant peu d'intérêt à ce qu'il disait,
parce qu'en général l'enfant comme l'homme, et l'homme
315 comme l'enfant, aime mieux s'amuser que s'instruire, s'était
retirée; chacun était à son jeu; et nous étions restés seuls dans
notre coin. Assis sur une banquette, la tête appuyée contre
le mur, les bras pendants, les yeux à demi fermés, il me dit :
Je ne sais ce que j'ai; quand je suis venu ici, j'étais frais et
320 dispos, et me voilà roué[2], brisé, comme si j'avais fait dix lieues.
Cela m'a pris subitement.

MOI. — Voulez-vous vous rafraîchir?

LUI. — Volontiers. Je me sens enroué. Les forces me
manquent; et je souffre un peu de la poitrine. Cela m'arrive
325 presque tous les jours comme cela, sans que je sache pourquoi.

MOI. — Que voulez-vous?

LUI. — Ce qui vous plaira; je ne suis pas difficile; l'indigence
m'a appris à m'accommoder de tout.

---

1. *Entendre* : comprendre; 2. *Roué* : rompu au supplice de la roue; d'où, au figuré,
endolori par tout le corps.

──────── **QUESTIONS** ────────

11. Quels sont, d'après ce texte, les caractères nécessaires d'un bon
livret d'opéra? — Quelle théorie, déjà soutenue peu auparavant par le
Neveu, est reprise et précisée ici? En quoi Quinault, La Motte et Fontenelle ne sont-ils pas dans le ton? Etes-vous surpris que la poésie lyrique
française de la fin du XVIIe siècle et celle du XVIIIe siècle ne soient pas
adaptées à ce genre d'opéra? Quelle autre s'y harmonisera mieux? —
Pourquoi le jeu des acteurs n'est-il pas un meilleur modèle? Montrez
l'originalité de ces réflexions et soulignez leur relation avec la définition
du chant donnée plus haut (lignes 29-43). — En quoi les idées exprimées par le Neveu évoquent-elles les points de vue soutenus par Diderot
dans d'autres œuvres à propos : 1° de la nature de la poésie; 2° de la
technique dramatique; 3° du jeu des comédiens?

Costume de théâtre pour un personnage
de la tragédie *Dardanus*, de Rameau.

Dessin aquarellé. Bibliothèque de l'Opéra.

Le Triomphe

Gravure de Cochin le Jeune (1715-1790).

an-Philippe Rameau.

Bibliothèque du Conservatoire national de musique.

Costume de théâtre pour un personnage de *Zoroastre*, de Rameau.

Dessin à la plume. Bibliothèque de l'Opéra.

On nous sert de la bière, de la limonade. Il en remplit un grand verre qu'il vide deux ou trois fois de suite. Puis comme un homme ranimé, il tousse fortement, il se démène, il reprend : **(12)**

Mais à votre avis, seigneur philosophe, n'est-ce pas une bizarrerie bien étrange qu'un étranger, un Italien, un Duni[1], vienne nous apprendre à donner de l'accent à notre musique, à assujettir notre chant à tous les mouvements, à toutes les mesures, à tous les intervalles, à toutes les déclamations, sans blesser la prosodie[2]? Ce n'était pourtant pas la mer à boire. Quiconque avait écouté un gueux lui demander l'aumône dans la rue, un homme dans le transport de la colère, une femme jalouse et furieuse, un amant désespéré, un flatteur, oui, un flatteur, radoucissant son ton, traînant ses syllabes d'une voix mielleuse, en un mot une passion, n'importe laquelle, pourvu que, par son énergie elle méritât de servir de modèle au musicien, aurait dû s'apercevoir de deux choses : l'une que les syllabes, longues ou brèves, n'ont aucune durée fixe, pas même de rapport déterminé entre leurs durées; que la passion dispose de la prosodie presque comme il lui plaît; qu'elle exécute les plus grands intervalles, et que celui qui s'écrie dans le fort de sa douleur : « Ah! malheureux que je suis! » monte la syllabe d'exclamation au ton le plus élevé et le plus aigu, et descend les autres aux tons les plus graves et les plus bas, faisant l'octave ou même un plus grand intervalle, et donnant à chaque son la quantité qui convient au tour de la mélodie, sans que l'oreille soit offensée, sans que ni la syllabe longue ni la syllabe brève aient conservé la longueur et la brièveté du discours tranquille. Quel chemin nous avons fait depuis le temps où nous citions la parenthèse d'*Armide*[3] : *Le vainqueur de Renaud (si quelqu'un le peut être)*, l'*Obéissons sans balancer*, des *Indes galantes*[4], comme des prodiges de déclamation musicale! A présent ces prodiges-là me font hausser les épaules de pitié. Du train dont

---

1. *Duni :* voir page 109, note ¹; 2. *Prosodie :* ensemble de règles relatives à la quantité, à l'accentuation et au rythme du texte; 3. *Armide :* voir page 112, note 8; 4. *Les Indes galantes :* voir page 112, note 7.

──────── **QUESTIONS** ────────

12. Quelle est l'utilité de cette pause pour la vraisemblance? pour la suite de la conversation elle-même? En quoi se trouve rappelée ici, sur le mode mineur, la condition sociale de Rameau?

l'art s'avance, je ne sais où il aboutira. En attendant, buvons un coup. **(13) (14)**

[PROPOS SUR L'ÉDUCATION]

Il en boit deux, trois, sans savoir ce qu'il faisait. Il allait se noyer comme il s'était épuisé, sans s'en apercevoir, si je n'avais déplacé la bouteille qu'il cherchait de distraction¹. Alors je lui dis :

5 MOI. — Comment se fait-il qu'avec un tact aussi fin, une si grande sensibilité pour les beautés de l'art musical, vous soyez aussi aveugle sur les belles choses en morale, aussi insensible aux charmes de la vertu?

LUI. — C'est apparemment qu'il y a pour les unes un sens
10 que je n'ai pas, une fibre qui ne m'a point été donnée, une fibre lâche qu'on a beau pincer et qui ne vibre pas; ou peut-être c'est que j'ai toujours vécu avec de bons musiciens et de

———

1. D'un geste distrait.

——— **QUESTIONS** ———

13. Essayez de répondre à la question posée par le Neveu (lignes 333-338). — Là encore, montrez que le Neveu reprend et précise une idée déjà exprimée auparavant; croit-il maintenant possible d'appliquer à la prosodie française ce qui était naturel à la langue italienne? — Analysez la méthode de démonstration utilisée pour prouver que toute passion influe sur la quantité de syllabes et sur leur intonation. Dégagez l'originalité et l'importance de cette thèse : pourquoi l'art classique (aussi bien la musique que la poésie tragique) ne tenait-il pas compte de ces variations? En quoi les idées de Diderot préparent-elles l'esthétique romantique?

14. SUR L'ENSEMBLE DU PASSAGE INTITULÉ : « LA QUERELLE DES BOUFFONS ». — Résumez toute cette longue discussion sur la musique. Quel en est le thème? Indiquez les positions en présence; précisez l'actualité de ce problème à l'époque de Diderot. Pourquoi le lecteur actuel s'intéresse-t-il encore à cette discussion? Est-ce seulement à cause de son intérêt documentaire et historique? Comment le personnage du neveu de Rameau et les sentiments qu'il porte à son oncle expliquent-ils sa position dans cette querelle?
— Montrez l'alliance étroite dans ce passage entre les deux moyens d'expression employés par le Neveu : la parole et le geste. N'arrive-t-il pas parfois à un paroxysme inquiétant? A quel aspect de sa personnalité est-ce dû? N'avons-nous pas, dans des passages antérieurs du texte, senti déjà chez lui cette tentation de passer à la limite du comportement normal?

méchantes gens, d'où il est arrivé que mon oreille est devenue très fine et que mon cœur est devenu sourd. Et puis c'est qu'il y avait quelque chose de race. Le sang de mon père et le sang de mon oncle est le même sang. Mon sang est le même que celui de mon père. La molécule[1] paternelle était dure et obtuse, et cette maudite molécule première s'est assimilé tout le reste. **(1)**

MOI. — Aimez-vous votre enfant?

LUI. — Si je l'aime, le petit sauvage! j'en suis fou.

MOI. — Est-ce que vous ne vous occuperez pas sérieusement d'arrêter en lui l'effet de la maudite molécule paternelle?

LUI. — J'y travaillerais, je crois, bien inutilement. S'il est destiné à devenir un homme de bien, je n'y nuirai pas. Mais si la molécule voulait qu'il fût un vaurien comme son père, les peines que j'aurais prises pour en faire un homme honnête lui seraient très nuisibles : l'éducation croisant sans cesse la pente de la molécule, il serait tiré comme par deux forces contraires et marcherait tout de guingois dans le chemin de la vie, comme j'en vois une infinité, également gauches dans le bien et dans le mal; c'est ce que nous appelons des espèces[2], de toutes les épithètes la plus redoutable, parce qu'elle marque la médiocrité et le dernier degré du mépris. Un grand vaurien est un grand vaurien, mais n'est point une espèce. Avant que la molécule paternelle n'eût repris le dessus et ne l'eût amené à la parfaite abjection où j'en suis, il lui faudrait un temps infini, il perdrait ses plus belles années. Je n'y fais rien à présent, je le laisse venir. Je l'examine, il est déjà gourmand,

---

1. *Molécule :* la plus petite partie d'un corps qui puisse exister à l'état libre;
2. *Espèce :* voir page 100, note 7.

──────── **QUESTIONS** ────────

1. Comment la question posée par le Philosophe ramène-t-elle la conversation à des problèmes déjà évoqués avant la discussion sur la musique italienne? Voit-on en quoi la partie du dialogue consacrée à « la querelle des bouffons » est moins une digression qu'on pouvait le croire au premier abord? Quelle relation peut exister entre sensibilité morale et sensibilité artistique? L'exemple de Diderot lui-même n'est-il pas représentatif de cette alliance? — Appréciez la réponse du Neveu : pourquoi propose-t-il trois possibilités? Situez la portée exacte de chacune d'elles.

40 patelin[1], filou, paresseux, menteur. Je crains bien qu'il ne chasse de race. (2)

MOI. — Et vous en ferez un musicien afin qu'il ne manque rien à la ressemblance?

LUI. — Un musicien! un musicien! quelquefois je le regarde
45 en grinçant les dents et je dis : « Si tu devais jamais savoir une note, je crois que je te tordrais le col. »

MOI. — Et pourquoi cela, s'il vous plaît?

LUI. — Cela ne mène à rien.

MOI. — Cela mène à tout.

50 LUI. — Oui, quand on excelle; mais qui est-ce qui peut se promettre de son enfant qu'il excellera? Il y a dix mille à parier contre un qu'il ne serait qu'un misérable racleur de cordes comme moi. Savez-vous qu'il serait peut-être plus aisé de trouver un enfant propre à gouverner un royaume, à faire
55 un grand roi, qu'un grand violon!

MOI. — Il me semble que les talents agréables, même médiocres, chez un peuple sans mœurs, perdu de débauche et de luxe, avancent rapidement un homme dans le chemin de la fortune (3). Moi qui vous parle[2], j'ai entendu la conversation
60 qui suit entre une espèce de protecteur et une espèce de protégé. Celui-ci avait été adressé au premier comme à un homme obligeant qui pourrait le servir : « Monsieur, que savez-vous?

---

1. *Patelin* : enjôleur, comme le personnage de la farce du Moyen Age; 2. Ce passage, jusqu'à la fin de la réplique suivante de Diderot (*la seule chose qu'il paraît que vous ayez en vue*, ligne 81), reproduit fidèlement une conversation entre Diderot et Bemetzrieder, maître de clavecin de sa fille.

======== QUESTIONS ========

2. Pourquoi le Philosophe est-il naturellement amené à parler de son fils au Neveu? — Montrez que cette discussion sur l'éducation du fils de Rameau est parallèle à celle qui concerne l'éducation de la fille de Diderot (voir pages 55-59). — Quels sont les principes du Neveu à ce sujet? En quoi est-il aussi logique avec lui-même? Montrez qu'il conserve encore dans ce domaine l'idéal de l'*unité de caractère* dont il a parlé plus haut (voir page 103). — Que peut-on en retenir d'utile dans l'éducation?

3. Pourquoi les professions artistiques ne souffrent-elles pas la médiocrité? Quelles qualités faut-il y montrer par priorité quand, dans d'autres domaines, l'application et l'habileté peuvent suffire? L'argument du Philosophe est-il faux cependant? Montrez que, cette fois, le Neveu se place du point de vue artistique quand son interlocuteur reste sur celui de l'efficacité d'une profession, compte tenu du caractère de la société contemporaine.

— Je sais passablement les mathématiques. — Eh bien, montrez les mathématiques; après vous être crotté dix à douze ans sur le pavé de Paris, vous aurez trois à quatre cents livres de rente. — J'ai étudié les lois et je suis versé dans le droit. — Si Puffendorf[1] et Grotius[2] revenaient au monde, ils mourraient de faim contre une borne. — Je sais très bien l'histoire et la géographie. — S'il y avait des parents qui eussent à cœur la bonne éducation de leurs enfants, votre fortune serait faite; mais il n'y en a point. — Je suis assez bon musicien. — Eh! que ne disiez-vous cela d'abord? Et pour vous faire voir le parti qu'on peut tirer de ce dernier talent, j'ai une fille. Venez tous les jours, depuis sept heures et demie du soir jusqu'à neuf, vous lui donnerez leçon, et je vous donnerai vingt-cinq louis[3] par an. Vous déjeunerez, dînerez, goûterez, souperez avec nous. Le reste de votre journée vous appartiendra, vous en disposerez à votre profit.

LUI. — Et cet homme, qu'est-il devenu?

MOI. — S'il eût été sage, il eût fait fortune, la seule chose qu'il paraît que vous ayez en vue. (4)

LUI. — Sans doute. De l'or, de l'or. L'or est tout, et le reste, sans or, n'est rien. Aussi, au lieu de lui farcir la tête de belles maximes, qu'il faudrait qu'il oubliât sous de n'être qu'un gueux, lorsqu'il possède un louis, ce qui ne m'arrive pas souvent, je me plante devant lui, je tire le louis de ma poche, je le lui montre avec admiration, j'élève les yeux au ciel, je baise le louis devant lui, et pour lui faire entendre mieux encore l'importance de la pièce sacrée, je lui bégaye de la voix, je lui désigne du doigt, tout ce qu'on en peut acquérir, un beau fourreau[4], un beau toquet[5], un bon biscuit; ensuite

---

1. *Puffendorf* (1632-1694) : jurisconsulte et historien allemand; auteur du *Droit de la nature*; 2. *Grotius* (1583-1646) : jurisconsulte et écrivain politique hollandais, auteur de *Du droit de guerre et de paix*; 3. *Louis* : monnaie d'or valant dix francs alors, comme au temps de Louis XIII, où cette monnaie fut créée; 4. *Fourreau* : robe étroite et droite, comme en portaient les enfants; 5. *Toquet* : sorte de bonnet que portaient les femmes et les enfants.

━━ QUESTIONS ━━

4. Soulignez l'amertume qui marque toute cette anecdote. Sachant qu'elle est authentique, quel est son intérêt documentaire sur les mœurs de l'époque? — Comment peut-on s'expliquer que le Neveu n'ait pas su faire fortune? Est-ce par manque de connaissances voulues? par ignorance de la clientèle possible? pour des raisons de caractère et de principes?

je mets le louis dans ma poche, je me promène avec fierté,
je relève la basque de ma veste, je frappe de la main sur mon
gousset; et c'est ainsi que je lui fais concevoir que c'est du
95 louis qui est là que naît l'assurance qu'il me voit.

MOI. — On ne peut rien de mieux; mais s'il arrivait que profondément pénétré de la valeur du louis, un jour...

LUI. — Je vous entends. Il faut fermer les yeux là-dessus. Il
n'y a point de principe de morale qui n'ait son inconvénient.
100 Au pis aller, c'est un mauvais quart d'heure et tout est fini. (5)

MOI. — Même d'après des vues si courageuses et si sages je
persiste à croire qu'il serait bon d'en faire un musicien. Je
ne connais pas de moyen d'approcher plus rapidement des
grands, de servir leurs vices et de mettre à profit les siens.

105 LUI. — Il est vrai; mais j'ai des projets d'un succès plus
prompt et plus sûr. Ah! si c'était aussi bien une fille! Mais
comme on ne fait pas ce qu'on veut, il faut prendre ce qui
vient, en tirer le meilleur parti, et pour cela ne pas donner
bêtement, comme la plupart des pères qui ne feraient rien de
110 pis quand ils auraient médité le malheur de leurs enfants,
l'éducation de Lacédémone¹ à un enfant destiné à vivre à
Paris. Si elle est mauvaise, c'est la faute des mœurs de ma
nation et non la mienne. En répondra qui pourra; je veux
que mon fils soit heureux, ou, ce qui revient au même, honoré,
115 riche et puissant. Je connais un peu les voies les plus faciles
d'arriver à ce but et je les lui enseignerai de bonne heure. Si
vous me blâmez, vous autres sages, la multitude et le succès
m'absoudront. Il aura de l'or, c'est moi qui vous le dis. S'il
en a beaucoup, rien ne lui manquera, pas même votre estime
120 et votre respect.

MOI. — Vous pourriez vous tromper.

---

1. *Lacédémone*, ou Sparte, ville de la Grèce ancienne, célèbre pour l'austérité de
ses mœurs et la dureté de l'éducation qui y était donnée aux enfants.

■ **QUESTIONS** ─────────

5. Quelle importance le Neveu attache-t-il à la possession de l'or?
Mettez en relief la vivacité de la tirade entière : en quoi souligne-t-elle
les sentiments de celui qui parle? — Comment utilise-t-il ses talents de
mime pour l'éducation de son fils? Cette méthode « directe » d'éducation
n'est-elle pas une caricature de la méthode pédagogique de Rousseau
dans l'*Emile*? Quelles réflexions peut-on tirer de ce rapprochement?
— A quel danger fait allusion le Philosophe (lignes 596-597)? Développez
et expliquez la réponse du Neveu.

LUI. — Ou il s'en passera, comme bien d'autres. (6)

Il y avait dans tout cela beaucoup de ces choses qu'on pense, d'après lesquelles on se conduit; mais qu'on ne dit pas. Voilà, en vérité, la différence la plus marquée entre mon homme et la plupart de nos entours[1]. Il avouait les vices qu'il avait, que les autres ont; mais il n'était pas hypocrite. Il n'était ni plus ni moins abominable qu'eux, il était seulement plus franc et plus conséquent, et quelquefois profond dans sa dépravation. Je tremblais de ce que son enfant deviendrait sous un pareil maître. Il est certain que, d'après des idées d'institution[2] aussi strictement calquées sur nos mœurs, il devait aller loin, à moins qu'il ne fût prématurément arrêté en chemin. (7)

LUI. — Oh! ne craignez rien : le point important, le point difficile auquel un bon père doit surtout s'attacher, ce n'est pas de donner à son enfant des vices qui l'enrichissent, des ridicules qui le rendent précieux aux grands, tout le monde le fait, sinon de système comme moi, mais au moins d'exemple et de leçon; mais de lui marquer la juste mesure, l'art d'esquiver à la honte, au déshonneur et aux lois; ce sont des dissonances dans l'harmonie sociale qu'il faut savoir placer, préparer et sauver. Rien de si plat qu'une suite d'accords parfaits. Il faut quelque chose qui pique, qui sépare le faisceau, et qui en éparpille les rayons.

---

1. *Entours* : ceux qui vivent dans la familiarité de quelqu'un (voir page 34, note 2);
2. *Institution* : éducation.

■ QUESTIONS ■

6. Pourquoi le Philosophe reprend-il ici une idée qu'il a exprimée déjà peu auparavant? — Analysez la réponse du Neveu (lignes 105-120) : est-il juste, en général, que l'éducation doive tenir compte des conditions de vie dans la société du moment? Doit-on en tirer les mêmes conséquences que le Neveu? — Dans quelles limites la définition du *bonheur* donnée aux lignes 114-115 est-elle juste? Eu égard à la situation du Neveu dans la société, peut-on lui reprocher de souhaiter à son fils d'être *honoré, riche et puissant?* — L'attitude du Neveu à l'égard des *sages ?* quel rôle peut-il accorder aux moralistes et aux philosophes dans la société de son temps?

7. Les commentaires du Philosophe : sur quel caractère des remarques du Neveu insistent-ils? — Quelle réponse définitive est donnée à une question que le Philosophe se posait depuis le début de la conversation sur la *franchise* de son interlocuteur? — Comment les idées du Neveu peuvent-elles être à la fois justes et dangereuses? Doit-on définir la hiérarchie des valeurs morales en fonction de la structure sociale? Mais peut-on les définir sans tenir compte de la structure sociale?

145   MOI. — Fort bien. Par cette comparaison vous me ramenez
des mœurs à la musique, dont je m'étais écarté malgré moi,
et je vous en remercie, car, à ne vous rien celer, je vous aime
mieux musicien que moraliste.

LUI. — Je suis pourtant bien subalterne en musique, et bien
150 supérieur en morale.

MOI. — J'en doute; mais quand cela serait, je suis un bon
homme[1], et vos principes ne sont pas les miens. (8)

LUI. — Tant pis pour vous. Ah! si j'avais vos talents!

MOI. — Laissons mes talents, et revenons aux vôtres.

155   LUI. — Si je savais m'énoncer[2] comme vous! Mais j'ai un
diable de ramage saugrenu, moitié des gens du monde et des
lettres, moitié de la halle.

MOI. — Je parle mal. Je ne sais que dire la vérité, et cela ne
prend pas toujours, comme vous savez.

160   LUI. — Mais ce n'est pas pour dire la vérité; au contraire,
c'est pour bien dire le mensonge que j'ambitionne votre talent.
Si je savais écrire, fagoter[3] un livre, tourner une épître dédicatoire[4], bien enivrer un sot de son mérite, m'insinuer auprès
des femmes!

165   MOI. — Et tout cela vous le savez mille fois mieux que moi.
Je ne serais pas même digne d'être votre écolier.

LUI. — Combien de grandes qualités perdues, et dont vous
ignorez le prix!

MOI. — Je recueille tout celui que j'y mets.

170   LUI. — Si cela était, vous n'auriez pas cet habit grossier,

---

1. *Un bon homme :* un homme de bien; 2. Exprimer mes idées; 3. *Fagoter :* arranger,
présenter. Dans ce sens, le mot n'a pas la valeur péjorative qu'il a pour l'habille-
ment; 4. *Épître dédicatoire :* lettre placée en tête d'un ouvrage littéraire et qui faisait
hommage de ce dernier à un personnage haut placé.

--------- QUESTIONS ---------

8. Montrez par ce passage que les théories morales du Neveu sont
d'ordre esthétique et non proprement morales. — Précisez ce que le
Neveu entend par *juste mesure* et par *dissonances dans l'harmonie sociale*
(lignes 139-141) : si on se rappelle qu'il a été comparé au début du texte
à un *grain de levain* (page 26, ligne 68), ne rejoint-il pas ici la définition
qu'on donnait de lui? — Appréciez le jugement que Rameau porte sur
lui-même au double point de vue de la musique et de la morale : qu'est-ce
qui peut, d'après ses théories, justifier la place qu'il se donne? Sommes-
nous d'accord avec lui?

cette veste d'étamine[1], ces bas de laine, ces souliers épais et cette antique perruque. (9)

MOI. — D'accord. Il faut être bien maladroit quand on n'est pas riche, et que l'on se permet tout pour le devenir. Mais c'est qu'il y a des gens comme moi qui ne regardent pas la richesse comme la chose du monde la plus précieuse : gens bizarres.

LUI. — Très bizarres. On ne naît pas avec cette tournure-là. On se la donne, car elle n'est pas dans la nature.

MOI. — De l'homme?

LUI. — De l'homme. Tout ce qui vit, sans l'en excepter, cherche son bien-être aux dépens de qui il appartiendra; et je suis sûr que si je laissais venir le petit sauvage[2] sans lui parler de rien, il voudrait être richement vêtu, splendidement nourri, chéri des hommes, aimé des femmes, et rassembler sur lui tous les bonheurs de la vie.

MOI. — Si le petit sauvage était abandonné à lui-même, qu'il conservât toute son imbécillité[3] et qu'il réunît au peu de raison de l'enfant au berceau la violence des passions de l'homme de trente ans, il tordrait le col à son père et coucherait avec sa mère.

LUI. — Cela prouve la nécessité d'une bonne éducation; et qui est-ce qui la conteste? et qu'est-ce qu'une bonne éducation, sinon celle qui conduit à toutes sortes de jouissances sans péril et sans inconvénient?

MOI. — Peu s'en faut que je ne sois de votre avis; mais gardons-nous de nous expliquer.

LUI. — Pourquoi?

MOI. — C'est que je crains que nous ne soyons d'accord qu'en apparence, et que, si nous entrons une fois dans la

---

1. *Étamine* : étoffe de laine très légère; 2. C'est-à-dire le fils de Rameau (voir plus haut, ligne 21); 3. *Imbécillité* : faiblesse.

—————— QUESTIONS ——————

9. Pourquoi le Neveu envie-t-il les talents de son interlocuteur? Quel usage voudrait-il en faire? Quel pouvoir suppose-t-il à l'art littéraire? A-t-il tort? Pourquoi, dans ces conditions, la pauvreté relative du Philosophe lui paraît-elle scandaleuse? — Le style du Neveu (lignes 155-157) : en prenant, à votre choix, une réplique prononcée par lui, démontrez qu'il porte un jugement exact sur son *ramage*.

discussion des périls et des inconvénients à éviter, nous ne
nous entendions plus. (10) (11)

LUI. — Et qu'est-ce que cela fait?

[POURQUOI RAMEAU N'EST-IL QU'UN « RATÉ »?]

MOI. — Laissons cela, vous dis-je. Ce que je sais là-dessus,
je ne vous l'apprendrais pas, et vous m'instruirez plus aisément de ce que j'ignore et que vous savez en musique. Cher
Rameau, parlons musique, et dites-moi comment il est arrivé
5 qu'avec la facilité de sentir, de retenir et de rendre les plus
beaux endroits des grands maîtres, avec l'enthousiasme qu'ils
vous inspirent et que vous transmettez aux autres, vous n'ayez
rien fait qui vaille.

Au lieu de me répondre, il se mit à hocher de la tête, et,
10 levant le doigt au ciel, il ajouta : Et l'astre! l'astre! Quand
la nature fit Leo[1], Vinci, Pergolèse, Duni[2], elle sourit. Elle
prit un air imposant et grave en formant le cher oncle Rameau
qu'on aura appelé pendant une dizaine d'années le grand
Rameau, et dont bientôt on ne parlera plus. Quand elle fagota[3]

---

1. *Léo :* compositeur italien de l'école napolitaine (1694-1715), comme *Pergolèse* (voir page 112, note 2); 2. *Duni :* voir page 109, note 1; 3. *Fagoter :* fabriquer
d'une manière peu réussie, ici.

 ▬▬▬▬▬ **QUESTIONS** ▬▬▬▬▬

10. A quel problème fondamental de la morale en arrive maintenant
la conversation? — Sur quel point les deux interlocuteurs sont-ils en
désaccord? Sur quel point théorique se rejoignent-ils? Le rôle de la
nature et celui de l'éducation dans la formation morale selon chacun
d'eux. — En quoi ne sont-ils pas plus l'un que l'autre en accord avec
J.-J. Rousseau? Quelle expression suggère au lecteur un rapprochement
avec les théories de Rousseau? — La définition de la *bonne éducation*
(lignes 193-195) : soulignez son ambiguïté; comment peut-on l'utiliser
dans le sens des idées de Diderot? D'après les dernières répliques, montrez que le Philosophe et le Neveu n'assignent pas le même but à la discussion; en quoi cela trahit-il deux tournures d'esprit, mais aussi deux
vocations différentes?

11. SUR L'ENSEMBLE DU PASSAGE INTITULÉ : « PROPOS SUR L'ÉDUCA-
TION ». — En quoi la discussion sur les querelles musicales du moment
a-t-elle contribué à mieux faire connaître le Neveu et a-t-elle permis
d'approfondir son caractère?
— Dégagez, à travers les sinuosités du dialogue, les problèmes essentiels qui sont évoqués ici; la logique du Neveu n'est-elle pas aussi solide
que celle du Philosophe? Comment se résolvent les paradoxes apparents
qu'il n'a cessé de proférer depuis le début de l'entretien?

son neveu, elle fit la grimace, et puis la grimace, et puis la grimace encore; et, en disant ces mots, il faisait toutes sortes de grimaces du visage : c'était le mépris, le dédain, l'ironie; et il semblait pétrir entre ses doigts un morceau de pâte, et sourire aux formes ridicules qu'il lui donnait. Cela fait, il jeta la pagode[1] hétéroclite loin de lui et il dit : C'est ainsi qu'elle me fit et qu'elle me jeta à côté d'autres pagodes, les unes à gros ventres ratatinés, à cols courts, à gros yeux hors de la tête, apoplectiques; d'autres à cols obliques; il y en avait de sèches, à l'œil vif, au nez crochu; toutes se mirent à crever de rire en me voyant; et moi, de mettre mes deux poings sur mes côtes et à crever de rire en les voyant, car les sots et les fous s'amusent les uns des autres; ils se cherchent, ils s'attirent.

Si en arrivant là je n'avais pas trouvé tout fait le proverbe qui dit que *l'argent des sots est le patrimoine des gens d'esprit*, on me le devrait. Je sentis que nature avait mis ma légitime[2] dans la bourse des pagodes, et j'inventai mille moyens de m'en ressaisir.

MOI. — Je sais ces moyens, vous m'en avez parlé, et je les ai fort admirés. Mais, entre tant de ressources, pourquoi n'avoir pas tenté celle d'un bel ouvrage? (1)

LUI. — Ce propos est celui d'un homme du monde à l'abbé Le Blanc[3]. L'abbé disait : « La marquise de Pompadour me prend sur la main, me porte jusque sur le seuil de l'Académie, là elle retire sa main, je tombe et je me casse les deux jambes... » L'homme du monde lui répondait : « Eh bien, l'abbé, il faut se relever et enfoncer la porte d'un coup de tête. » L'abbé lui répliquait : « C'est ce que j'ai tenté; et savez-vous ce qui m'en est revenu? une bosse au front. »

Après cette historiette, mon homme se mit à marcher la tête baissée, l'air pensif et abattu; il soupirait, pleurait, se

---

1. *Pagode* : voir page 75, note 4; 2. *Légitime* : part indéniable d'un héritage qui doit revenir aux héritiers par le sang, même s'ils sont déshérités; 3. *L'abbé Le Blanc* : voir page 87, note 1.

──── ● QUESTIONS ────

1. La question du Philosophe n'est-elle pas légitime? Pourquoi le Neveu ne répond-il pas directement? Quel est le sens de son petit apologue? Quelles sont les deux catégories d'êtres humains suivant le Neveu? Y a-t-il des relations entre les deux mondes ainsi constitués? Montrez qu'il y a une hiérarchie parmi les *pagodes* qui donne à Rameau une place déterminée : laquelle? — Essayez de répartir la société du XVIIIe siècle suivant ce système; à quelle conclusion peut-on aboutir?

désolait, levait les mains et les yeux, se frappait la tête du
poing à se briser le front ou les doigts, et il ajoutait : « Il me
semble qu'il y a pourtant là quelque chose; mais j'ai beau
frapper, secouer, il ne sort rien. » Puis il recommençait à secouer
50 sa tête et à se frapper le front de plus belle, et il disait : « Ou
il n'y a personne, ou l'on ne veut pas répondre. »

Un instant après, il prenait un air fier, il relevait sa tête, il
s'appliquait la main droite sur le cœur, il marchait et disait :
« Je sens, oui, je sens. » Il contrefaisait l'homme qui s'irrite,
55 qui s'indigne, qui s'attendrit, qui commande, qui supplie, et
prononçait, sans préparation, des discours de colère, de commisération, de haine, d'amour; il esquissait les caractères des
passions avec une finesse et une vérité surprenantes. Puis il
ajoutait : C'est cela, je crois. Voilà que cela vient; voilà ce
60 que c'est que de trouver un accoucheur qui sait irriter, précipiter les douleurs et faire sortir l'enfant. Seul, je prends la
plume, je veux écrire; je me ronge les ongles, je m'use le front.
Serviteur; bonsoir, le dieu est absent; je m'étais persuadé que
j'avais du génie; au bout de ma ligne je lis que je suis un sot,
65 un sot, un sot (2). Mais le moyen de sentir, de s'élever, de
penser, de peindre fortement, en fréquentant avec des gens
tels que ceux qu'il faut voir pour vivre; au milieu des propos
qu'on tient et de ceux qu'on entend, et de ce commérage :
« Aujourd'hui le boulevard était charmant. Avez-vous entendu

──────── QUESTIONS ────────

2. Quelle est la signification de l'historiette racontée par Rameau?
Comparez-la à l'apologue précédent : y retrouve-t-on le même genre
d'esprit? — Soulignez le pathétique de la lutte que mime le personnage
essayant de créer. Comment imagine-t-il le génie d'après cette scène?
Est-il étonnant qu'il ne parvienne à rien dans l'immédiat? Montrez
que c'est là un symbole plutôt qu'une tentative pratique. — Le deuxième
moment de ses recherches est-il plus fructueux? A quelle faculté s'adresse-
t-il cette fois? Quels résultats obtient-il? Est-ce suffisant? A qui pré-
tend-il devoir ce qu'il réussit à trouver? — Les trois moments de ce
passage ne forment-ils pas un tout? Quel enseignement global pouvons-
nous en tirer? — Peut-on penser que Diderot se sert de son personnage
pour traduire ses propres difficultés devant la création d'une œuvre
littéraire? D'après ce que vous savez de la carrière de Diderot, a-t-il
lui-même cherché à produire un chef-d'œuvre? Que peut-on dire de la
manière dont il a créé ses ouvrages? — En prenant des exemples dans
les différentes périodes de l'histoire littéraire, élargissez le débat et comparez le point de vue de Diderot à celui d'autres écrivains (Stendhal, Mal-
larmé, par exemple).

la petite marmotte[1]? elle joue à ravir. Monsieur un tel avait le plus bel attelage gris pommelé qu'il soit possible d'imaginer. La belle madame celle-ci commence à passer; est-ce qu'à l'âge de quarante-cinq ans on porte une coiffure comme celle-là? La jeune une telle est couverte de diamants qui ne lui coûtent guère. — Vous voulez dire qui lui coûtent... cher? — Mais non. — Où l'avez-vous vue? — A l'*Enfant d'Arlequin perdu et retrouvé*[2]. — La scène du désespoir a été jouée comme elle ne l'avait pas encore été. Le Polichinelle de la Foire[3] a du gosier, mais point de finesse, point d'âme. Madame une telle est accouchée de deux enfants à la fois; chaque père aura le sien... » Et vous croyez que cela dit, redit et entendu tous les jours, échauffe et conduit aux grandes choses?

MOI. — Non. Il vaudrait mieux se renfermer dans son grenier, boire de l'eau, manger du pain sec et se chercher soi-même.

LUI. — Peut-être; mais je n'en ai pas le courage; et puis sacrifier son bonheur à un succès incertain! Et le nom que je porte, donc? Rameau! s'appeler Rameau, cela est gênant. Il n'en est pas des talents comme de la noblesse qui se transmet et dont l'illustration s'accroît en passant du grand-père au père et du père au fils, du fils à son petit-fils, sans que l'aïeul impose quelque mérite à son descendant. La vieille souche se ramifie en une énorme tige de sots, mais qu'importe? Il n'en est pas ainsi du talent. Pour n'obtenir que la renommée de son père, il faut être plus habile que lui. Il faut avoir hérité de sa fibre. La fibre m'a manqué, mais le poignet s'est dégourdi, l'archet marche, et le pot bout : si ce n'est pas de la gloire, c'est du bouillon. (3)

---

1. *Marmotte :* nom que l'on donnait aux Savoyardes. Dans la *Soirée des Boulevards*, de Favart (1758), Mme Favart jouait le rôle d'une femme ainsi déguisée; 2. Titre d'un canevas de Goldoni (1761) adapté au théâtre par Zanuzzi et représenté à la Comédie-Italienne; 3. *La Foire* Saint-Germain.

■ QUESTIONS ■

3. Importance de la nouvelle objection du Neveu (lignes 65-68). N'est-elle qu'un bon prétexte? — La réponse du Philosophe (lignes 83-85) : quel mode de vie propose-t-il? Que signifie *se chercher soi-même?* La réponse du Neveu nous étonne-t-elle? Quel est son objectif dans la vie? Est-il sûr d'avoir du génie? — La dernière objection (lignes 88-98) : à quel moment du dialogue le Neveu a-t-il déjà traité du problème de l'hérédité? — L'opinion de Rameau sur la noblesse. Rapprochez ce trait de la réponse de Voltaire au chevalier de Rohan, des réflexions de Figaro dans *le Mariage de Figaro* de Beaumarchais. — Sur quel ton se termine la réplique du Neveu? Est-il aussi satisfait qu'auparavant?

MOI. — A votre place, je ne me le tiendrais pas pour dit,
100 j'essayerais.

LUI. — Et vous croyez que je n'ai pas essayé? Je n'avais
pas quinze ans lorsque je me dis pour la première fois : Qu'as-tu,
Rameau? tu rêves. Et à quoi rêves-tu? que tu voudrais bien
avoir fait ou faire quelque chose qui excitât l'admiration de
105 l'univers. Eh oui, il n'y a qu'à souffler et remuer les doigts.
Il n'y a qu'à ourler le bec, et ce sera une cane[1]. Dans un âge
plus avancé, j'ai répété le propos de mon enfance. Aujourd'-
hui je le répète encore, et je reste autour de la statue de
Memnon[2].

110 MOI. — Que voulez-vous dire avec votre statue de Memnon?

LUI. — Cela s'entend, ce me semble. Autour de la statue
de Memnon il y en avait une infinité d'autres, également
frappées des rayons du soleil; mais la sienne était la seule qui
résonnât. Un poète, c'est De Voltaire[3]; et puis qui encore?
115 De Voltaire; et le troisième? De Voltaire; et le quatrième?
De Voltaire. Un musicien, c'est Rinaldo da Capoua[4]; c'est
Hasse[5]; c'est Pergolèse[6]; c'est Alberti[7]; c'est Tartini[8]; c'est
Locatelli[9]; c'est Terradoglias[10]; c'est mon oncle; c'est ce petit
Duni[11], qui n'a ni mine ni figure, mais qui sent, mordieu, qui
120 a du chant et de l'expression. Le reste, autour de ce petit
nombre de Memnons, autant de paires d'oreilles fichées au
bout d'un bâton. Aussi sommes-nous gueux, si gueux, que
c'est une bénédiction (4). Ah! monsieur le philosophe, la

---

1. Expression proverbiale raillant ceux qui s'imaginent que tout se fait facilement;
2. *Memnon :* personnage mythologique, fils de Tithon et de l'Aurore; sa *statue*, à
Thèbes, en Égypte, avait la réputation de rendre des sons harmonieux au lever du
soleil; 3. Voir page 33, note 1; 4. *Rinaldo da Capoua :* compositeur italien du début
du XVIIIᵉ siècle, auteur d'opéras; 5. *Hasse :* voir page 118, note 6. 6. *Pergolèse :* voir
page 112, note 2; 7. *Alberti*, voir page 53, note 3. Il est d'autant plus probable qu'il
s'agit de Giuseppe Matteo Alberti (1685-1751) que celui-ci suit le schéma vival-
dien du concerto, remarquable par son lyrisme et son pathétique comme Tartini
et Locatelli, cités ensuite; 8. *Tartini* (1692-1770), compositeur italien, violoniste et
théoricien de la musique; 9. *Locatelli :* voir page 50, note 2; 10. *Terradoglias :*
voir page 118, note 7; 11. *Duni :* voir page 109, note 1.

■ QUESTIONS ■

4. Sommes-nous surpris d'apprendre que Rameau a envisagé de devenir célèbre? Pourquoi n'a-t-il pas réussi? Montrez que c'est la même raison qui, depuis l'enfance, le paralyse : le peu de goût pour un effort
long et souvent ingrat. Quelle expression le souligne? — A quelle cause
d'échec ou de stérilité revenons-nous avec l'histoire de la statue de Memnon? N'est-ce pas à la fois une excuse facile et une objection sérieuse?

misère est une terrible chose. Je la vois accroupie, la bouche béante pour recevoir quelques gouttes de l'eau glacée qui s'échappe du tonneau des Danaïdes[1]. Je ne sais si elle aiguise l'esprit du philosophe, mais elle refroidit diablement la tête du poète. On ne chante pas bien sous ce tonneau. Trop heureux encore celui qui peut s'y placer! [...]

Il me passa toutes sortes de projets par la tête. Un jour, je partais le lendemain pour me jeter dans une troupe de province, également bon ou mauvais pour le théâtre et pour l'orchestre; le lendemain, je songeais à me faire peindre un de ces tableaux attachés à une perche qu'on plante dans un carrefour, et où j'aurais crié à tue-tête[2] : « Voilà la ville où il est né; le voilà qui prend congé de son père l'apothicaire, le voilà qui arrive dans la capitale, cherchant la demeure de son oncle; le voilà aux genoux de son oncle, qui le chasse; [...], etc., etc. » Le jour suivant, je me levais bien résolu de m'associer aux chanteurs des rues; ce n'est pas ce que j'aurais fait de plus mal; nous serions allés concerter sous les fenêtres du cher oncle, qui en serait crevé de rage. Je pris un autre parti. (5)

Là il s'arrêta, passant successivement de l'attitude d'un homme qui tient un violon, serrant des cordes à tour de bras, à celle d'un pauvre diable exténué de fatigue, à qui les forces manquent, dont les jambes flageollent, prêt à expirer, si on ne lui jette un morceau de pain; il désignait son extrême besoin par le geste d'un doigt dirigé vers sa bouche entrouverte; puis il ajouta : Cela s'entend. On me jetait le lopin[3]. Nous nous le disputions à trois ou quatre affamés que nous étions; et puis pensez grandement, faites de belles choses au milieu d'une pareille détresse.

---

1. *Danaïdes* : les cinquante filles de Danaos, qui, pour avoir tué leurs maris le jour de leurs noces, furent condamnées à remplir d'eau un tonneau sans fond, selon la mythologie grecque; 2. Allusion aux chanteurs de complaintes, qui racontaient les malheurs d'un personnage légendaire dont les aventures étaient naïvement peintes sur un panneau destiné à attirer les badauds; 3. *Lopin* : parcelle de nourriture.

QUESTIONS

5. Montrez que le cadre chronologique de l'œuvre s'élargit ici. Comment vous imaginez-vous la vie de Rameau dans son ensemble? Est-elle très différente de ce qu'on pouvait attendre et de ce qu'elle est dans la période actuelle? Comparez avec l'histoire de *Gil Blas de Santillane*, par Lesage. En quoi le Neveu est-il aussi un personnage picaresque? — Quel sentiment persistant Rameau manifeste-t-il pour son oncle?

MOI. — Cela est difficile.

155 LUI. — De cascade en cascade, j'étais tombé là[1]. J'y étais comme un coq en pâte. J'en suis sorti. Il faudra derechef scier le boyau[2] et revenir au geste du doigt vers la bouche béante. Rien de stable dans ce monde. Aujourd'hui au sommet, demain au bas de la roue. De maudites circonstances nous
160 mènent et nous mènent fort mal.

Puis buvant un coup qui restait au fond de la bouteille, et s'adressant à son voisin : Monsieur, par charité, une petite prise[3]. Vous avez là une belle boîte. Vous n'êtes pas musicien?... — Non... — Tant mieux pour vous; car ce sont de pauvres
165 bougres bien à plaindre. Le sort a voulu que je le fusse, moi, tandis qu'il y a, à Montmartre[4] peut-être, dans un moulin, un meunier, un valet de meunier, qui n'entendra jamais que le bruit du cliquet[5], et qui aurait trouvé les plus beaux chants. Rameau! au moulin, au moulin, c'est là ta place. (6)

170 MOI. — A quoi que ce soit que l'homme s'applique, la Nature l'y destinait.

LUI. — Elle fait d'étranges bévues. Pour moi, je ne vois pas de cette hauteur où tout se confond : l'homme qui émonde un arbre avec des ciseaux, la chenille qui en ronge la feuille, et
175 d'où l'on ne voit que deux insectes différents, chacun à son devoir. Perchez-vous sur l'épicycle de Mercure[6] et de là distribuez, si cela vous convient, et à l'imitation de Réaumur[7], lui, la classe des mouches en couturières, arpenteuses, faucheuses, vous, l'espèce des hommes, en hommes menuisiers,

---

1. C'est-à-dire chez Bertin, dont il vient de se faire chasser; 2. *Scier le boyau :* jouer du violon (les cordes étant en boyau, l'archet joue le rôle de scie); 3. Une *prise* de tabac; il n'était pas encore en mode de fumer le tabac, du moins chez les gens de la ville; 4. *Montmartre* était alors une commune indépendante, séparée de Paris, et de physionomie campagnarde, avec des moulins et des vignobles dont il reste quelques vestiges; 5. *Cliquet* ou « claquet » : petite latte qui se trouve sur la trémie du moulin et qui fait un bruit continuel; 6. *Epicycle :* cercle qu'un astre était censé décrire, tandis que le centre de ce cercle décrivait lui-même un autre cercle autour de la Terre; hypothèse qui cherchait à rendre compte de l'irrégularité apparente du mouvement des astres (astronomie ancienne). *Mercure :* planète la plus proche du soleil. L'expression signifie : « voir les choses de très loin » (rapprocher de Montaigne, *Essais*, II, 17); 7. *Réaumur* (1683-1757), naturaliste et physicien. L'allusion ici vise les *Mémoires pour servir à l'histoire des insectes* (1734-1742).

QUESTIONS

6. A quoi voit-on que le Neveu se laisse prendre à sa propre mimique? Comment retrouve-t-il ici l'état d'esprit du miséreux qu'il a été et qu'il croit être redevenu? — Sa philosophie de la vie : manifeste-t-il de l'amertume, de la révolte? Que reproche-t-il au monde?

charpentiers, coureurs, danseurs, chanteurs, c'est votre affaire.
Je ne m'en mêle pas. Je suis dans ce monde et j'y reste. Mais
s'il est dans la nature d'avoir appétit, car c'est toujours à
l'appétit que j'en reviens, à la sensation qui m'est toujours
présente, je trouve qu'il n'est pas du bon ordre de n'avoir
pas toujours de quoi manger. Que diable d'économie! des
hommes qui regorgent de tout tandis que d'autres, qui ont
un estomac importun comme eux, une faim renaissante comme
eux, et pas de quoi mettre sous la dent. Le pis c'est la posture
contrainte où nous tient le besoin. L'homme nécessiteux ne
marche pas comme un autre, il saute, il rampe, il se tortille,
il se traîne, il passe sa vie à prendre et à exécuter des positions[1].

MOI. — Qu'est-ce que des positions?

LUI. — Allez le demander à Noverre[2]. Le monde en offre
bien plus que son art n'en peut imiter.

MOI. — Et vous voilà aussi, pour me servir de votre expression, ou de celle de Montaigne[3], *perché sur l'épicycle de Mercure* et considérant les différentes pantomimes de l'espèce
humaine.

LUI. — Non, non, vous dis-je; je suis trop lourd pour m'élever si haut. J'abandonne aux grues le séjour des brouillards.
Je vais terre à terre. Je regarde autour de moi, et je prends
mes positions, ou je m'amuse des positions où je vois prendre
aux autres. Je suis excellent pantomime comme vous en allez
juger. (7)

Puis il se met à sourire, à contrefaire l'homme admirateur,
l'homme suppliant, l'homme complaisant; il a le pied droit

---

1. Jeu de mots sur *position*, au sens de « situation sociale » et au sens choré-
graphique où le mot désigne les différentes façons de poser ses pieds l'un par rapport
à l'autre; 2. *Noverre* (1727-1810) : danseur français, maître de ballet à l'Opéra-
Comique, qui exposa ses idées novatrices dans des *Lettres sur la danse et les ballets*
(1759); 3. Voir page 140, note 6.

═══ QUESTIONS ═══

7. Quelle différence de perspective le Neveu fait-il entre le Philosophe
et lui? Pourquoi se croit-il incapable du même détachement? Quel obstacle
l'en empêche? — Quels griefs a-t-il contre la société? Sur quel ton les
formule-t-il? Est-ce là un germe de pensée révolutionnaire? Si la société
changeait de forme, quelle serait la place du Neveu? — Montrez que,
dans les lignes 201-204, il y a toute une philosophie de la vie, que vous
apprécierez et que vous confronterez avec l'existence que mène Rameau
et avec son opinion sur les hommes.

en avant, le gauche en arrière, le dos courbé, la tête relevée,
le regard comme attaché sur d'autres yeux, la bouche entrouverte, les bras portés vers quelque objet; il attend un ordre,
210 il le reçoit, il part comme un trait, il revient, il est exécuté,
il en rend compte. Il est attentif à tout; il ramasse ce qui
tombe, il place un oreiller ou un tabouret sous les pieds; il
tient une soucoupe; il approche une chaise; il ouvre une porte;
il ferme une fenêtre, il tire des rideaux; il observe le maître
215 et la maîtresse; il est immobile, les bras pendants, les jambes
parallèles; il écoute, il cherche à lire sur des visages et il ajoute :
Voilà ma pantomime, à peu près la même que celle des flatteurs,
des courtisans, des valets et des gueux.

Les folies de cet homme, les contes de l'abbé Galiani[1], les
220 extravagances de Rabelais, m'ont quelquefois fait rêver profondément. Ce sont trois magasins où je me suis pourvu de
masques ridicules que je place sur le visage des plus graves
personnages, et je vois Pantalon[2] dans un prélat, un satyre
dans un président, un pourceau dans un cénobite[3], une autruche
225 dans un ministre, une oie dans son premier commis[4]. **(8)**

MOI. — Mais à votre compte, dis-je à mon homme, il y a
bien des gueux dans ce monde-ci, et je ne connais personne
qui ne sache quelques pas de votre danse.

LUI. — Vous avez raison. Il n'y a dans tout un royaume qu'un
230 homme qui marche, c'est le souverain; tout le reste prend des
positions.

---

1. *L'abbé Galiani* (1728-1787), diplomate, littérateur et économiste italien; ami des philosophes, il faisait des contes, dont Diderot rapporta certains dans ses *Lettres à Sophie Volland*; **2.** *Pantalon* : personnage de la Comédie-Italienne, vieillard quinteux, libidineux et avare; **3.** *Cénobite* : moine vivant en communauté; **4.** *Commis* : haut fonctionnaire qui a la responsabilité d'un domaine administratif.

━━━━━━━ **QUESTIONS** ━━━━━━━━━━━━━

8. Montrez que cette alternance de dialogue et de mime paraîtrait à la longue un peu mécanique, si la mimique ne surgissait pas d'une façon spontanée, comme moyen privilégié d'expression. Quels avantages présente-t-elle par rapport à la parole? — Développez les commentaires du Philosophe : en quoi le contraste entre *masque ridicule* et *grave person-nage* (lignes 222-223) peut-il expliquer la tentation d'allier l'un à l'autre; Montrez qu'en réalité Diderot veut dire qu'en chacun il y a des traits de l'un et de l'autre; le choix des masques par rapport aux personnages ne souligne-t-il pas l'importance relative du masque et de la fonction? — A quelle histoire contée par le Neveu au cours de l'entretien cette « théorie des masques » fait-elle écho? Ne pense-t-on pas, d'autre part, à ces romanciers du XIXe siècle en voyant le Philosophe ébaucher un univers humain à l'image de l'univers animal?

MOI. — Le souverain? Encore y a-t-il quelque chose à dire
Et croyez-vous qu'il ne se trouve pas de temps en temps à
côté de lui un petit pied, un petit chignon, un petit nez qui
lui fasse faire un peu de la pantomime? Quiconque a besoin
d'un autre est indigent et prend une position. Le roi prend
une position devant sa maîtresse et devant Dieu; il fait son
pas de pantomime. Le ministre fait le pas de courtisan, de
flatteur, de valet ou de gueux devant son roi. La foule des
ambitieux danse vos positions, en cent manières plus viles
les unes que les autres, devant le ministre. L'abbé de condition, en rabat et en manteau long, au moins une fois la semaine,
devant le dépositaire de la feuille des bénéfices[1]. Ma foi, ce que
vous appelez la pantomime des gueux est le grand branle[2] de
la terre; chacun a sa petite Hus et son Bertin[3].

LUI. — Cela me console.

Mais tandis que je parlais, il contrefaisait à mourir de rire
les positions des personnages que je nommais. Par exemple,
pour le petit abbé, il tenait son chapeau sous le bras et son
bréviaire de la main gauche; de la droite il relevait la queue
de son manteau, il s'avançait la tête un peu penchée sur
l'épaule, les yeux baissés, imitant si parfaitement l'hypocrite,
que je crus voir l'auteur des *Réfutations*[4] devant l'évêque
d'Orléans[5]. Aux flatteurs, aux ambitieux, il était ventre à
terre. C'était Bouret[6] au contrôle général. **(9)**

MOI. — Cela est supérieurement exécuté lui dis-je; mais il
y a pourtant un être dispensé de la pantomime. C'est le philosophe qui n'a rien et qui ne demande rien.

---

1. *Bénéfice* : dignité ecclésiastique pourvue d'un revenu; 2. *Branle* : danse populaire et aussi mouvement donné à la suite d'une impulsion extérieure à l'objet lui-
même; 3. Allusion à deux personnages dont a parlé Rameau plus haut; 4. Peut-être
s'agit-il de l'abbé Geuchat, auteur de l'*Analyse et réfutation de divers écrits modernes
contre la religion* (1753-1763); 5. Jarente de La Bruyère, *évêque d'Orléans*, était en
1762 chargé de la feuille des bénéfices; 6. *Bouret* : voir page 79, note 1.

————— QUESTIONS —————

9. Que veut démontrer Diderot en généralisant ainsi? N'est-ce pas
la traduction, sous une forme satirique, de l'interdépendance de tous les
hommes dans la société? Mais quelle est la cause première qui unit tous
ces *gueux* dans leur pantomime? — Tous les personnages sont-ils traités
de la même façon? Comment ce passage peut-il être considéré comme une
critique sociale? Pourquoi l'hypocrite est-il analysé plus en détail que
les autres?

LUI. — Et où est cet animal-là? S'il n'a rien, il souffre; s'il
260 ne sollicite rien, il n'obtiendra rien et il souffrira toujours.

MOI. — Non; Diogène[1] se moquait des besoins.

LUI. — Mais il faut être vêtu.

MOI. — Non, il allait tout nu.

LUI. — Quelquefois il faisait froid dans Athènes.

265 MOI. — Moins qu'ici.

LUI. — On y mangeait.

MOI. — Sans doute.

LUI. — Aux dépens de qui?

MOI. — De la nature. A qui s'adresse le sauvage? à la terre,
270 aux animaux, aux poissons, aux arbres, aux herbes, aux racines,
aux ruisseaux.

LUI. — Mauvaise table.

MOI. — Elle est grande.

LUI. — Mais mal servie.

275 MOI. — C'est pourtant celle qu'on dessert pour couvrir les
nôtres.

LUI. — Mais vous conviendrez que l'industrie de nos cui-
siniers, pâtissiers, rôtisseurs, traiteurs, confiseurs y met un peu
du sien. Avec la diète[2] austère de votre Diogène, il ne devait
280 pas avoir des organes fort indociles.

MOI. — Vous vous trompez. L'habit du cynique était, autrefois, notre habit monastique avec la même vertu. Les cyniques
étaient les carmes[3] et les cordeliers[4] d'Athènes. [...]

LUI. — Et vous me conseilleriez de l'imiter?

285 MOI. — Je veux mourir si cela ne vaudrait mieux que de
ramper, de s'avilir et se prostituer.

LUI. — Mais il me faut un bon lit, une bonne table, un vêtement chaud en hiver, un vêtement frais en été, du repos, de
l'argent et beaucoup d'autres choses, que je préfère de devoir
290 à la bienveillance, plutôt que de les acquérir par le travail.

---

1. *Diogène* le Cynique, voir p. 28, note 4; 2. *Diète :* régime alimentaire, non l'absti-
nence; 3. *Carme :* religieux de l'ordre du Mont-Carmel; 4. *Cordelier :* religieux de
l'ordre de saint François.

MOI. — C'est que vous êtes un fainéant, un gourmand, un lâche, une âme de boue.

LUI. — Je crois vous l'avoir dit.

MOI. — Les choses de la vie ont un prix sans doute, mais vous ignorez celui du sacrifice que vous faites pour les obtenir. Vous dansez, vous avez dansé et vous continuerez de danser la vile pantomime.

LUI. — Il est vrai. Mais il m'en a peu coûté et il ne m'en coûte plus rien pour cela. Et c'est par cette raison que je ferai mal de prendre une autre allure qui me peinerait et que je ne garderais pas (10). Mais je vois à ce que vous me dites là que ma pauvre petite femme[1] était une espèce de philosophe; elle avait du courage comme un lion : quelquefois nous manquions de pain et nous étions sans le sol[2]; nous avions vendu presque toutes nos nippes. Je m'étais jeté sur les pieds de notre lit, là je me creusais à chercher quelqu'un qui me prêtât un écu que je ne lui rendrais pas. Elle, gaie comme un pinson, se mettait à son clavecin, chantait et s'accompagnait; c'était un gosier de rossignol, je regrette que vous ne l'ayez pas entendue. Quand j'étais de quelque concert je l'emmenais avec moi; chemin faisant, je lui disais : « Allons, madame, faites-vous admirer, déployez votre talent et vos charmes, enlevez, renversez. » Nous arrivions; elle chantait, elle enlevait, elle renversait. Hélas! je l'ai perdue, la pauvre petite! [...]

Puis le voilà qui se met à contrefaire la démarche de sa femme. Il allait à petits pas, il portait sa tête au vent, il jouait de l'éventail, il se démenait de la croupe; c'était la charge

---

1. Le neveu de Rameau, marié en 1757, avait perdu sa femme vers 1766; 2. *Sol :* sou.

──────── **QUESTIONS** ────────

10. Le philosophe, tel que l'évoque Diderot, est-il plus proche d'un Voltaire, d'un d'Alembert, ou du philosophe de l'Antiquité? Pourquoi avoir choisi Diogène comme exemple? Diderot est-il persuadé que l'on puisse au XVIIIᵉ siècle, à Paris, proposer le philosophe cynique comme modèle? Relevez les traits qui soulignent l'inadaptation de celui-ci à la vie moderne. — La comparaison avec le *sauvage* (ligne 269) n'a-t-elle qu'une valeur d'idéal ou bien exprime-t-elle une restriction? Contre quel autre écrivain du XVIIIᵉ siècle cette indication peut-elle être dirigée? — Sur quel plan Diderot et Rameau s'opposent-ils à l'égard des biens matériels de la civilisation? Que reproche le Philosophe à son interlocuteur (lignes 294-297)? Appréciez la réponse de ce dernier : cela ne clôt-il pas la discussion?

de nos petites coquettes la plus plaisante et la plus ridicule.
Puis reprenant la suite de son discours, il ajoutait :

320 Je la promenais partout, aux Tuileries, au Palais-Royal,
aux Boulevards. Il était impossible qu'elle me demeurât.
Quand elle traversait la rue, le matin, en cheveux, et en pet-en-
l'air[1], vous vous seriez arrêté pour la voir, et vous l'auriez
embrassée entre quatre doigts sans la serrer. Ceux qui la sui-
325 vaient, qui la regardaient trotter avec ses petits pieds, [...] dou-
blaient le pas ; elle les laissait arriver, puis elle détournait pres-
tement sur eux ses deux grands yeux noirs et brillants qui les
arrêtaient tout court. C'est que l'endroit de la médaille ne
déparait pas le revers. Mais, hélas ! je l'ai perdue, et mes espé-
330 rances de fortune se sont toutes évanouies avec elle. Je ne l'avais
prise que pour cela, je lui avais confié mes projets, et elle avait
trop de sagacité pour n'en pas concevoir la certitude, et trop
de jugement pour ne les pas approuver.

Et puis le voilà qui sanglote et qui pleure en disant :

335 Non, non, je ne m'en consolerai jamais. Depuis j'ai pris
le rabat et la calotte[2].

MOI. — De douleur ?

LUI. — Si vous voulez. Mais le vrai, pour avoir mon écuelle
sur ma tête **(11)**... Mais voyez un peu l'heure qu'il est, car il
340 faut que j'aille à l'Opéra.

MOI. — Qu'est-ce qu'on donne ?

LUI. — Le Dauvergne[3]. Il y a d'assez belles choses dans la
musique, c'est dommage qu'il ne les ait pas dites le premier.

---

1. *Pet-en-l'air* : vêtement court et léger ; 2. Je me suis voué à l'état ecclésiastique ;
3. *Dauvergne* (1715-1797) : compositeur français, auteur d'opéras-comiques et d'opéras, dont *Hercule mourant* (1761) et *Polyxène* (1763).

--- **QUESTIONS** ---

11. Montrez comment, en parlant de sa femme, Rameau mêle sincérité de sentiment, cynisme et sens esthétique. Sommes-nous surpris de
son attitude à son égard et de ses ambitions à son sujet ? — Comment
la description, la mimique de Rameau et les réflexions de Diderot se
complètent-elles tout en se corrigeant ? — Montrez qu'une fois encore
le Neveu coupe court aux sentiments et aux confidences par une pirouette
et une plaisanterie. Est-ce une preuve d'insensibilité ou une marque de
discrétion ?

Parmi ces morts, il y en a toujours quelques-uns qui désolent les vivants. Que voulez-vous? *Quisque suos non patimur manes*[1]. Mais il est cinq heures et demie[2], j'entends la cloche qui sonne les vêpres de l'abbé de Canaye[3] et les miennes. Adieu, monsieur le philosophe, n'est-il pas vrai que je suis toujours le même?

MOI. — Hélas! oui, malheureusement.

LUI. — Que j'aie ce malheur-là seulement encore une quarantaine d'années. Rira bien qui rira le dernier. (12) (13)

---

1. « Chacun de nous supporte le traitement que lui infligent ses mânes. » Virgile, *l'Enéide*, VI, vers 743; Diderot a modifié le vers en ajoutant *non* et en a paraphrasé le sens dans la phrase précédente; 2. L'Opéra commençait à six heures; à cinq heures et demie, la cloche sonnait et on l'entendait depuis le café de la Régence; 3. *Etienne de Canaye* (1694-1782), mélomane célèbre, ami de d'Alembert.

─── **QUESTIONS** ───

12. Montrez que le Neveu reste fidèle à lui-même jusqu'au bout du dialogue : ne peut-on appliquer à lui-même la formule latine qu'il applique à Dauvergne? — Pourquoi pose-t-il sur un ton triomphant sa dernière question? Quelle réponse attend-il? Est-il mécontent de son sort en réalité? — Appréciez cette façon de terminer la conversation : est-elle artificielle? Pouvait-elle être différente?

13. SUR L'ENSEMBLE DU PASSAGE INTITULÉ : « POURQUOI RAMEAU N'EST-IL QU'UN RATÉ? » — CONCLUSION. — Essayez de tracer un portrait du Neveu de Rameau : ses goûts, sa mentalité, sa morale. Situez-le par rapport au monde parisien du XVIIIe siècle. Est-il un cas isolé? Comment est-il marqué, dans sa tournure d'esprit et ses manières, par cette période? — Dégagez l'originalité du personnage. Est-il un raté au sens habituel du terme? Que lui manque-t-il surtout? Peut-il, à votre avis, s'intégrer dans le système normal d'une société ou restera-t-il toujours et partout un déclassé? — Le rôle de la mimique dans le texte : comment celle-ci vient-elle compléter le dialogue? En quoi fait-elle partie intégrante des moyens d'expression de Rameau? Quel aspect particulier donne-t-elle au texte? — Soulignez la parfaite adaptation de la forme de conversation au personnage du Neveu et à la forme d'imagination de Diderot. Quelle est l'importance et quel est le rôle des digressions dans *le Neveu de Rameau*?

DOCUMENTATION THÉMATIQUE
réunie par la Rédaction des Nouveaux Classiques Larousse.

1. LE DIALOGUE DANS *LE NEVEU DE RAMEAU*, par J. Varloot

M. Jean Fabre, à qui l'on doit la première édition scientifique et les commentaires les plus riches du *Neveu de Rameau*, l'a défini comme un « pot-pourri de libres propos ». Le fait que ces propos soient tenus non par une seule voix, mais par deux, donne le point de départ et fournit le thème de notre introduction à la lecture de ce chef-d'œuvre du *dialogue*.

A vrai dire, si Diderot désigne couramment par le terme de « dialogue » *le Rêve de d'Alembert*, *l'Entretien d'un père avec ses enfants*, *le Supplément au « Voyage de Bougainville »*, il ne l'a jamais employé pour *le Neveu de Rameau*, puisqu'il a laissé cet ouvrage dans le secret le plus absolu jusqu'au-delà de sa mort ; une seule copie manuscrite porte le terme d'« entretien », et elle n'est pas de la main de l'auteur. Mais le lecteur du XVIIIᵉ siècle, supposé qu'il eût reçu communication de ces répliques où s'agitent les questions les plus générales, n'eût pas hésité un instant à classer ce texte dans le genre alors banal du *dialogue philosophique*.

Ce genre avait pour lui l'autorité de Platon et de Xénophon, de Cicéron et de Sénèque, et les écrivains de l'époque « classique » furent naturellement tentés par ces modèles anciens.

Mais, en l'absence des recettes qu'avaient omis de nous procurer Aristote, Horace et Boileau, aucune forme régulière ne fut élaborée en deux cents ans pour faciliter la tâche des talents de second plan, et l'histoire du dialogue philosophique (qui n'est pas encore écrite) n'est nullement celle d'un grand genre.

Il passa cependant, pourrait-on dire, à un premier apogée dans les deux dernières décennies du XVIIᵉ siècle, puis sombra dans le conformisme mondain le plus insipide ou le pédagogisme le plus pesant. Peut-être une clé, à peine saisie, avait-elle été lâchée maladroitement : les Fénelon, les Malebranche, les Fontenelle avaient dû, semble-t-il, aux romanciers leurs prédécesseurs — en particulier à Madeleine de Scudéry — une certaine aisance à mettre en scène des conversations mondaines roulant sur des sujets moraux ou d'initiation scientifique : le milieu artificiel des salons précieux, ou savants, se prêtait à l'expression des idées générales. Secret perdu, en tout cas, pour un demi-siècle. L'impasse venait de la contradiction de principe entre des personnages, un milieu qu'il aurait fallu prendre dans le réel et des sujets abstraits, de caractère universel. Seuls Voltaire et Diderot devaient sauver provisoirement le genre, l'un à partir d'un renouvellement du roman philosophique, l'autre en recourant délibérément au réel, à l'exemple des romanciers les plus hardis de son temps.

Il serait pourtant injuste de passer trop vite sur des modèles antiques que Diderot possédait à fond, et dont le rappel permet de préciser déjà son originalité : même lors de la conception d'une œuvre aussi moderne par la pensée que *le Rêve de d'Alembert*, Diderot sera tenté de la placer dans la Grèce d'Hippocrate et de Démocrite.

S'est-il jamais, au reste, distrait du patronage de Socrate et de son disciple Platon? J'ai dit ailleurs, à propos du *Rêve*, combien s'imposait le rapprochement. Au début de 1748, l'auteur cynique des *Bijoux indiscrets*, écrivant la préface des *Mémoires sur différents sujets de mathématiques*, expliquait en ces termes son apparent revirement : « Je veux que le scandale cesse, et, sans perdre le temps en apologie, j'abandonne la marotte et les grelots pour ne les reprendre jamais, et je reviens à Socrate. » Il n'est peut-être pas de meilleure définition première des *deux* personnages du *Neveu de Rameau*.

On sait que le séjour forcé dans les cachots de Vincennes fut en partie consacré à traduire l'*Apologie de Socrate* et que Voltaire employa couramment, pour désigner Diderot, les pseudonymes de « Socrate » et de « Frère-Platon ».

On objecte aisément que ces deux génies sont incomparables, et j'ai moi-même répondu rapidement : « Il est trop facile d'en inférer que Diderot est incapable de dresser la figure d'un adversaire authentique et irréductible, comme le Calliclès du Gorgias. » J'ajouterai ici, avec M. Fabre, que « Rameau a de bons répondants ». N'est-ce pas aux thèses de Calliclès que recourt le Neveu pour justifier sa conception amoraliste du monde? Pour lui aussi, il est plus « laid » de subir l'injustice que de la commettre, et le philosophe n'est qu'un sophiste, disputeur habile à « mettre le mors », comme dit Platon, ou à « mettre au sac », comme dit Diderot, mais confondant alors la « loi » et la « nature », la loi faite pour les faibles et le grand nombre, la nature garante de l'inégalité et de la domination des puissants : aussi faut-il le considérer comme un adolescent attardé, ignorant des réalités, ridicule quand il prétend s'occuper d'autre chose que d'éduquer des gamins. Pour Calliclès comme pour Jean-François Rameau, il faut non réprimer, mais satisfaire les passions que nous portons en nous, si nous sommes de ces « fils de roi » qui, tout en vantant au vulgaire la tempérance qu'il accepte lâchement, auraient honte d'être sages par la modération. « La vie facile, l'intempérance, la licence font la vertu et le bonheur; le reste, toutes ces fantasmagories, qui reposent sur les conventions humaines contraires à la nature, n'est que sottise et vanité. » Sagesse de Salomon? En tout cas, c'est vanité que le patriotisme, l'amitié, les devoirs d'État, l'éducation de ses propres enfants... N'est-ce pas le refrain du Neveu? Mais les adversaires et leur rapport ont changé de

Platon à Diderot. Tenace et têtu comme Calliclès, Rameau n'a pas sa morgue d'aristocrate; quant au « philosophe », il a peine à garder le masque imperturbable de Socrate. C'est que les questions mises en jeu les touchent à vif tous deux et provoquent chez l'un le cri vital des boyaux, chez l'autre le conflit, viscéral aussi, de la morale et du réel, conflit que ne peuvent plus lénifier les recettes vertueuses de l'école. Le dialogue descend vite des hauteurs de Sirius, s'avive des meurtrissures du monde, se fait pamphlet, ou plutôt satire — et c'est le seul sous-titre que l'auteur décide de donner à son œuvre, comme un qualificatif indélébile.

La satire a, elle aussi, ses lettres de noblesse antique, et elle n'exclut pas le dialogue; au contraire, chez les classiques, elle sert souvent de contenant à un ou à plusieurs épisodes dialogués; dans *le Neveu*, maint passage narré est en ce sens une petite satire : ainsi l'histoire du juif d'Avignon, où le conteur joue en même temps trois rôles parlés. On ne s'étonne pas, sachant l'admiration sans bornes de Diderot pour Horace le satirique. On est même tenté de rapprocher précisément Rameau de l'esclave Davus, qui profitait des saturnales pour dire son fait à son maître l'écrivain-moraliste : quel plaisir de le traiter de girouette, d'opposer sa débauche romaine à sa philosophie dans Athènes, d'enfoncer dans la boue des mœurs modernes le *laudator temporis acti*, l'hypocrite antiquomane. L'esclave ne va-t-il pas jusqu'à assimiler le poète à une espèce de Bertin entouré de bouffons et de parasites, tel ce Mulvius qui va « incertain où le conduit son ventre »? Bien sûr, Davus et Horace ne s'élèvent guère aux idées générales : comparer les conditions sociales, évoquer à l'aide de l'image des marionnettes le problème de la liberté, il n'est rien là que d'assez banal; et l'art narratif d'Horace — la farcissure habile des réflexions morales et des scènes, des fables et des confidences —, s'il pouvait inspirer des passages réussis à un écrivain cultivé et doué, est loin de suggérer l'invention géniale d'un personnage complexe et riche : Davus n'est rien auprès du Neveu.

Il en est de même des personnages de Pétrone. Le nom de ce brillant romancier satirique revient souvent dans la correspondance de Diderot, et le *Satiricon* a servi de code entre lui et sa Sophie. A Pétrone, Diderot doit sans doute une caution pour le mélange incessant des tons, l'emploi du langage le plus vert et de formules aux raccourcis vigoureux, le goût des anecdotes suggestives, le souci permanent de l'existence quotidienne, dominée encore et toujours par Messer Gaster. Mais le Neveu ne descend pas d'Ascylte ou de Ganymède — tout au plus Bertin (celui du texte) de Trimalcion. L'affinité est plutôt dans la vision et le parti cyniques, peut-être aussi dans ce tremblement devant le corps féminin, que partagent notre philosophe et son original.

Les rapprochements qui précèdent ont d'abord l'intérêt de nous faire mesurer combien *le Neveu de Rameau* s'est éloigné du modèle platonicien. Par exemple dans le choix du décor : bien plus que l'appartement de Julie de Lespinasse, le café de la Régence donne au dialogue les couleurs du monde réel; ni salon, ni mauvais lieu, les intellectuels ratés et arrivés peuvent s'y côtoyer encore, et le Neveu, malgré son « abjection », y rester à l'aise, y déployer même une agitation qui rappelle, dans les limites topologiques d'une scène, la structure itinérante de la satire classique. Voilà qui pousserait à une interprétation romanesque de l'œuvre, et, de fait, contestant les analyses fondées sur le déroulement du dialogue d'idées, on pourrait n'y voir, comme M. Jean Sgard, que la ligne dramatique d'un récit, « un récit différé comme *Jacques le Fataliste* et où la disgrâce de Rameau tient en gros la place des amours de Jacques ». Mais sans nier l'importance de cette disgrâce — due à un moment de grâce chez l'hypocrite de profession — c'est moins le fil du récit qui donne à l'œuvre son aspect romanesque que la succession de scènes qui sont comme autant de plongées dans le réel. On a beau jeu de rapprocher, sur ce plan, *le Neveu de Rameau* des romans cyniques contemporains du chevalier de Mouhy, de Fougeret de Montbron et de Du Laurens.

Ainsi, même en laissant de côté, comme nous le faisons ici, tout l'aspect « satirique » au sens restreint du mot (par lequel *le Neveu de Rameau* se révèle un pamphlet impitoyable contre Palissot et ses pareils, contre Bertin et ses parasites hargneux), nous découvrons en cette œuvre un *dialogue satirique*, et par là plus pleinement *philosophique*. Plus que la liberté dans l'enchaînement des propos, celle de tout voir et de tout dire qu'implique la satire autorise et encourage la contestation des idées reçues; la lumière crue du cynisme dévoile les vrais problèmes philosophiques jusqu'alors masqués par un humanisme d'école. C'est aller dans le sens du Siècle des lumières, comme l'écrit lui-même Diderot : « Chaque siècle a son esprit qui le caractérise. L'esprit du nôtre semble être celui de la liberté. »

Il reste que la forme d'expression choisie est le dialogue, que les choses à dire doivent être dites par des personnages. Le parti pris du cynisme exige alors que soit mis en scène au moins un personnage cynique : par exemple, dans *le Rêve de d'Alembert*, le médecin Bordeu. Mais Bordeu n'est cynique qu'en idées et en paroles : Jean-François Rameau l'est, l'était en fait dans son comportement quotidien, dans ses mœurs et ses attitudes, puisqu'il s'agit de problèmes moraux et sociaux plus que de sciences et de métaphysiques. Le choix de cet individu authentique s'explique aisément quand on consulte sur lui les contemporains. Sébastien Mercier, après avoir parlé de l'oncle Rameau — le célèbre musicien prénommé Jean-Philippe —, ajoute : « J'avais connu son neveu, qui vivait dans les cafés, et qui réduisait à la mastication tous les prodiges de sa valeur, toutes les opérations du génie, enfin tout ce que l'on faisait de grand dans le monde. » « Aigle de tête, tortue et belle écrevisse des pieds », dit Piron. Tous les témoignages confirment l'image que Diderot donne de lui. Et Cazotte souligne son côté « extraordinaire » : ce qui ne veut pas dire qu'il est unique (comme il a tendance à le croire lui-même), mais qu'il fait partie des « originaux », catégorie que les circonstances avaient multipliée dans cette génération. Diderot fut le seul à percevoir leur fonction dans l'histoire, à faire de leur représentant un moyen d'expression littéraire d'une réflexion philosophique. « Ils rompent cette fastidieuse uniformité que notre éducation, nos conventions de société, nos bienséances d'usage ont introduite. S'il en paraît un dans une société, c'est un grain de levain qui fermente et qui restitue à chacun une portion de son individualité naturelle. Il secoue, il agite, il fait approuver ou blâmer; il fait sortir la vérité. »

Diderot montre bien son original dans un café, mais ce n'est pas une « compagnie » au sens plein du mot, car les clients qui sont présents n'interviennent guère, et jamais de vive voix au cours de l'entretien. Diderot affirme même que la foule, ameutée un moment par les pastiches chantés du Neveu, « aime mieux s'amuser que s'instruire ». Que ce soit mépris de moraliste ou sobriété voulue par l'écrivain, l'éclairage de la scène est réservé aux deux personnages : l'original, agité et d'emblée bavard, et le « philosophe », dont est ainsi définie l'intention première : « C'est alors que l'homme de bon sens écoute et démêle son monde. »

L'« homme de bon sens », qui se contente, en effet, d'écouter d'abord et d'interroger ensuite, c'est bien Diderot le philosophe, à la réputation assise, que ses premiers ouvrages continuent à soutenir; l'*Encyclopédie* l'a mis au premier rang des « savants », et les persécutions et les attaques que lui attirent, même sur le théâtre, ses idées hardies en matière de religion ne diminuent pas le respect dû à un penseur apparemment loyal envers le roi et la loi, défenseur d'une morale d'autant plus rigoureuse qu'elle rejette la caution de la révélation.

Mais un Diderot ne vieillira pas enfermé dans un système tout fait. Insoucieux d'arriver aux honneurs, il garde disponible son jugement, rouvre en ces années 60 son enquête sur les idées et les hommes, n'attend, consciemment ou non, qu'une occasion pour réviser, de fond en comble peut-être, ce qu'il croyait la vérité.

C'est dans ces dispositions qu'il va écouter l'original, rendu cynique par sa mésaventure, comme pour donner l'élan à sa propre autocritique, dans son for intérieur. Ces dialogues avec soi durent naître souvent en lui. Qu'on relise comme exemple la lettre à la comtesse de Forbach sur l'éducation; ses réflexions y sont retracées sous la forme de questions et de réponses : « Voilà ce que je me suis dit, et voici ce que je me suis répondu. » Quand un tiers met au jour les objections qui ne surgissaient pas nettement dans la conscience claire, le chemin du raisonnement va plus loin. Le « bon sens » revient alors à une honnêteté intellectuelle qu'on s'accorde à soi-même autant qu'à l'autre. Il est vrai que l'interlocuteur « original » n'est pas, cette fois, un anonyme, une nouvelle rencontre. Diderot le « connaissait de longue main »; ainsi se trouve remplie la condition qui me semble la plus indispensable à un dialogue authentique : la possibilité de l'ellipse. Je veux dire la connaissance préalable de faits présents et passés dans la vie de l'« auteur », de ses opinions, de ses goûts, et sans doute un langage pratiqué en commun autrefois. Les différences qui ont pu s'établir dans l'intervalle n'empêchent alors ni la compréhension réciproque, ni même un certain rapprochement. Si, au début de l'entretien, les tons de l'un et de l'autre s'opposent (le Neveu est plus riche en images audacieuses, concises, antithétiques, en tournures populaires), ils vont se rapprocher peu à peu, de façon significative. Mais, sans attendre, le dialogue est entamé d'emblée, puis éclate en direct : il supprime les circonlocutions, chérit les sous-entendus, permet les allusions dures, les insultes nettes ou fourrées. La prise de conscience de ce que pense et va dire le partenaire devient immédiate, presque instantanée. Le lecteur acquiert l'impression d'une espèce de connivence, de satisfaction dans les retrouvailles, à peine avouée : « Je ne pense guère à vous quand je ne vous vois pas. Mais vous me plaisez toujours à revoir. » Entre ces vieilles connaissances — c'est le terme populaire — un lien affectif existe dont on se demande s'il ne l'emporte pas sur l'amour de l'auteur pour ses personnages. Ils font penser à un couple, de ceux que forme Diderot avec ses amis, au prix de mainte meurtrissure. « Falconet, tu m'avais grièvement blessé. J'ai fait la sottise de te rendre douleur pour douleur, et tu m'en dois un remercîment [...]. Mais tout cela est fini, n'est-ce pas? Dites-moi donc que nos âmes se touchent comme auparavant. »

Sans les nouer aussi étroitement, le lien qui unit *Moi* et *Lui* ne paraît donc pas accidentel, au point qu'on croit mal à l'unicité de la rencontre. Est-ce le secret initial de l'œuvre? On se le dit, en les voyant se harceler l'un l'autre, presque physiquement, en les entendant se dire leurs dures et saintes vérités : ils ne se quitteront qu'avec peine, parce que l'heure l'exige.

Ainsi, loin d'apparaître comme l'effet d'une distribution arbitraire des idées de l'auteur entre des acteurs sans consistance, le dialogue devient la création même des personnages. Fonction commune, mais qui suppose la différence, l'opposition de deux fortes individualités. On s'étonne de voir parfois interpréter *Moi* et *Lui* comme les deux faces d'un auteur bicéphale, sur la foi peut-être d'un jugement de Montaigne sur Platon. Mais l'auteur des *Essais* n'était pas orfèvre en la matière dialoguée. « Loger plus décemment en diverses bouches la diversité et variation de ses propres fantaisies », cette façon de « philosopher par dialogue » mena à l'échec la plupart de ceux qui s'y risquèrent. Les idées ne peuvent vivre dans la bouche d'une marionnette falote, pratiquement anonyme. Il faut un être qui en soit imbu, de tête et de cœur, pour nous convaincre de leur réalité. Selon une autre formule de M. Jean Fabre, le dialogue « trouve son unité non dans une thèse, mais dans une présence ».

La personnalité du Neveu suffirait à assurer cette présence, mais son partenaire n'en manque pas non plus, si l'on tient compte à la fois de l'acteur et de l'auteur, du metteur en scène et du meneur de jeu. Sans doute, celui que Diderot appelle *Moi* reste un peu guindé pendant une partie du dialogue. Ce n'est pas pour respecter une règle d'unité de caractère que Diderot a toujours rejetée, au théâtre comme dans le roman, la traitant de « chimère ». La présence de *Moi* est d'abord muette, physique, une attente. Il n'a pas l'intention de faire un discours, même pas de justifier le système moral auquel il croit : c'est sa propre nature qu'il désire développer, expliquer et justifier à lui-même. A lui-même et à nous, lecteurs, non pas à Rameau, et c'est là toute la différence entre les personnages, du point de vue du dialogue.

Or cette « nature » n'est pas essentiellement différente de celle de son « original ». Il en est mainte preuve. Ainsi, Diderot prisait en son amie Sophie Volland son côté « baroque », une « surface anguleuse et raboteuse », l'aptitude à jeter, dans le « bourdonnement sourd et monotone » des gens du monde, un « mot dissonant », qui frappe. Dans son dernier ouvrage publié, l'*Essai sur les règnes de Claude et de Néron*, il exprimera encore sa fierté de passer « pour une espèce d'original » qui a pu conserver « quelques vestiges de la nature » et se distinguer « par quelques côtés anguleux de la multitude de ces uniformes et plats galets qui foisonnent sur les plages ».

Cette originalité si prisée n'est cependant pas celle du Neveu, même si elle permet, comme dit M. R. Desné, un des meilleurs commentateurs de l'œuvre, « qu'il s'établisse un rapport complexe, et contradictoire, entre *Lui* et *Moi* ». Diderot a une nature double, dans la mesure où il est à la fois l'« homme de la nature » et l'homme de la civilisation, de l'art et de la philosophie. En ce qui concerne le dialogue, répétons-le, il est à la fois auteur et acteur. Et l'acteur n'est pas libre, ou du moins ne se livre qu'à moitié, ou par intervalles, à son interlocuteur. C'est donc en tant qu'auteur qu'il se livrera — c'est-à-dire dans les parties narrées, dont l'importance, bien qu'elle n'atteigne nullement celle qu'elle recevra dans *Jacques le Fataliste*, interdit de considérer l'œuvre comme un texte de théâtre. A moins d'y voir une œuvre moderne, où l'acteur-auteur se tourne vers la salle. Compère ou meneur de jeu pirandellien? Ni l'un ni l'autre, à vrai dire, car il s'agit surtout, si l'on fait abstraction des descriptions, d'un commentaire qui surimpose le Je au *Moi*, tandis que *Lui* est distancé d'autant dans une troisième personne. Il en résulte que, si les attitudes, le jeu sont réservés à un seul des deux personnages, privilégié sur le plan scénique, les émotions immédiates (rapportées après coup) et les réactions intimes le sont à l'autre, comme à un coryphée, qui seul peut imposer au lecteur une impression d'ensemble.

Pour éviter le déséquilibre qui découlerait d'une excessive disparité, il fallait que le langage gestuel de celui qui ne peut se commenter à nous supplée ce commentaire, renforce, magnifie son texte : aussi devient-il nécessaire que ce muet au second degré soit au premier, en même temps qu'un acteur prolixe, un mime génial.

Il reste que notre opinion sur l'un et sur l'autre ne peut se fonder sur les mêmes données, et n'est pas du même ordre. D'un côté, l'image, le mouvement, l'ardeur souvent frémissante, la puissance évocatrice des sons, bref l'ordre poétique. De l'autre, tantôt nous apparaît le monsieur habile et prudent, compassé, qui se laisse seulement malgré lui entraîner dans le jeu, tantôt l'auteur-peintre, à l'habileté presque trop consommée, tantôt le narrateur presque intimiste, qui nous touche et finalement nous fait réfléchir le plus profondément.

On comprend que l'interprétation de l'œuvre puisse varier, selon que l'interprétation est plus sensible à l'un ou l'autre de ces aspects du second personnage. Si l'on retient surtout le *Moi*, on privilégie *Lui*, on oppose l'auteur à l'acteur qui le représente, on avance qu'il s'est incarné plutôt en *Lui*. Paradoxe que Diderot eût goûté, et qu'il a peut-être provoqué. On oublie que tout est de l'auteur, y compris ce *Lui* qu'après tout nous n'entendons que par la plume de l'écrivain. La sympathie qui liait les deux hommes, sans doute authentique, a été transposée dans l'œuvre et peut donner l'impression que nous avons affaire à un être double, déchiré et dialectique. Mais il faut éviter d'opérer une assimilation totale, qui serait contresens, interprétation unilatérale, tout autant que d'omettre l'affinité originelle des modèles vivants, secret découvert par le « dialoguiste » pour échapper à l'artifice littéraire.

Que Diderot se soit rendu compte qu'il tenait ce secret, nous en avons mainte preuve dans le domaine romanesque : les remaniements de *Jacques le Fataliste* prouvent qu'il a accentué systématiquement l'aspect concret, réaliste, de son récit. Pour garder le plus possible la fraîcheur du parlé dans le dialogue, il a dû lui sembler souhaitable d'enregistrer l'entretien authentique. Par exemple, dans une lettre à Sophie du 13 octobre 1759, il rapporte « presque mot pour mot », en plusieurs pages, un dialogue avec d'Alembert (déjà!) : l'allure, le ton des remontrances qu'il lui adresse à propos de l'*Encyclopédie* annoncent celles que *Moi* adresse au Neveu. Diderot adore « faire la leçon » : ainsi chez les d'Holbach, dont il se croit le directeur de conscience. Une telle profession suppose entraînement et préparation : il est plus aisé de se remémorer ensuite son sermon. Si l'on imagine, comme nous l'avons fait plus haut, que le philosophe a plusieurs fois rencontré Jean-François Rameau, on supposera qu'il a plusieurs fois tenté de le ramener dans le droit chemin, et que notre dialogue réunit et coordonne les arguments prévus et ressassés de l'un et les répliques imprévues et explosives de l'autre. On comprendrait mieux alors qu'il ait pu en résulter et la remise en question de toute une morale et un long et passionnant dialogue.

La combinaison nécessaire d'éléments réels multiples est le premier pas de l'« arrangement » littéraire; mais cet écrivain-né qu'est Diderot, bien que soucieux toujours de rédiger une « belle page », ne tombera pas dans l'erreur des auteurs de dialogues philosophiques, qui faisaient parler à leurs personnages un langage hyperlittéraire et académique. Son génie lui indique de garder et même d'accentuer l'allure de la spontanéité.

C'est ainsi qu'il a cultivé la réplique alerte et courte, qui rompt en visière, qui refuse apparemment l'emboîtage logique : phrases elliptiques d'exclamation (« Assommer, monsieur, assommer! »), de ratification, les plus nombreuses (« Sans contredit », « D'accord », « Vous avez raison », « Il est vrai », « Si je le crois! » et les « A merveille », favoris de Diderot); membres de phrase complétant celles de l'interlocuteur, etc. Il faudrait faire l'index de ces laconismes, de ces *incipit* qui servent aux attaques et aux relances, qui traduisent le désir de renvoyer la balle, de collaborer dans une réflexion à deux, franche et directe, jusqu'aux aveux nuancés et alternés d'impuissance.

Tantôt le rythme du jeu est rapide, marqué classiquement par des *mais* amébées, tantôt une pause s'annonce : souvent elle se comble instantanément d'une question curieuse (« De quoi s'agissait-il donc? ») ou d'un étonnement feint (« Cela est singulier ») ou bien le silence se fait réel, quand l'émotion est vive chez l'un ou chez l'autre; il faut, pour le rompre, un changement de tonalité, une plaisanterie exceptionnellement gentille (« Prenez garde, vous allez vous estropier! »); il arrive même que le moins ému se substitue à celui qui l'est davantage, pour chasser l'ange qui passe. L'enchaînement des parties narrées et du dialogue est opéré avec adresse, mais simplicité, le plus souvent par l'insertion des paroles à l'aide d'incises (« dis-je », « dit-il ») accompagnées de formules descriptives (du type « en se redressant »). Parfois s'intercale d'abord un commentaire admiratif, quand le coryphée déclenche l'applaudissement que méritent les pantomimes.

La pantomime entrait alors dans le système dramatique de Diderot, et, à vrai dire, sa pratique dans *le Père de famille* et *le Fils naturel* n'entraîne pas l'adhésion. Mais l'attention que le « philosophe » portait à cette forme d'expression remonte bien plus haut. Dès la *Lettre sur les sourds et muets*, il avait imaginé « un homme qui, s'interdisant l'usage des sons articulés, tâcherait de s'exprimer par gestes ». Il disait même : « Pour moi, il me semble qu'un philosophe qui s'exercerait de cette manière avec quelques-uns de ses amis, bons esprits et bons logiciens, ne perdrait pas entièrement son temps. » Non que ce langage gestuel dût être confondu avec la pantomime « ordinaire » : « Rendre une action ou rendre un discours par gestes, ce sont deux versions fort différentes. » La *Lettre sur les sourds et muets* donne un bon exemple de la seconde « version » et situe apparemment, déjà, au café de la Régence : « Je jouais un jour aux échecs, et le muet me regardait jouer. » Ce muet au geste si expressif, cet « ancien ami » plein d'esprit déroule sa mimique au long d'une page qui, dix ans à l'avance, annonce les géniales pantomimes du *Neveu de Rameau*.

Quand la pantomime développée devient une scène, elle comprend à la fois les deux versions : si la pantomime-action s'enhardit jusqu'à suggérer un paysage, au moyen d'un langage poétique et musical, elle parvient aussi à exprimer des idées grâce à des attitudes qui peuvent signifier toute une conception sociale : les « positions ». Mais aussi la pantomime, qu'il conviendrait alors d'appeler la « grande », va s'élargir en une scène à plusieurs personnages, où s'inscrit par suite un dialogue mimé, double « discours par gestes » alterné. A ce niveau, cette forme littéraire devient un des moyens du dialogue, et le narré ne se différencie plus des répliques distinguées par la typographie. On observera qu'ici, en l'absence d'un vrai muet, nous en avons deux qui en jouent le rôle : l'un par vocation et « génie », l'autre pour réserver à lui-même et à son lecteur son commentaire. Le tout, bien sûr, étant *écrit*, suprême résolution, par la littérature, de la contradiction parole-geste, en un dialogue que l'on peut qualifier d'achevé. Encore fallait-il, pour le philosophe et le peintre, menacés de tomber l'un dans le sermon, l'autre dans le maniérisme, demander à l'ironiste d'équilibrer la tonalité de l'ensemble. Ce n'était pas si facile pour un Diderot. Il n'est pas un jongleur de mots d'esprits, un habile manieur d'allusions qui font sourire, comme Voltaire ou Chamfort. Bien plus, quand il veut plaisanter affectueusement, comme lorsqu'il taquine sa fille sur sa mauvaise santé, il fait peine à lire. Cette lourdeur de l'homme qui n'est jamais superficiel, de l'écrivain apparenté à Rabelais et à Swift ne peut s'alléger que dans la vivacité cinglante du dialogue, dans l'escrime des reparties qui s'aiguisent peu à peu, comme lorsque les mouches des fleurets s'effritent. Qu'importe, si l'on ne s'en veut pas ensuite de plaies après tout instructives.

Ce côté pointu, anguleux a double origine chez Diderot. Par tradition de famille, il est porté à dire leurs vérités fort brutalement à ceux qu'il aime. Et puis l'intérêt joue : non pas celui d'un métier lucratif, ou la manie interrogante, mais l'importance vitale des questions qui surgissent. Aussi ne tient-il pas longtemps son rôle premier d'interviewer malicieux et un peu perfide; il monte en scène lui-même. L'ironie perd son caractère socratique le plus superficiel quand l'enquête met en cause le choix d'une philosophie de la vie, d'une morale personnelle et sociale. Les trois dialogues groupés sous le titre de *Rêve de d'Alembert*, conçus plusieurs années plus tard, n'auront plus à traiter de ce choix et toucheront à peine aux problèmes sociaux, réservés pour d'autres œuvres : seul *le Neveu de Rameau* aura reçu les marques de l'ironie « anguleuse », en même temps que celles de la truculence dans la caricature, de la bouffonnerie moliéresque.

Une enquête menée à partir d'un libre entretien, présentée bientôt à la façon de deux confessions qui s'épaulent, ne saurait suivre chemin que sinueux. Tant de détours s'offrent aux promeneurs qui rêvent à deux. Ce ne sont pas à proprement parler « digressions », qui sont par définition étrangères au sujet : tout dans l'œuvre vient du sujet ou y mène, et souvent plus directement de biais que par le fil tiré par la logique. Telle question abordée ainsi apparaît subitement digne qu'on s'y arrête, comme une clairière dans les bois touffus de la haute Champagne. Il ne s'agit pas de traverser au plus vite le paysage; comme devant un tableau, on sent le besoin de s'y enfoncer, de s'y perdre parfois : seule façon de le connaître à fond, de le comprendre. Il nous semble donc assez vain de chercher le plan ou, comme on dit, la structure de l'œuvre. Si l'on y tient, proposons l'image banale de la spirale, qui revient plusieurs fois, en face des mêmes thèmes, tout en progressant dans le temps et le raisonnement. Mais ce n'est pas rendre compte de la structure alternée, propre au dialogue, qui passe sans cesse d'une vision du monde à l'opposée, comme les chars dans le cirque antique. Spirale écrasée? succession d'orbites autour de deux planètes? sans oublier l'étoile de Sirius.

Loin cependant d'être conçu comme une quête cosmique de la vérité, telle que *Micromégas*, ou comme le roman fort terrestre des problèmes du fataliste et de son maître, *le Neveu de Rameau*, dialogue à peine étiré ou comprimé dans le temps suivant ses moments, se passe en quelques heures et en un seul lieu. Nos deux personnages restent face à face, sur les planches comme dans un jeu de paume, la balle passant de l'un à l'autre. La règle seule est inconnue ou s'invente; et de même la suite des points marqués. Un joueur l'emporte parfois, puis faiblit (la vie est ainsi faite, ou sinon le spectacle est fastidieux). La tactique de chacun évolue à mesure que se découvrent les points faibles et les parades. Pour l'un, c'est la mise en relief — accentuée encore par l'adversaire quand il voit son coup porter — du désordre universel ou plutôt d'un ordre du mal; chez l'autre, c'est un reste tenace d'ambitions, une foi sinon dans son génie, du moins en la musique, qui reconsacre les valeurs. Mais la tactique d'ensemble est différente : *Moi* ne dit pas tout ce qu'il pense, soit pour se couvrir de l'attaque, soit qu'il devine l'inanité de sa parade, son coup devant porter à côté ou trop haut, par-dessus la tête d'un adversaire incapable de stratégie à long terme; *Lui*, au contraire, dit plus qu'il ne pense, force la note, pousse sa botte pour la galerie et modifie sans cesse sa méthode de combat. C'est un autre secret de ce dialogue que le choix d'un personnage « alternatif » : changeant de ton, de raisons, de décision, passant dans l'instant du bouffon au sérieux et même au triste, c'est un partenaire déconcertant, dont on ne peut jamais deviner la réplique, qui remet en cause les règles du jeu pour déjouer le contre, mais se refuse à choisir le pour. Un fou? L'emploi de fou du roi repose sur la connaissance pessimiste, et risible, que son maître croit posséder des hommes : le Neveu flatte ce côté méprisant des Choiseul comme il l'aurait fait devant un Calliclès. Mais il se veut surtout le fou du philosophe : sentant bien que celui-ci se comporte avec lui en provocateur, il le flatte ou, plus honnêtement, cherche à lui plaire en jouant au cynique, en se drapant en Diogène, en réalisant le numéro du Paradoxe vivant, pantomime allégorique. Il s'en amuse, en souffre aussi, mais ne semble pas deviner ce que son « grain de folie » va faire fermenter dans la pensée profonde du philosophe. Il n'a nullement la taille d'un Jean-Jacques Rousseau, muni, tel que le pense Diderot en 1759, d'un « système de dépravation tout arrangé dans sa tête ». Intuitif génial il ne possède ni pouvoir de synthèse, ni même la véritable sagacité. Il ne porte aucune valeur et ne peut que simuler la critique des idées reçues. S'il présente comme telles la vertu et la philosophie, c'est par abus, car il les nie au nom de valeurs établies qui sont l'expression d'une société fondée sur la force et sur l'or. Ses pétards sont artificiels, sa hardiesse sans risque, sa bile et son humeur sont versées sur les meilleurs au bénéfice des puissants, similicritique, pseudoparadoxe, dénigrement pour pallier la culpabilité, et, chez cette « moitié d'abbé », apologie rétive, puis verbeuse de pécheur impénitent.

Le dialogue n'oppose donc pas un Rameau révolté à un Diderot conformiste. Le premier sert à scandaliser le second, mais pour le rappeler aux réalités, édifiantes parce que sordides. Il est question non pas de les admettre comme une nature, d'y soumettre notre philosophie, mais de ne plus les omettre : la confession monstrueuse décroche l'idéaliste de l'épicycle de Mercure. Ainsi s'achève le dialogue. *Moi* n'a pas plus convaincu *Lui* que Socrate ne fit Calliclès. Mais *Lui* ne pouvait aucunement le détromper, à peine le déniaiser. L'effet produit par la double désillusion, c'est une espèce de viduité, une vacuité, peut-être une disponibilité retrouvée, mais, pour le présent, une solitude, vers laquelle chacun s'en va, vaille que vaille, parce qu'il faut bien que sortent les acteurs, l'un côté cour, l'autre côté jardin.

2. DIDEROT ET L'ESTHÉTIQUE (dossier pour un travail en équipe), par J.-P. Caput

Cet aspect — à étudier à travers *le Neveu de Rameau* — déborde très largement le cadre de ce texte. En fait, il s'agit surtout, à partir du *Neveu*, d'étudier les conceptions esthétiques de Diderot et de les situer de deux manières : la place du *Neveu* dans l'œuvre et la pensée de Diderot, d'une part ; d'autre part, la situation de Diderot, sur ce point, dans son siècle. Suivra, nécessairement, une mise au point sur l'esthétique de Diderot et nous, au XXe siècle — sorte de bilan précisant ce qui subsiste, ce qui est périmé ; ce qui fait partie de la personnalité de l'auteur, ce qui est simplement le reflet d'une époque ; ce qui mérite l'intérêt et ce qui devrait tomber dans l'oubli ou seulement rester très secondaire.

I. Méthode de travail. Principes généraux.

1. Tout d'abord, c'est un travail à faire en groupe. Le problème est complexe — ce qui nécessite la discussion, confrontant les points de vue, la critique d'autrui évitant les contresens. De plus, de nombreuses lectures doivent être faites — ce qu'un individu ne peut envisager dans le cadre où nous nous plaçons (1er et 2e cycles universitaires ou classes préparatoires essentiellement).

2. En outre, ici comme pour tout autre thème d'étude, il est souhaitable que l'équipe littéraire sollicite l'aide et la documentation d'une autre spécialité : ici l'esthétique et l'histoire de la philosophie.

3. Tout exposé fait par un membre du groupe, ou l'invité d'une autre discipline, doit être suivi de questions, de débats — soumis à comptes rendus. Ceux-ci trouveront éventuellement place dans le dossier de synthèse, aboutissement du travail collectif.

4. Avant toute recherche hors du texte ou sur un fragment de ce dernier, il est nécessaire que chacun ait une connaissance précise et complète de la totalité du texte *vu du point de vue du thème à traiter.*

II. Directives de travail. Répartition.

*1. Il faut d'abord définir la notion que représente le thème : que veut dire « l'esthétique » — en général, en littérature et comment cette notion peut-elle s'adapter ici? C'est l'apport du spécialiste d'esthétique au groupe littéraire. On recherchera dans un dictionnaire de la langue philosophique les différents sens de cette notion, en évitant les anachronismes.

*2. Ensuite, étude du texte même du *Neveu :*
— les passages où il est question de problèmes esthétiques (par exemple « la querelle des bouffons »);
— ceux où l'on voit d'un point de vue esthétique un problème qui est d'un autre ressort (la morale, la vie sociale, ...). Ex. : l'histoire du renégat d'Avignon;
— ceux où l'on met en pratique une certaine conception de l'esthétique — littéraire par exemple : la place et la valeur du mime; le dialogue dans *le Neveu,* etc.
Manière possible de procéder en groupe : tous les membres, séparément, recherchent les différents points de vue où l'esthétique peut trouver place dans *le Neveu;* puis réunion pour confronter les recherches et aboutir à une liste unique, collective. A partir de là, redistribution : chaque personne prend en charge un aspect (ex. : mise en action de l'esthétique) et étudie tout le texte de ce point de vue (relevé des passages utiles, classement par regroupement des centres d'intérêt et par ordre d'importance : place plus ou moins grande de l'esthétique...); en cas de doute ou d'« impasse », celui qui en est victime expose le problème en réunion, ce qui entraîne un débat en vue d'une solution.

3. Étude des autres textes de Diderot.
* — Au niveau d'initiation, on pourra se contenter de lire des extraits d'œuvres esthétiques de Diderot, par exemple dans les Classiques Larousse, le tome second.

** — Pour une étude plus approfondie, il faut confronter au *Neveu* d'autres textes du même auteur, traitant essentiellement ou incidemment de problèmes esthétiques. Le groupe se répartira donc la lecture des différents textes contenus dans le volume des *Œuvres esthétiques* de Diderot (Édition Garnier); chacun fera : 1º une lecture attentive du texte; 2º une lecture critique des notes, commentaires et notice accompagnant le texte même; 3º un compte rendu rapide donnant l'analyse du texte (avec plan détaillé), dégageant les idées-forces du texte lu et indiquant enfin avec précision l'utilité de ce texte pour l'étude du *Neveu* sous l'angle des problèmes esthétiques.

Après chaque exposé de ce type, discussion et réponse aux questions dont le bref compte rendu sera annexé à la fiche de lecture du texte correspondant.

Remarque. — Il faut tenir compte que le thème traité n'est pas le seul élément intéressant d'un texte. Ainsi, dans les *Salons*, le style de Diderot mérite un intérêt égal aux thèmes qu'il traite (artistes qu'il goûte, raisons de son choix).

D'autre part, des relations sont à établir entre le thème que l'on traite et les autres antérieurement étudiés ou que l'on verra ensuite — selon le programme de travail fixé au départ. Ainsi de « Diderot et le génie », par exemple. De plus, les monographies doivent apporter des éléments de réflexion ou des amorces de solution : c'est le cas ici pour le dialogue et l'aspect dramatique.

4. Études autour de Diderot en France.

Deux catégories de recherches ici :

1º les idées esthétiques des philosophes (au sens courant du terme de l'époque) : c'est une étude à confier à un historien de la philosophie, probablement;

2º les idées esthétiques des écrivains du temps de Diderot.

* — Au niveau d'initiation, on utilisera les extraits de l'*Encyclopédie* donnés dans les éditions classiques, les extraits du *Temple du goût* de Voltaire et les *Lettres philosophiques* citées. Une lecture attentive du texte de Condillac cité ci-dessous permettra d'en dégager l'intérêt et la portée.

** — Pour une étude plus approfondie, le travail sur les idées esthétiques des écrivains au temps de Diderot se répartira entre les participants comme en 3, plus haut. Sans prétendre donner des directives exhaustives sur ce point — car l'apprentissage du travail d'investigation est également nécessaire —, nous donnerons ci-dessous quelques indications :

— Dans l'*Encyclopédie*, lire des articles de Jaucourt, de Marmontel (voir en 3.1.). Pour les choisir, procéder comme on le ferait pour se renseigner dans une encyclopédie du xxe siècle

— à quelques détails près. Par exemple, inutile de chercher « esthétique »..., car le mot n'apparaît qu'en 1753. Chercher l'article *Beau*, entre autres. Avant d'envoyer un membre du groupe faire ces recherches en bibliothèque, il serait charitable qu'une réunion succédant à des recherches parallèles de tous détermine les mots clefs qui devront être retenus;

— Chez Voltaire, on lira le *Temple du goût*, quelques *Lettres philosophiques* (n° 18, 19, 22 entre autres); on feuillettera les *Commentaires sur Corneille* pour prendre la mesure du goût de Voltaire;

— Chez Jean-Jacques Rousseau, on pourra aussi faire quelques recherches;

— Voici un texte assez bref de Condillac (« les Trois Ages de l'art »), extrait de *l'Art d'écrire*, livre IV, chap. v, qui peut mériter l'étude rapide :

L'art n'est que la collection des règles dont nous avons besoin pour apprendre à faire une chose. Il faut du temps avant de les connaître, parce qu'on ne les découvre qu'après bien des méprises. Lorsque la découverte en est encore nouvelle, on s'applique à les observer, et les chefs-d'œuvre se multiplient dans chaque genre. Bientôt, parce qu'on ne sait plus faire aussi bien en les observant, on les néglige dans l'espérance de faire mieux, et on fait plus mal. On finit comme on a commencé, c'est-à-dire sans avoir de règles. Ainsi l'art a ses commencements, ses progrès et sa décadence.

Il subit toutes les variations des usages et des mœurs. Il obéit surtout au caprice de ces écrivains qui, ayant tout à la fois de la singularité et du génie, sont faits pour donner le ton à leur siècle. Il change donc continuellement nos habitudes; et notre goût, qui varie avec elles, change aussi continuellement les idées que nous nous faisons du beau. C'est une mode qui succède à une autre, et qui passant bientôt elle-même, est remplacée par une plus nouvelle. Alors on a pour toute règle que ce qui plaît est beau, et on ne songe pas que ce qui plaît aujourd'hui ne plaira plus demain.

Du peu d'accord, à cet égard, entre les âges et les nations, il ne faudrait pas conclure qu'il n'y a point de règles du beau. Puisque les arts ont leurs commencements et leur décadence, c'est une conséquence que le beau se trouve dans le dernier terme des progrès qu'ils ont faits. Mais quel est ce dernier terme? Je réponds qu'un peuple ne le peut pas connaître lorsqu'il n'y est pas encore; qu'il cesse d'en être le juge lorsqu'il n'y est plus, et qu'il le sent lorsqu'il y est.

Nous avons un moyen pour en juger nous-mêmes; c'est d'observer les arts chez un peuple où ils ont successivement leur enfance, leurs progrès et leur décadence. La comparaison de ces trois âges donnera l'idée du beau, et formera le goût; mais il faudrait, en quelque sorte, oubliant ce que nous avons vu, revivre dans chacun de ces âges[1].

Transportés dans celui où les arts étaient à leur enfance, nous admirerions ce qu'on admirait alors.

Peu difficiles, nous exigerions peu d'inventions, encore moins de correction. Il suffirait, pour nous plaire, de quelques traits heureux ou nouveaux; et, comme nous n'aurions encore rien vu, ces sortes de traits se multiplieraient facilement pour nous.

Dans le suivant, accoutumés à remarquer dans les ouvrages plus d'invention et plus de correction, il ne suffirait plus de quelques traits pour nous plaire. Nous comparerions ce qui nous plairait alors avec ce qui nous aurait plu auparavant. Nous nous confirmerions tous les jours dans la nécessité des règles; et notre plaisir, dont les progrès seraient les mêmes que ceux des arts, aurait comme eux son dernier terme.

Nous verrions que ce qui a plu peut cesser de plaire; que le plaisir, par conséquent, n'est pas toujours le juge infaillible de la bonté d'un ouvrage; qu'il faut savoir comment et à qui on plaît et que, pour s'assurer un bonheur durable, il faut, sans s'écarter des règles que les grands maîtres se sont prescrites, mériter les suffrages des hommes dont le goût s'est perfectionné avec les arts. Ils sont les seuls juges, parce que dans tous les temps on jugera comme eux, quand on aura comme eux beaucoup senti, beaucoup observé, beaucoup comparé[2].

Les chefs-d'œuvre du second âge nous offrent donc, à quelques défauts près, des modèles du beau.

Ils sont ce que nous appelons la belle nature[3]; ils en sont au moins l'imitation, et c'est en les étudiant que nous découvrons le caractère propre au genre dans lequel nous voulons écrire.

Tant que le goût fait des progrès, la passion pour les arts croît avec le plaisir qu'ils font. Lorsqu'il est parvenu à son dernier terme, cette passion cesse de croître, parce que le plaisir ne croît plus, et qu'il décroît au contraire, le beau n'ayant plus pour nous l'attrait de la nouveauté. Il arrive alors que, comme on juge avec plus de connaissance, on s'applique plus à voir les défauts qu'à sentir les beautés; or nous en voyons toujours, parce que les ouvrages de l'art ne sont jamais aussi parfaits que les modèles que nous imaginions. Cependant le plaisir de discerner jusqu'aux plus légères fautes affaiblit, éteint même le sentiment, et ne nous dédommage pas des plaisirs qu'il nous

---

1. Condillac, comme tous les écrivains du XVIIIe siècle, aime ces reconstitutions hypothétiques; 2. Ainsi Condillac revient au fond même du classicisme et à l'unité de l'esthétique, ce qui ne détruit pas d'ailleurs l'idée de la relativité du goût, énoncée au début, et selon laquelle la critique historique des œuvres est rendue possible; 3. Voir l'extrait 37, où la même expression, employée par Vauvenargues, est significative.

enlève. Il en est ici de l'analyse comme en chimie : elle détruit la chose en la réduisant à ses premiers principes. Nous sommes donc entre deux écueils. Si nous nous abandonnons à l'impression que le beau fait sur nous, nous le sentons sans pouvoir nous en rendre compte; si au contraire nous voulons analyser cette impression, elle se dissipe, et le sentiment se refroidit. C'est que le beau consiste dans un accord dont on peut encore juger quand on le décompose, mais qui ne peut plus produire le même effet[4].

Le goût commence à tomber aussitôt qu'il a fait tous les progrès qu'il peut faire; et sa décadence a pour époque le siècle qui se croit plus éclairé.

5. Études autour de Diderot à l'étranger.

Avec l'aide de comparatistes, rechercher les sources d'inspiration de Diderot et la fortune littéraire qu'il a eue, l'influence qu'il a pu exercer.

Trois directions essentiellement : l'Angleterre (avec Richardson en particulier), l'Allemagne (Lessing, Goethe), l'Italie (Goldoni). Ce ne sont là que des jalons évidents : tout le travail cette fois est à faire, depuis la recherche des textes utiles jusqu'à la fiche de lecture.

Pour une étude approfondie, on se reportera utilement au livre de Paul Hazard, *la Pensée européenne au XVIIIᵉ siècle* (Paris, Fayard éd.), en particulier p. 200 et suivantes, 215 et suiv., 275 et suiv., 280 et suiv., à confronter avec le chapitre consacré à Diderot, p. 370 et suiv. Il ne s'agit pas de prendre là des idées toutes faites, mais surtout de rechercher dans quelles directions on trouvera des renseignements. On utilisera également, de Ch. Dedeyan, *l'Angleterre dans la pensée de Diderot* (S. E. D. E. S.).

Pour une étude moins poussée, on se contentera de lire les passages signalés du livre de Paul Hazard et de compléter cette information par les lectures complémentaires que l'on aura eu le temps de faire.

III. Le dossier de synthèse.

1. Il faut aboutir à une conclusion sur ce thème d'étude. Donc, pour terminer, chacun ayant relu les fiches de recherches, réunion de synthèse. Deux questions essentiellement :

— Quelle place tiennent les problèmes d'esthétique dans *le Neveu?* Sous quelles formes? Quel en est l'intérêt dans le texte?

---

4. Sainte-Beuve dira pourtant : « Je ne sais pas de plaisir plus divin qu'une admiration nette, distincte et sentie. » (*Causeries du lundi*, tome XV, p. 380.)

— La place du *Neveu*, pris de ce point de vue, dans l'œuvre de Diderot? dans la pensée française au xviiie siècle? dans la pensée européenne?

On pourra aussi — et ce sera l'aboutissement naturel des travaux faits — se demander quel est l'intérêt pour nous de ce thème dans l'œuvre et ce qui justifie l'avis donné.

Ce travail de conclusion doit être le résultat d'un débat du groupe entier — une personne ou deux étant chargées du compte rendu. S'il y a des divergences fondées entre les conclusions de personnes différentes, le compte rendu doit les consigner exactement avec les noms : le travail en groupe n'est pas fait pour supprimer les opinions individuelles, mais pour stimuler et faciliter le travail de chacun.

2. Que contiendra le dossier de synthèse?
— Les fiches de lecture avec les comptes rendus des discussions;
— Les résumés des exposés;
— Le compte rendu des conclusions;
— Une table analytique des différentes pièces du dossier, sorte de sommaire;
— Le « générique » : la liste des membres du groupe et des invités des autres disciplines auxquels on a fait appel avec les tâches que chacun a accomplies;
— Éventuellement, une chronologie du dossier, indiquant les lectures, les exposés, les discussions, avec les dates retraçant les étapes de ce travail collectif.

3. DIDEROT ET L'ESTHÉTIQUE :
textes complémentaires

3.1. MARMONTEL, ARTICLE « BEAU » DANS L'*ENCYCLOPÉDIE*

Le texte que nous reproduisons représente la contribution de Marmontel à l'article cité.

BEAU. Tout le monde convient que le *beau*, soit dans la nature ou dans l'art, est ce qui nous donne une haute idée de l'une ou de l'autre, et nous porte à les admirer; mais la difficulté est de déterminer, dans les productions des arts et dans celles de la nature, à quelles qualités ce sentiment d'admiration et de plaisir est attaché.

La nature et l'art ont trois manières de nous affecter vivement, ou par la pensée, ou par le sentiment, ou par la seule émotion des organes. Il doit donc y avoir aussi trois espèces de *beau* dans la nature et dans les arts : le *beau* intellectuel, le *beau* moral, le *beau* matériel ou sensible. Voyons à quoi l'esprit, l'âme et les sens peuvent le reconnaître. Ses qualités distinctives se réduisent à trois : la *force*, la *richesse*, et l'*intelligence*.

En attendant que, par l'application, le sens que j'attache à ces mots soit bien développé, j'appelle *force*, l'intensité d'action; *richesse*, l'abondance et la fécondité des moyens; *intelligence*, la manière utile et sage de les appliquer.

La conséquence immédiate de cette définition est que, si par tous les sens la nature et l'art ne nous donnent pas également de leur force, de leur richesse et de leur intelligence, cette idée qui nous étonne et qui nous fait admirer la cause dans les effets qu'elle produit, il ne doit pas être également donné à tous les sens de recevoir l'impression du *beau :* or il se trouve qu'en effet l'œil et l'oreille sont exclusivement les deux organes du *beau ;* et la raison de cette exclusion, si singulière et si marquée, se présente ici d'elle-même : c'est que des impressions faites sur l'odorat, le goût et le toucher, il ne résulte aucune idée, aucun sentiment élevé. La saveur, l'odeur, le poli, la solidité, la mollesse, la chaleur, le froid, la rondeur, etc. sont des sensations toutes simples et stériles par elles-mêmes, qui peuvent rappeler à l'âme des sentiments et des idées, mais qui n'en produisent jamais.

L'œil est le sens de la *beauté* physique, et l'oreille est, par excellence, le sens de la *beauté* intellectuelle et morale. Consultons-les; et s'il est vrai que de tous les objets qui frappent ces deux sens, rien n'est *beau* qu'autant qu'il annonce, ou dans l'art ou dans la nature, un haut degré de force, de richesse ou d'intelligence; si, dans la même classe, ce qu'il y a de plus *beau* est ce qui paraît résulter de leur ensemble et de leur accord; si, à mesure que l'une de ces qualités manque, ou que chacune est moindre, l'admiration, et avec elle le sentiment du *beau* s'affaiblit en nous, ce sera la preuve complète qu'elles en sont les éléments.

Qu'est-ce qui donne aux deux actions de l'âme, à la pensée et à la volonté, ce caractère qui nous étonne dans le génie et dans la vertu? Et, soit que nous admirions, dans l'une et l'autre, ou l'excellence de l'ouvrage ou l'excellence de l'ouvrier, n'est-ce pas toujours *force*, *richesse* ou *intelligence?*

En morale, c'est la force qui donne à la bonté le caractère de *beauté*. Quel est, parmi les sages, le plus *beau* caractère connu? celui de Socrate; parmi les héros? celui de César; parmi les rois? celui de Marc Aurèle; parmi les citoyens? celui de Régulus. Qu'on en retranche ce qui annonce la force avec ses attributs, la constance, l'élévation, le courage, la grandeur d'âme; la bonté peut s'y trouver encore, mais la *beauté* s'évanouit.

Qu'on fasse du bien à son ami ou à son ennemi, la bonté de l'action en elle-même est égale; mais d'un côté facile et simple, elle est commune; de l'autre pénible et généreuse, elle suppose de la force unie à la bonté; c'est ce qui la rend *belle*. Brutus envoie à la mort un citoyen qui a voulu trahir Rome : nulle *beauté* dans cette action; mais pour donner un grand exemple, Brutus condamne son propre fils; cela est *beau* : l'effort qu'il en a dû coûter à l'âme d'un père en fait une action héroïque. Qu'un autre qu'un père eût prononcé le *Qu'il mourût* du vieil Horace; qu'un autre qu'une mère eût dit à un jeune homme, en lui donnant un bouclier : *Rapportez-le*, ou *qu'il vous rapporte;* plus de *beauté* dans le sentiment, quoique l'expression fût toujours énergique. Alexandre entreprend la conquête du monde, Auguste veut abdiquer l'empire de l'univers; et de l'un et de l'autre on dit, *Cela est beau*, parce qu'en effet il y a beaucoup de force dans l'une et l'autre résolution.

Il arrive souvent que, sans être d'accord sur la bonté morale d'une action courageuse et forte, on est d'accord sur sa *beauté :* telle est l'action de Scévola et celle de Timoléon. Le crime même, dès qu'il suppose une force d'âme extraordinaire ou une grande supériorité de caractère ou de génie, est mis dans la classe du *beau :* tel est le crime de César, le plus illustre des coupables.

On observe la même chose dans les productions de l'esprit. Pourquoi dit-on, de la solution d'un grand problème en géométrie, d'une grande découverte en physique, d'une invention nouvelle et surprenante en mécanique, *Cela est beau?* C'est que cela suppose un haut degré d'intelligence et une force prodigieuse dans l'entendement et la réflexion.

On dit dans le même sens, d'un système de législation sagement et puissamment conçu, d'un morceau d'histoire ou de morale profondément pensé et fortement écrit, *Cela est beau.*

On le dit d'un chef-d'œuvre de combinaison, d'analyse; des grands résultats du calcul ou de la méditation; et on ne le dit que lorsqu'on est en état de sentir l'effort qu'il en a dû coûter. Quoi de plus simple et de moins admirable que l'alphabet aux yeux du vulgaire? Quoi de plus sec et de moins sublime aux yeux d'un écolier que la logique d'Aristote? Quoi de moins étonnant que la roue, le cabestan, la vis, aux yeux de l'ouvrier qui les fabrique ou du manœuvre qui s'en sert? Et quoi de plus *beau* que ces inventions de l'esprit humain aux yeux du philosophe, qui mesure le degré de force et d'intelligence qu'elles supposent dans leurs inventeurs? J'ai vu un célèbre mécanicien en admiration devant le rouet à filer.

Ici se présente naturellement la raison de ce qu'on peut voir tous les jours, que les deux classes d'hommes les plus éloignées, le peuple et les savants, sont celles qui éprouvent le plus souvent et le plus vivement l'émotion du *beau :* le peuple, parce qu'il admire comme autant de prodiges les effets dont les causes et les moyens lui semblent incompréhensibles; les savants, parce qu'ils sont en état d'apprécier et de sentir l'excellence et des causes et des moyens; au lieu que, pour les hommes superficiellement instruits, les effets ne sont pas assez surprenants, ni les causes assez approfondies. Ainsi le *Nil admirari* d'Horace, appliqué aux événements de la vie, peut être la devise d'un philosophe; mais à l'égard des productions de la nature et du génie, ce ne peut être que la devise d'un sot, ou de l'homme superficiel, frivole, et suffisant, qu'on appelle un fat.

Dans l'éloquence et la poésie, la richesse et la magnificence du génie ont leur tour : l'affluence des sentiments, des images et des pensées, les grands développements des idées qu'un esprit lumineux anime et fait éclore, la langue même, devenue plus abondante et plus féconde pour exprimer de nouveaux rapports, ou pour donner plus d'énergie ou de chaleur aux mouvements de l'âme; tout cela, dis-je, nous étonne; et le ravissement où nous sommes n'est que le sentiment du *beau*.

Il en est de même des objets sensibles; et si, dans la nature, nous examinons quel est le caractère universel de la *beauté*, nous trouverons partout la *force*, la *richesse*, ou l'*intelligence*; nous trouverons dans les animaux les trois caractères de *beauté* quelquefois réunis, et souvent partagés ou subordonnés l'un à l'autre. Dans la *beauté* de l'aigle, du taureau, du lion, c'est la *force* de la nature; dans la *beauté* du paon, c'est la *richesse*; dans la *beauté* de l'homme, c'est l'*intelligence* qui paraît dominer.

On sait ce que j'entends ici par l'*intelligence de la nature*; je parle de ses procédés, de leur accord avec ses vues, du choix des moyens qu'elle a pris pour arriver à ses fins. Or quelle a été l'intention de la nature à l'égard de l'espèce humaine? Elle a voulu que l'homme fût propre à travailler et à combattre, à nourrir et à protéger sa timide compagne et ses faibles enfants. Tout ce qui, dans la taille et dans les traits de l'homme, annoncera l'agilité, l'adresse, la vigueur, le courage; des membres souples et nerveux, des articulations marquées, des formes qui portent l'empreinte d'une résistance ferme, ou d'une action libre et prompte; une stature dont l'élégance et la hauteur n'aient rien de frêle, dont la solidité robuste n'ait rien de lourd ni de massif; une telle correspondance des parties l'une avec l'autre, une symétrie, un accord, un équilibre si parfaits, que le jeu mécanique en soit facile et sûr; des traits où la fierté, l'assurance, l'audace, et (pour une autre cause) la bonté, la tendresse, la sensibilité, soient peintes; des yeux où brille une âme à la fois douce et forte, une bouche qui semble disposée à sourire à la nature et à l'amour; tout cela, dis-je, composera le caractère de la *beauté* mâle; et dire d'un homme qu'il est *beau*, c'est dire que la nature, en le formant, a bien su ce qu'elle faisait et a bien fait ce qu'elle a voulu.

La destination de la femme a été de plaire à l'homme, de l'adoucir, de le fixer auprès d'elle et de ses enfants. Je dis de le fixer, car la fidélité est d'institution naturelle : jamais une union fortuite et passagère n'aurait perpétué l'espèce; la mère, allaitant son enfant, ne peut vaquer, dans l'état de nature, ni à se nourrir elle-même, ni à leur défense commune; et tant que l'enfant a besoin de la mère, l'épouse a besoin de l'époux. Or l'instinct, qui dans l'homme est faible et peu durable, ne l'aurait pas seul retenu; il fallait à l'homme sauvage et vagabond d'autres liens que ceux du sang : l'amour seul a rempli le vœu de la nature; et le remède à l'inconstance a été le charme attirant et dominant de la *beauté*.

Si l'on veut savoir quel est le caractère de la *beauté* de la femme, on n'a qu'à réfléchir à sa destination. La nature l'a faite pour être épouse et mère, pour le repos et le plaisir, pour adoucir les mœurs de l'homme, pour l'intéresser, l'attendrir. Tout doit donc annoncer en elle la douceur d'un aimable empire. Deux attraits puissants de l'amour sont le désir et la pudeur : le caractère de sa *beauté* sera donc sensible et modeste. L'homme veut attacher du prix à sa victoire; il veut trouver dans sa compagne son amante et non son esclave; et plus il verra de noblesse dans celle qui lui obéit, plus vivement il jouira de la gloire de commander : la *beauté* de la femme doit donc être mêlée de modestie et de fierté; mais une faiblesse intéressante attache l'homme, en lui faisant sentir qu'on a besoin de son appui : la *beauté* de la femme doit donc être craintive; et pour la rendre plus touchante, le sentiment en sera l'âme, il se peindra dans ses regards, il respirera sur ses lèvres, il attendrira tous ses traits : l'homme, qui veut tout devoir au penchant, jouira de ses préférences, et dans la faiblesse qui cède, il ne verra que l'amour qui consent. Mais le soupçon de l'artifice détruirait tout : l'air de candeur, d'ingénuité, d'innocence, ces grâces simples et naïves qui se font voir en se cachant, ces secrets du penchant, retenus et trahis par la tendresse du sourire, par l'éclair échappé d'un timide regard, mille nuances fugitives dans l'expression des yeux et des traits du visage, sont l'éloquence de la *beauté* : dès qu'elle est froide, elle est muette.

Le grand ascendant de la femme sur le cœur de l'homme lui vient de la secrète intelligence qu'elle se ménage avec lui et en lui-même, à son insu : ce discernement délicat, cette pénétration vive doit donc aussi se peindre dans les traits d'une *belle* femme, et surtout dans ce coup d'œil fin qui va jusqu'aux replis du cœur démêler un soupçon de froideur, de tristesse, y ranimer la joie, y rallumer l'amour.

Enfin, pour captiver le cœur qu'on a touché et le sauver de l'inconstance, il faut le sauver de l'ennui, donner sans cesse à l'habitude les attraits de la nouveauté, et tous les jours la même aux yeux de son amant, lui sembler tous les jours nouvelle. C'est là le prodige qu'opère cette vivacité mobile, qui donne à la *beauté* tant de vie et d'éclat. Docile à tous les mouvements de l'imagination, de l'esprit, et de l'âme, la *beauté* doit, comme un miroir, tout peindre, mais tout embellir.

Pour analyser tous les traits de ce prodige de la nature, il faudrait n'avoir que cet objet, et il le mériterait bien. Mais j'en ai dit assez pour faire voir que l'intelligence et la sagesse de la première cause ne se manifestent jamais avec plus d'éclat, qu'en formant cet objet divin.

Je sais bien qu'on peut m'opposer la variété infinie des sentiments sur la *beauté* humaine; et j'avoue en effet que la vanité, l'opinion, le caprice national ou personnel, ont trop influé sur les goûts, pour qu'il nous soit possible, en les analysant, de les réduire à l'unité. Laissons là ce qui nous est propre; et pour juger plus sainement, cherchons les principes du *beau* dans ce qui nous est étranger.

Sur quelque espèce d'être que nous jetions les yeux, nous trouverons d'abord que presque rien n'est *beau* que ce qui est grand, parce qu'à nos yeux la nature ne paraît déployer ses forces que dans ses grands phénomènes. Nous trouverons pourtant que de petits objets, dans lesquels nous apercevons une magnificence ou une industrie merveilleuse, ne laissent pas de donner l'idée d'une cause étonnamment intelligente, et prodigue de ses trésors. Ainsi, comme pour amasser les eaux d'un fleuve et les répandre, pour jeter dans les airs les rameaux d'un grand chêne, pour entasser de hautes montagnes chargées de glaces ou de forêts, pour déchaîner les vents, pour soulever les mers, il a fallu des forces étonnantes; de même pour avoir peint de couleurs si vives, de nuances si délicates, la feuille d'une fleur, l'aile d'un papillon, il a fallu avoir à prodiguer des richesses inépuisables; et de l'admiration que nous cause cette profusion de trésors naît le sentiment de *beauté* dont nous saisit la vue d'une rose ou d'un papillon.

Nous trouverons que ceux des phénomènes de la nature auxquels l'intelligence, c'est-à-dire l'esprit d'ordre, de convenance, et de régularité, semble avoir le moins présidé, comme un volcan, une tempête, ne laissent pas d'exciter en nous le sentiment du *beau*, par cela seul qu'ils annoncent de grandes forces; et au contraire, que l'intelligence étant celle des facultés de la nature qui nous étonne le moins, peut-être à cause que l'habitude nous l'a rendue trop familière, il faut qu'elle soit très sensible et dans un degré surprenant, pour exciter en nous le sentiment du *beau*. Ainsi, quoique l'intention, le dessein, l'industrie de la nature soient les mêmes dans un reptile et dans un roseau, que dans un lion et dans un chêne; nous disons du lion et du chêne : *Cela est beau!* mouvement que n'excite en nous ni le roseau ni le reptile. Cela est si vrai, que les mêmes objets, qui semblent vils lorsqu'on n'y aperçoit pas ce qui annonce dans leur cause une merveilleuse industrie, deviennent précieux et *beaux* dès que ces qualités nous frappent : ainsi, en voyant au microscope ou l'œil ou l'aile d'une mouche, nous nous écrions, *Cela est beau!*

Enfin dans la *beauté* par excellence, dans le spectacle de l'univers, nous trouverons réunis au suprême degré les trois objets de notre admiration, la force, la richesse, et l'intelligence; et de l'idée d'une cause infiniment puissante, sage, et féconde, naîtra le sentiment du *beau* dans toute sa sublimité.

Le principe du *beau* naturel une fois reconnu, il est aisé de voir en quoi consiste la *beauté* artificielle; il est aisé de voir qu'elle tient : 1º à l'opinion que l'art nous donne de l'ouvrier et de lui-même, quand il n'est pas imitatif; 2º à l'opinion que l'art nous donne, et de lui-même, et de l'artiste, et de la nature, son modèle, quand il s'exerce à l'imiter.

Examinons d'abord d'où résulte le sentiment du *beau* dans un art qui n'imite point, par exemple, l'architecture. L'unité, la variété, l'ordonnance, la symétrie, les proportions, et l'accord des parties d'un édifice en feront un tout régulier; mais sans la grandeur, la richesse, ou l'intelligence portées à un degré qui nous étonne, cet édifice sera-t-il *beau?* et sa simplicité produira-t-elle en nous l'admiration que nous cause la vue d'un *beau* temple ou d'un magnifique palais?

Au contraire, qu'on nous présente un édifice moins régulier, tel que le Panthéon, ou le Louvre : l'air de grandeur et d'opulence, un ensemble majestueux, un dessin vaste, une exécution à laquelle a dû présider une intelligence puissante, l'homme agrandi dans son ouvrage, l'art rassemblant toutes ses forces pour lutter contre la nature, et surmontant tous les obstacles qu'elle opposait à ses efforts; les prodiges des mécaniques étalés à nos yeux dans la coupe des pierres, dans l'élévation des colonnes et des corniches, dans la suspension de ces voûtes, dans l'équilibre de ces masses dont le poids nous effraie et dont la hauteur nous étonne; ce grand spectacle enfin nous frappe, nous nous écrions, *Cela est beau!* La réflexion vient ensuite : elle examine les détails, elle éclaire le sentiment, mais elle ne le détruit pas. Nous convenons des défauts qu'elle observe; nous avouons que la façade du Panthéon manque de symétrie, que les différents corps du Louvre manquent d'ensemble et d'unité. Plus régulier, cela serait plus *beau* sans doute. Mais qu'est-ce que cela signifie? Que notre admiration déjà excitée par la force de l'art et sa magnificence, serait à son comble, si l'intelligence y régnait au même degré.

Je ne dis pas qu'un édifice où les forces de l'art et ses richesses seraient prodiguées, fût *beau* s'il était monstrueux, ou bizarrement composé. L'intelligence y peut manquer au point que le sentiment de *beauté* soit détruit par l'effet choquant du désordre : car il n'en est pas ici de l'art comme de la nature. Nous supposons à celle-ci des intentions mystérieuses : accoutumés à ne pas pénétrer la profondeur de ses desseins, lors même qu'elle nous paraît aveugle ou folle, nous la supposons éclairée et sage; et pourvu que dans ses caprices et dans ses écarts elle soit riche et forte, nous la trouverons *belle ;* au lieu qu'en interrogeant l'art, nous lui demanderons pourquoi, à quel usage, il a prodigué ses richesses ou épuisé ses efforts. Mais en cela même nous sommes peu sévères; et pourvu qu'à l'impression de grandeur se joigne l'apparence de l'ordre, c'en est assez : la force et la richesse sont, du côté de l'art, les premières sources du *beau*.

Du reste, il ne faut pas confondre l'idée de force avec celle d'effort : rien au monde n'est plus contraire. Moins il paraît d'effort, plus on croit voir de force; et c'est pourquoi la légèreté, la grâce, l'élégance, l'air de facilité, d'aisance dans les grandes choses, sont autant de traits de *beauté*.

Il ne faut pas non plus confondre une vaine ostentation avec une sage magnificence : celle-ci donne à chaque chose la richesse qui lui convient; celle-là s'empresse à montrer tout le peu qu'elle a de richesses, sans discernement ni réserve, et dans sa prodigalité décèle son épuisement.

Ces colifichets dont l'architecture gothique est chargée ressemblent aux colliers et aux bracelets qu'un mauvais peintre avait mis aux Grâces. Ce n'est point là de la richesse, c'est de l'indigente vanité. Ce qui est riche en architecture, c'est le mélange harmonieux des formes, des saillies, et des contours; c'est une symétrie en grand, mêlée de variété; c'est cette belle touffe d'acanthe qui entoure le vase de Callimaque; c'est une frise, où rampe une vigne abondante, ou qu'embrasse un faisceau de chêne ou de laurier. Ainsi l'air de simplicité et d'économie ajoute à l'idée de force et de richesse, parce qu'il en exclut l'idée d'effort et d'épuisement. Il donne encore aux ouvrages de l'art, comme aux effets de la nature, le caractère d'intelligence. Un amas d'ornements confus ne peut avoir de raison apparente; une variété bizarre, et sans rapport ni symétrie, comme dans l'arabesque ou dans le goût chinois, n'annonce aucun dessein.

L'intention d'un ouvrage, pour être sentie, doit être simple; et indépendamment de l'harmonie, qui plaît aux yeux comme à l'oreille sans qu'on en sache la raison, une discordance sensible entre les parties d'un édifice, annonce dans l'artiste du délire et non du génie. Ce que nous admirons dans un *beau* dessin, c'est cette imagination réglée et féconde, qui conçoit un ensemble vaste, et le réduit à l'unité.

On voit par là rentrer dans l'idée du *beau* celle de régularité, d'ordre, de symétrie, d'unité, de proportion, de rapports, de convenance, d'harmonie; mais on voit aussi qu'elles ne sont relatives qu'à l'intelligence, qui n'est pas la seule ni la première cause de l'admiration que le *beau* nous fait éprouver.

Ce que j'ai dit de l'architecture, doit s'appliquer à l'éloquence, à la musique, à tous les arts qui déploient de grandes forces et de prodigieux moyens. Qu'un orateur, par la puissance de la parole, bouleverse tous les esprits, remplisse tous les cœurs de la passion qui l'anime, entraîne tout un peuple, l'irrite, le soulève, l'arme et le désarme à son gré; voilà, dans le génie et dans l'art, une force qui nous étonne, une industrie qui nous confond. Qu'un musicien, par le charme des sons, produise des effets semblables; l'empire que son art lui donne sur nos sens nous paraît tenir du prodige; et de là cette admiration dont les Grecs étaient transportés aux chants d'Épiménide ou de Tyrtée, et que les *beautés* de leur art nous font éprouver quelquefois.

Si au contraire l'impression est trop faible, quoique très agréable, pour exciter en nous ce ravissement, ce transport, comme il arrive dans les morceaux d'un genre tempéré, nous donnons des éloges au talent de l'artiste et au doux prestige de l'art; mais ces éloges ne sont pas le cri d'admiration qu'excite en nous un trait sublime, un coup de force et de génie.

Passons aux arts d'imitation. Ceux-ci ont deux grandes idées à donner, au lieu d'une; celle de la nature imitée, et celle du génie imitateur.

En sculpture, l'Apollon, l'Hercule, l'Antinoüs, le Gladiateur, la Vénus, la Diane antique; en peinture, les tableaux de Raphaël, du Corrège, et du Guide, réunissent les deux *beautés*. Il en est de même en poésie quand la nature du côté du modèle et l'imitation du côté de l'art portent le caractère de force, de richesse, ou d'intelligence au plus haut degré. On dit à la fois, du modèle et de l'imitation : *Cela est beau!* et l'étonnement se partage entre les prodiges de l'art et les prodiges de la nature.

On doit se rappeler ce que nous avons dit du *beau* moral : la force en fait le caractère. Ainsi, le crime même tient du caractère du *beau*, lorsqu'il suppose dans l'âme une vigueur, un courage, une audace, une profondeur, une élévation qui nous frappe d'étonnement et de terreur. C'est ainsi que le rôle de Cléopâtre, dans *Rodogune*, et celui de Mahomet sont *beaux*, considérés dans la nature, abstraction faite du génie du peintre et de la *beauté* du pinceau.

Une idée inséparable de celle du *beau* moral et physique, est celle de la liberté, parce que le premier usage que la nature fait de ses forces, est de se rendre libre. Tout ce qui sent l'esclavage, même dans les choses inanimées, a je ne sais quoi de triste et de rampant, qui l'obscurcit et le dégrade. La mode, l'opinion, l'habitude ont beau vouloir altérer en nous ce sentiment inné, ce goût dominant de l'indépendance; la nature à nos yeux n'a toute sa grandeur, toute sa majesté, qu'autant qu'elle est libre, ou qu'elle semble l'être. Recueillez les voix sur la comparaison d'un parc magnifique et d'une belle forêt : l'un est la prison du luxe, de la mollesse, et de l'ennui; l'autre est l'asile de la méditation vagabonde, de la haute contemplation, et du sublime enthousiasme. En voyant les eaux captives baigner servilement les marbres de Versailles, et les eaux bondissantes de Vaucluse se précipiter à travers les rochers, on dit également : *Cela est beau!* Mais on le dit des efforts de l'art, et on le sent aux jeux de la nature : aussi l'art qui l'assujettit fait-il l'impossible pour nous cacher les entraves qu'il lui donne; et dans la nature livrée à elle-même, le peintre et le poète se gardent bien d'imiter les accidents où l'on peut soupçonner quelques traces de servitude.

L'excellence de l'art, dans le moral comme dans le physique, est de surpasser la nature, de mettre plus d'intelligence dans l'ordonnance de ses tableaux, plus de richesse dans les détails, plus de grandeur dans le dessin, plus d'énergie dans l'expression, plus de force dans les effets, enfin plus de *beauté* dans la fiction qu'il n'y en eut jamais dans la réalité. Le plus *beau* phénomène de la nature, c'est le combat des passions, parce qu'il y développe les grands ressorts de l'âme, et qu'elle-même ne reconnaît toutes ses forces que dans ces violents orages qui s'élèvent au fond du cœur. Aussi la poésie en a-t-elle tiré ses peintures les plus sublimes : on voit même que, pour ajouter à la *beauté* physique, elle a tout animé, tout passionné dans ses tableaux; et c'est à quoi le merveilleux a grandement contribué.

Voyez combien les accidents les plus terribles de la nature, les tempêtes, les volcans, la foudre, sont plus formidables encore dans les fictions des poètes. Voyez la terreur que porte aux enfers un coup du trident de Neptune; l'effroi qu'inspire aux vents, déchaînés par Éole, la menace du dieu des mers; le trouble que Typhée, en soulevant l'Etna, vient de répandre chez les morts; et l'effroi qu'inspire la foudre dans la main redoutable de Jupiter tonnant du haut des cieux.

Quand le génie, au lieu d'agrandir la nature, l'enrichit de nouveaux détails; ces traits choisis et variés, ces couleurs si brillantes et si bien assorties, ces tableaux frappants et divers font voir, en un moment et comme en un seul point, tant d'activité, d'abondance, de force, et de fécondité dans la cause qui les produit, que la magnificence de ce grand spectacle nous jette dans l'étonnement; mais l'admiration se partage inégalement entre le peintre et le modèle, selon que l'impression du *beau* se réfléchit plus ou moins sur l'artiste ou sur son objet, et que le travail nous semble plus ou moins au-dessus ou au-dessous de la matière.

En imitant la *belle* nature, souvent l'art ne peut l'égaler; mais de la *beauté* du modèle et du mérite encore prodigieux d'en avoir approché, résulte en nous le sentiment du *beau*. Ainsi, lorsque le pinceau de Claude Lorrain ou de Vernet a dérobé au soleil sa lumière, qu'il a peint le vague de l'air, ou la fluidité de l'eau; lorsque, dans un tableau de Van Huysum, nous croyons voir, sur le duvet des fleurs, rouler des perles de rosée, que l'ambre du raisin, l'incarnat de la rose y brille presque en sa fraîcheur; nous jouissons avec délices, et de la *beauté* de l'objet, et du prestige de l'imitation.

La vérité de l'expression, quand elle est vive et qu'on suppose une grande difficulté à l'avoir saisie, fait dire encore de l'imitation qu'elle est *belle*, quoique le modèle ne soit pas *beau*. Mais si l'objet nous semble, ou trop facile à peindre, ou indigne d'être imité, le mépris, le dégoût s'en mêlent; le succès même du talent prodigué ne nous touche point; et tandis que le pinceau minutieux de Girard Dow nous fait compter les poils du lièvre, sans nous causer aucune émotion; le crayon de Raphaël, en indiquant d'un trait une belle attitude, un grand caractère de tête, nous jette dans le ravissement.

Il en est de la poésie comme de la peinture; quel effet se promet un pénible écrivain, qui pâlit à copier fidèlement une nature aussi froide que lui? Mais que le modèle soit digne des efforts de l'art, et que ces efforts soient heureux; les deux *beautés* se réunissent, et l'admiration est au comble. L'ouvrage même peut être *beau*, sans que l'objet le soit, si l'intention est grande et le but important; c'est ce qui élève la comédie au rang des plus *beaux* poèmes, et ce qui mérite à l'apologue ce sentiment d'admiration que le *beau* seul obtient de nous.

Que Molière veuille arracher le masque à l'hypocrisie; qu'il veuille lancer sur le théâtre un censeur âpre et vigoureux des vices criants de son siècle; que La Fontaine, sous l'appât d'une poésie attrayante, veuille faire goûter aux hommes la sagesse et la vérité; et que l'un et l'autre aient choisi dans la nature les plus ingénieux moyens de produire ces grands effets; tout occupés du prodige de l'art et du mérite de l'artiste, nous nous écrions, *Cela est beau!* et notre admiration se mesure aux difficultés que l'artiste a dû vaincre, et à la force de génie qu'il a fallu pour les surmonter.

De là vient que, dans un poème, des vers où l'énergie, la précision, l'élégance, le coloris et l'harmonie se réunissent sans effort, sont une *beauté* de plus, et une *beauté* d'autant plus frappante, qu'on sent mieux l'extrême difficulté de captiver ainsi la langue et de la plier à son gré.

De là vient aussi que, si l'art veut s'aider de moyens naturels pour faire son illusion et pour produire ses effets, il retranche de ses *beautés*, de son mérite et de sa gloire. Qu'un décorateur emploie réellement de l'eau pour imiter une cascade, l'art n'est plus rien; je vois la nature en petit, et chétivement présentée; mais qu'avec un pinceau ou les plis d'une gaze, on me représente la chute des eaux de Tivoli, ou les cataractes du Nil; la distance prodigieuse du moyen à l'effet m'étonne et me transporte de plaisir.

Il en est de même de l'éloquence. Il y a de l'adresse, sans doute, à présenter à ses juges les enfants d'un homme accusé, pour lequel on demande grâce, ou à dévoiler à leurs yeux les charmes d'une belle femme qu'ils allaient condamner et qu'on veut faire absoudre; mais cet art est celui d'un adroit corrupteur, ou d'un solliciteur habile; ce n'est point l'art d'un orateur. Les dernières paroles de César, répétées au peuple romain, sont un trait d'éloquence de la plus rare *beauté ;* sa robe ensanglantée, déployée sur la tribune, n'est rien qu'un heureux artifice. A ne comparer que les effets, un charlatan l'emportera sur l'orateur le plus éloquent; mais le premier emploie des moyens matériels, et c'est par les sens qu'il nous frappe; le second n'emploie que la puissance du sentiment et de la raison, c'est l'âme et l'esprit qu'il entraîne; et si on ne dit jamais du charlatan, qu'il fait de *belles* choses, quoiqu'il opère de grands effets, c'est que ses moyens trop faciles n'annoncent, du côté de l'art et du génie, aucun des caractères qui distinguent le *beau ;* tandis que les moyens de l'orateur, réduits au charme de la parole, annoncent la force et le pouvoir d'une âme qui maîtrise toutes les âmes par l'ascendant de la pensée, ascendant merveilleux, et l'un des phénomènes les plus frappants de la nature.

Le pathétique, ou l'expression de la souffrance, n'est pas une *belle* chose dans son modèle. La douleur d'Hécube, les frayeurs de Mérope, les tourments de Philoctète, le malheur d'Œdipe ou d'Oreste, n'ont rien de *beau* dans la réalité; et c'est peut-être ce qu'il y a de plus *beau* dans l'imitation : *beauté* d'effet, prodige de l'art, de se pénétrer avec tant de force des sentiments d'un malheureux, qu'en l'exposant aux yeux de l'imagination, on produise le même effet que s'il était présent lui-même, et que, par la force de l'illusion on émeuve les cœurs, on arrache les larmes, on remplisse tous les esprits de compassion ou de terreur.

Ainsi, soit dans la nature, soit dans les arts, soit dans les effets qui résultent de l'alliance et de l'accord de l'art avec la nature, rien n'est *beau* que ce qui annonce, dans un degré qui nous étonne, la *force*, la *richesse*, ou l'*intelligence*, de l'une ou l'autre de ces deux causes, ou de toutes deux à la fois.

On peut dire qu'il y a du vague dans les caractères que nous donnons au *beau*. Mais il y a aussi du vague dans l'opinion qu'on y attache : l'idée en est souvent factice, et le sentiment relatif à l'habitude et au préjugé. Par exemple, la même couleur qui est riche et *belle* aux yeux d'une classe d'hommes, n'est pas telle aux yeux d'une autre classe, par la seule raison, que la teinture en est commune et de vil prix. Pourquoi ne dit-on pas du lever du soleil, ou de son coucher, qu'il est *beau* quand le ciel est pur et serein? Et pourquoi le dit-on, lorsque sur l'horizon il se rencontre des nuages sur lesquels il semble répandre la pourpre et l'or? C'est que l'or et la pourpre sont dans nos mains des choses précieuses; qu'à leur richesse, nous avons attaché le sentiment du *beau* par excellence; et qu'en les voyant briller d'un éclat merveilleux sur les nuages que le soleil colore, nous les comparons à ce que l'industrie, le luxe, et la magnificence offrent de plus riche à nos yeux. A des idées invariables, il faut des caractères fixes; mais à des idées changeantes, il faut des caractères susceptibles, comme elles, des variations de la mode et des caprices de l'imagination.

Au reste, mon opinion sur le *beau* se trouve appuyée, en quelque sorte, de l'autorité de Cicéron. « La nature, dit-il, a fait les choses de manière que, dans tout ce qui porte avec soi une très grande utilité, on reconnaît aussi un grand caractère de dignité ou de *beauté* : « *ut ea quae maximam utilitatem in se* « *continerent, eadem haberent plurimùm vel dignitatis vel saepe* « *etiam venustatis.* » Et cet auteur, il le remarque dans l'ordre de l'univers, dans la forme arrondie des cieux, dans la stabilité de la terre, placée et suspendue au centre des sphères célestes, dans les révolutions du soleil, dans celles des planètes autour de notre globe, dans la structure des animaux, dans l'organisation des plantes, enfin dans les grands ouvrages de l'industrie humaine, comme dans la construction d'un navire, dans l'architecture d'un temple. « Dans ce temple, dit-il, la majesté a été la suite de l'utilité; et ces deux caractères se sont liés de sorte que, si l'on imagine un capitole situé dans le Ciel, au-dessus des nuages, il n'aura aucune majesté, à moins qu'il ne soit couronné de ce faîte qu'on n'inventa que pour l'écoulement des pluies : *Nam quum esset habita ratio, quemadmodum ex utràque tecti parte aqua delaberetur, utilitatem templi fastigii dignitas consequuta est : ut, etiamsi in coelo capitolium statueretur ubi imber esse non posset, nullam sine fastigio dignitatem habiturum esse videatur.* » (De orat., ı, 3.)

Je ne m'engage point à vérifier, dans ses détails, la pensée de ce grand homme; il me suffira d'observer que ce qu'il appelle *utilité* dans les ouvrages de la nature et dans les productions des arts, c'est ce que j'appelle *intelligence*, c'est-à-dire, sagesse d'intention et ordonnance de dessin.

3.2. VOLTAIRE, *QUESTIONS SUR L'« ENCYCLOPÉDIE »* (1770) :

Beau, Beauté.

Puisque nous avons cité Platon sur l'amour, pourquoi ne le citerions-nous pas sur le beau, puisque le beau se fait aimer? On sera peut-être curieux de savoir comment un Grec parlait du beau il y a plus de deux mille ans.

« L'homme expié dans les mystères sacrés, quand il voit un beau visage décoré d'une forme divine, ou bien quelque espèce incorporelle, sent d'abord un frémissement secret, et je ne sais quelle crainte respectueuse; il regarde cette figure comme une divinité..., quand l'influence de la beauté entre dans son âme, il s'échauffe : les ailes de son âme sont arrosées; elles perdent leur dureté qui retenait leur germe; elles se liquéfient; ces germes enflés dans les racines de ses ailes s'efforcent de sortir par toute l'espèce de l'âme (car l'âme avait des ailes autrefois), etc. »

Je veux croire que rien n'est plus beau que ce discours de Platon; mais il ne nous donne pas des idées bien nettes de la nature du beau.

Demandez à un crapaud ce que c'est que la beauté, le grand beau, le *to kalon*. Il vous répondra que c'est sa femelle avec deux gros yeux ronds sortant de sa petite tête, une gueule large et plate, un ventre jaune, un dos brun. Interrogez un nègre de Guinée; le beau est pour lui une peau noire, huileuse, des yeux enfoncés, un nez épaté.

Interrogez le diable; il vous dira que le beau est une paire de cornes, quatre griffes, et une queue. Consultez enfin les philosophes, ils vous répondront par du galimatias; il leur faut quelque chose de conforme à l'archétype du beau en essence, au *to kalon*.

J'assistais un jour à une tragédie auprès d'un philosophe. « Que cela est beau! disait-il. — Que trouvez-vous là de beau? lui dis-je. — C'est, dit-il, que l'auteur a atteint son but. » Le lendemain il prit une médecine qui lui fit du bien. « Elle a atteint son but, lui dis-je; voilà une belle médecine! » Il comprit qu'on ne peut dire qu'une médecine est belle, et que pour donner à quelque chose le nom de *beauté*, il faut qu'elle vous cause de l'admiration et du plaisir. Il convint que cette tragédie lui avait inspiré ces deux sentiments, et que c'était là le *to kalon*, le beau.

Nous fîmes un voyage en Angleterre : on y joua la même pièce, parfaitement traduite; elle fit bâiller tous les spectateurs. « Oh! oh, dit-il, le *to kalon* n'est pas le même pour les Anglais et pour les Français. » Il conclut, après bien des réflexions, que le beau est très relatif, comme ce qui est décent au Japon est indécent à Rome, et ce qui est de mode à Paris ne l'est pas à Pékin; et il s'épargna la peine de composer un long traité sur le beau.

Il y a des actions que le monde entier trouve belles. Deux officiers de César, ennemis mortels l'un de l'autre, se portent un défi, non à qui répandra le sang l'un de l'autre derrière un buisson, en tierce et en quarte comme chez nous, mais à qui défendra le mieux le camp des Romains, que les Barbares vont attaquer. L'un des deux, après avoir repoussé les ennemis, est près de succomber; l'autre vole à son secours, lui sauve la vie, et achève la victoire.

Un ami se dévoue à la mort pour son ami; un fils pour son père... l'Algonquin, le Français, le Chinois diront tous que cela est fort *beau*, que ces actions leur font plaisir, qu'ils les admirent.

Ils en diront autant des grandes maximes de morale; de celle-ci de Zoroastre : « Dans le doute si une action est juste, abstiens-toi... »; de celle-ci de Confucius : « Oublie les injures, n'oublie jamais les bienfaits. »

Le nègre aux yeux ronds, au nez épaté, qui ne donnera pas aux dames de nos cœurs le nom de *belles*, le donnera sans hésiter à ces actions et à ces maximes. Le méchant homme même reconnaîtra la beauté des vertus qu'il n'ose imiter. Le beau qui ne frappe que les sens, l'imagination, et ce qu'on appelle l'*esprit*, est donc souvent incertain; le beau qui parle au cœur ne l'est pas. Vous trouverez une foule de gens qui vous diront qu'ils n'ont rien trouvé de *beau* dans les trois quarts de l'*Iliade;* mais personne ne vous niera que le dévouement de Codrus pour son peuple ne soit fort beau, supposé qu'il soit vrai.

Le frère Attiret, jésuite natif de Dijon, était employé comme dessinateur dans la maison de campagne de l'empereur Kang-hi, à quelques *lis* de Pékin.

Cette maison des champs, dit-il dans une de ses lettres à M. Dassaut, est plus grande que la ville de Dijon; elle est partagée en mille corps de logis, sur une même ligne; chacun de ces palais a ses cours, ses parterres, ses jardins et ses eaux; chaque façade est ornée d'or, de vernis et de peintures. Dans le vaste enclos du parc on a élevé à la main des collines hautes de vingt jusqu'à soixante pieds. Les vallons sont arrosés d'une infinité de canaux qui vont au loin se rejoindre pour former des étangs et des mers. On se promène sur ces mers dans des barques vernies et dorées de douze à treize toises de long sur quatre de large. Ces barques portent des salons magnifiques; et les bords de ces canaux, de ces mers et de ces étangs, sont couverts de maisons, toutes dans des goûts différents. Chaque maison est accompagnée de jardins et de cascades. On va d'un vallon dans un autre par des allées tournantes, ornées de pavillons et de grottes. Aucun vallon n'est semblable; le plus vaste de tous est entouré d'une colonnade, derrière laquelle sont des bâtiments dorés. Tous les appartements de ces maisons répondent à la magnificence du dehors : tous les canaux ont des ponts de distance en distance; ces ponts sont bordés de balustrades de marbre blanc sculptées en bas relief.

Au milieu de la grande mer on a élevé un rocher, et sur ce rocher un pavillon carré, où l'on compte plus de cent appartements. De ce pavillon carré on découvre tous les palais, toutes les maisons, tous les jardins de cet enclos immense : il y en a plus de quatre cents.

Quand l'empereur donne quelque fête, tous ces bâtiments sont illuminés en un instant, et de chaque maison on voit un feu d'artifice.

Ce n'est pas tout; au bout de ce qu'on appelle *la mer*, est une grande foire que tiennent les officiers de l'empereur. Des vaisseaux partent de la grande mer pour arriver à la foire. Les courtisans se déguisent en marchands, en ouvriers de toute espèce : l'un tient un café, l'autre un cabaret; l'un fait le métier de filou, l'autre d'archer, qui court après lui. L'empereur, l'impératrice et toutes les dames de la cour viennent marchander des étoffes; les faux marchands les trompent tant qu'ils peuvent. Ils leur disent qu'il est honteux de tant disputer sur le prix, qu'ils sont de mauvaises pratiques. Leurs Majestés répondent qu'ils ont affaire à des fripons; les marchands se fâchent, et veulent s'en aller : on les apaise; l'empereur achète tout, et en fait des loteries pour toute sa cour. Plus loin sont des spectacles de toute espèce. Quand frère Attiret vint de la Chine à Versailles, il le trouva petit et triste. Des Allemands qui s'extasiaient en parcourant les bosquets s'étonnaient que frère Attiret fût si difficile. C'est encore une raison qui me détermine à ne point faire un traité du *beau*.

JUGEMENTS SUR « LE NEVEU DE RAMEAU »

XIXᵉ SIÈCLE

La découverte du premier manuscrit du Neveu de Rameau, suivie vers 1830 de la publication du Paradoxe sur le comédien, du Rêve de d'Alembert et de bien d'autres œuvres, se produit en plein romantisme. Et la verve, la fantaisie, le caractère « original » de l'œuvre et de son héros ne pouvaient que plaire aux romantiques. Les articles que Sainte-Beuve consacre à Diderot dans le Globe du 20 septembre et du 5 octobre 1830 sont pleins d'enthousiasme. Le jugement qu'il porte en 1851 est plus mesuré, mais il défend encore Diderot contre l'ordre classique que Goethe prétendait y trouver.

On a fort vanté le Neveu de Rameau. Goethe, toujours plein d'une conception et d'une ordonnance supérieures, a essayé d'y trouver un dessin, une composition, une moralité : j'avoue qu'il m'est difficile d'y saisir cette élévation de but et ce lien. J'y trouve mille idées hardies, profondes, vraies peut-être, folles et libertines souvent, une contradiction si faible qu'elle semble une complicité entre les deux personnages, un hasard perpétuel, et nulle conclusion ou, qui pis est, une impression finale équivoque. C'est le cas ou jamais, je crois, d'appliquer ce mot que le chevalier de Chastellux disait à propos d'une autre production de Diderot, et qui peut se redire plus ou moins de tous ses ouvrages : « Ce sont des idées qui se sont enivrées et qui se sont mises à courir les unes après les autres. »

Sainte-Beuve,
Causeries du lundi (1851).

Le Neveu de Rameau, bien qu'encore connu dans un texte approximatif, est considéré alors comme la meilleure œuvre de Diderot. Le déclin du romantisme n'est pas défavorable à la « Satire seconde », car on peut y découvrir, comme le font les Goncourt, l'ébauche d'un roman réaliste, d'une « tranche de vie ».

Relu le Neveu de Rameau. Quel homme, Diderot! Quel fleuve! comme dit Mercier. Et Voltaire est immortel et Diderot n'est que célèbre. Pourquoi? Voltaire a enterré le poème épique, le conte, le petit vers, la tragédie. Diderot a inauguré le roman moderne, le drame et la critique d'art. L'un est le dernier esprit de l'ancienne France, l'autre le premier génie de la France nouvelle.

Les Goncourt,
Journal (11 avril 1858).

Vers la fin du siècle, au moment où l'édition en vingt volumes fournie par Assézat et Tourneux a rassemblé les œuvres de Diderot jusqu'alors dispersées, le traditionaliste Brunetière part à l'attaque de Diderot. Sans doute épargne-t-il quelques œuvres capitales, comme le Neveu de Rameau, *mais il est visible que son éloge est assez perfide.*

Vous vous arrêtez plus longtemps sur le Rêve de d'Alembert et sur le Neveu de Rameau : voilà qui se lit, en effet, d'un bout à l'autre et d'une seule haleine, comme le roman d'un métaphysicien qui divague, ou comme le paradoxe d'un cynique qui se joue de la naïveté des bonnes âmes.

Ferdinand Brunetière,
Histoire de la littérature classique (1889).

Émile Faguet est plus indulgent, du moins pour le Neveu de Rameau ; *et la critique universitaire de la fin du siècle rétablit les mérites du* Neveu de Rameau, *mais avec une curieuse tendance à ramener Diderot à des cadres préétablis.*

Je ne vois qu'une œuvre vraiment forte, serrée, qui descende profondément dans la mémoire parmi toutes les improvisations prestigieuses de Diderot, c'est le Neveu de Rameau. Là encore, c'est l'œil qui a guidé la main. Le neveu de Rameau est un personnage réel, que Diderot a vu et contemplé avec un immense plaisir de curiosité. Il l'a aimé du regard avec passion. Mais, cette fois, le personnage était si attachant, si curieux, et pour bien des raisons (celle-ci en particulier qu'il était comme l'exagération fabuleuse, l'excès inouï et la caricature énorme de Diderot lui-même), Diderot a tant aimé à le contempler qu'il en a oublié d'être distrait, qu'il en a oublié les digressions, les bavardages, les apartés, les questions à l'interlocuteur imaginaire, et les réponses de celui-ci, et les répliques à ces réponses; qu'il a concentré toute son attention sur son héros; qu'il a eu non seulement son œil de peintre, comme toujours, mais, ce qu'il n'a jamais, la soumission absolue à l'objet et que l'objet s'est enlevé sur la toile du portrait avec une vigueur incomparable. Qu'on se figure un personnage de La Bruyère tracé avec la largeur de touche et la plénitude de Saint-Simon.

Émile Faguet,
Dix-Huitième Siècle (1890).

C'est le chef-d'œuvre le plus égal que Diderot ait composé. Cette excentrique et puissante figure s'enlève avec un relief, une netteté incroyables : profil, accent, gestes, grimaces, changements instantanés de ton, de posture, l'identité foncière et toutes les formes mobiles qui la déguisent, tout est noté dans l'étourdissant dialogue de Diderot.

Gustave Lanson,
Histoire de la littérature française (1894).

Dans notre littérature il n'y avait rien de comparable au Neveu de Rameau depuis Tartuffe et M. Jourdain; il n'y a rien de comparable jusqu'à Vautrin et au père Goriot. Ici, le réalisme de Diderot rejoint d'un côté Molière, et de l'autre Balzac.

Auguste Le Breton,
le Roman français au XVIIIe siècle (1898).

XXe SIÈCLE

La critique contemporaine s'est intéressée au Neveu de Rameau avec plus d'intérêt, avec le désir de comprendre. Cette attitude est déjà sensible chez D. Mornet :

Diderot fait du désordre un système. Il avait intitulé *le Neveu* « satire »; il donnait évidemment au mot le sens latin autant que le sens français, un ragoût où se mêlent, pour former un plat savoureux, les aliments les plus divers. Qu'y a-t-il dans *le Neveu* : une étude de caractère, le portrait physique et moral d'un bohème étrange et pittoresque, et dans son allure, et dans sa pensée. Mais ce neveu, mi-réel, mi-imaginaire, n'est, nous l'avons dit, qu'une sorte de double de Diderot avec lequel il se lance dans une discussion éperdue. La discussion nous entraîne bien à travers l'étude d'un problème qui domine tous les autres : la morale et la vertu peuvent-elles être fondées sur des raisons solides ou ne sont-elles que des conventions ou des illusions dont l'homme intelligent et sans scrupule a le droit de s'affranchir? Mais ce problème en suggère plusieurs autres autour desquels l'entretien tourne si bien que nous perdons de vue le problème central : le problème de la dignité de l'écrivain et du parasitisme, le problème des passions fortes et des caractères d'exception, des problèmes de musique, qui, eux, n'ont rien à voir avec le sujet. Ces problèmes eux-mêmes ne sont pas toujours abordés successivement. Le courant de la discussion est comme celui d'un flot rapide mais incertain de sa direction et qui tournerait confusément autour de quelques îlots ou rochers avant de retrouver sa pente définitive. Il y a maintes parenthèses, quelques redites : les transitions ne sont, à l'ordinaire, que des transitions de conversation, sans aucune valeur logique.

Daniel Mornet,
Diderot, l'homme et l'œuvre (1941).

Les études les plus récentes insistent sur la cohérence de l'ouvrage de Diderot; suivant leurs préoccupations, les critiques donnent le pas à l'aspect social ou à la technique romanesque dans l'œuvre.

Face au monde des corrompus existe le monde de la philosophie. C'est la rencontre, le heurt de ces deux mondes qui donne au dialogue entre *Lui* et *Moi* sa véritable portée. Il n'a pas de conclusion parce qu'il ne peut en avoir : c'est à la vie, à l'histoire, à la « postérité » qu'il appartiendra de trancher.

Il ne peut exister aucune commune mesure, sinon en rhétorique très formelle, entre ces deux mondes. Que le terme commode de « dialogue », admis par la critique, ne fasse pas illusion. Il ne s'agit pas pour nos deux interlocuteurs de rechercher une vérité commune moyenne, d'établir je ne sais quel compromis, mais, au contraire, de justifier de part et d'autre un style de vie, une morale pratique délibérément choisis. Et c'est aux lecteurs, à nous aussi lecteurs du XX⁰ siècle qu'il appartient de conclure en assurant, pratiquement, la victoire d'un monde sur l'autre.

Roland Desné,
Article de la revue *Europe* (janvier-février 1963).

Le Neveu n'est pas destiné à dire [à l'auteur], plus clairement, ce qu'il pense et ce qu'il approuve, mais, au contraire, à lui faire sentir, de la manière la plus aiguë, les compromissions où l'entraîne sa morale sentimentale; à lui faire sentir, par l'absurde et la dérision, que rien ici-bas ne s'égale à l'épanouissement total d'une personnalité créatrice. Le Philosophe se sent véritablement mis en question, et, jusqu'au terme du dialogue, il n'arrivera pas à convaincre de la légitimité de son comportement le juge terrible et saugrenu qu'il s'est suscité. Le Neveu triomphe, et cela signifie, en définitive, le secret triomphe d'un Diderot qui n'est pas tout à fait celui que connurent, dans l'existence de tous les jours, ses contemporains.

Charly Guyot,
Article de la revue *Europe* (janvier-février 1963).

En opposant au bonheur d'être soi tout pur l'esclavage d'une vie imitative ou parasitaire, Diderot nous invite à considérer dans son œuvre les conduites de dénégation, de refus ou de compensation, signes inversés des contraintes réellement vécues.

Le temps lui pèse parce qu'il le subit; aussi s'ingénie-t-il à le domestiquer ou à le réduire pour l'approprier à son désir. Il le soustrait aussi bien aux rigueurs de la chronologie qu'à la possessivité d'autrui. Préliminaires, parenthèses, digressions instituent en marge des événements ou même des idées une durée satisfaisante. La digression, c'est l'itinéraire imprévisible d'une liberté, le temps retrouvé dans la subjectivité d'une allure. Diderot se dérobe et se ressaisit par la fantaisie de sa démarche.

Roger Kempf,
Diderot et le roman, ou le Démon de la présence (1964).

L'aspect psychologique et moral du personnage principal est étudié ici en fonction de sa valeur d'agressivité à l'égard du lecteur. La comparaison avec Sade dénote le renouveau d'intérêt dont bénéficie cet écrivain depuis quelque temps.

Comme l'a fort bien noté Henri Lefebvre, il « a situé et comme projeté dans *le Neveu de Rameau* l'autre partie de lui-même, la partie immorale, cynique, alors qu'il restait officiellement le philosophe moralisateur ». Il n'est donc pas étonnant que ce personnage, par son non-conformisme systématique, son goût de la fausse note et, plus simplement, son inépuisable fantaisie, suscite sans cesse le désordre, la gêne et le malaise. De même que l'érotisme de Sade exprime une révolte contre un ordre social donné, les faits et gestes du neveu de Rameau traduisent un comportement délibérément, agressivement antisocial. Diderot le sait et c'est avec une insistance drôle, certes, mais parfois aussi volontairement déplaisante qu'il propose, impose, exhibe littéralement son personnage, nous le jetant à la figure comme un sarcasme, nous en infligeant avec une allégresse de mauvais aloi le contact physique et moral. Il est en tout cas parfaitement conscient de la part de défi que cela comporte : « Il avouait les vices qu'il avait, que les autres ont; mais il n'était pas hypocrite. Il n'était ni plus ni moins abominable qu'eux, il était seulement plus franc, plus conséquent et quelquefois plus profond dans sa dépravation. » Peu de passages du roman sont aussi révélateurs d'une certaine forme de sadisme que celui où l'on voit le neveu de Rameau expliquer comment il entend faire sentir à son fils l'importance de l' « or » dans les choses de la vie.

Raymond Jean,
la Littérature et le réel (1965).

SUJETS DE DEVOIRS ET D'EXPOSÉS

NARRATIONS

● Vous supposerez que Cazotte, ami de Jean-François Rameau, ayant eu connaissance de l'œuvre de Diderot, écrit à celui-ci pour protester contre le portrait qu'il a tracé du Neveu.

● Composez la réponse de Diderot à la lettre précédente.

● Dans une lettre à Mlle Volland, Diderot précise l'importance de ses propres souvenirs et impressions dans *le Neveu de Rameau*.

● D'après *le Neveu de Rameau*, essayez de reconstituer certains aspects de la vie des gens de lettres et des artistes au XVIIIᵉ siècle (vie de café, promenades, vie de salon).

● En transposant la « satire » de Diderot, tracez la vie d'un bohème des lettres à notre époque.

DISSERTATIONS ET EXPOSÉS

● Quelques critiques, dont M. Le Breton, voient dans *le Neveu de Rameau* un roman et un des chefs-d'œuvre du roman français. Expliquez et discutez.

● Que manque-t-il au *Neveu de Rameau* pour être un véritable roman au sens où l'on entendait le mot au XIXᵉ siècle ?

● Quelle est la place du *Neveu de Rameau* dans l'ensemble de la production romanesque du XVIIIᵉ siècle ?

● Par quels traits Diderot se rattache-t-il à la tradition des conteurs gaulois ?

● Quels traits importants pour la connaissance de Diderot vous paraissent se dégager du *Neveu de Rameau* ?

● Appréciez ce jugement de Daniel Mornet : « Un des charmes, une des originalités de ces contes, ce sont donc la verve et le mouvement ; et la variété, l'imprévu de ce mouvement. »

● Comment le réalisme et le lyrisme se combinent-ils dans l'œuvre de Diderot?

● Dans quelle mesure *le Neveu de Rameau* reflète-t-il ce que Diderot avouait à Mᵐᵉ de Meaux dans une lettre de 1769 : « J'enrage d'être empêtré d'une diable de philosophie que mon esprit ne peut s'empêcher d'approuver et mon cœur de démentir. »

● En quel sens a-t-on pu dire (Daniel Mornet) que les romans de Diderot semblent « être une revanche du philosophe et du sceptique contre le moraliste et le lyrique »? Montrez-le d'après *le Neveu de Rameau*.

● « Personne n'a mieux conté que Diderot dans le XVIIIᵉ siècle » (Villemain). Etes-vous de l'avis de Villemain, qui met Diderot même au-dessus de Voltaire?

● Expliquez et discutez, à propos du *Neveu de Rameau*, cette phrase de H. Dieckmann : « La forme essentielle des romans de Diderot, ce n'est ni la description ni la narration, mais le dialogue dramatique. »

● Le jugement d'E. Faguet sur le style de Diderot : « C'est un homme d'humeur, et par conséquent un écrivain inégal », s'applique-t-il, selon vous, au *Neveu de Rameau*?

● Appliquez à Jean-François Rameau ces paroles qu'il prononce lui-même : « S'il importe d'être sublime en quelque genre, c'est surtout en mal. On crache sur un petit filou, mais on ne peut refuser une sorte de considération à un grand criminel : son courage vous étonne, son atrocité vous fait frémir. On prise en tout l'unité de caractère. »

● Comparez le neveu de Rameau et Gil Blas, le héros de Lesage.

● « Je vais terre à terre. Je regarde autour de moi, et je prends mes positions; ou je m'amuse des positions que je vois prendre aux autres. » Quelle philosophie de la vie le Neveu exprime-t-il là? Montrez-le à travers le roman et jugez l'enseignement qu'en tire le personnage et celui que vous en tireriez vous-même.

● Charly Guyot écrit : « Dans *le Neveu de Rameau*, il y a bien aussi une confrontation de Moi à Moi, d'un Moi défenseur de la morale à un Moi immoraliste, trouvant une justification aux plus extrêmes audaces. Cependant, le Moi du Philosophe rencontre en son interlocuteur une résistance. » Expliquez et, éventuellement, discutez.

● La lucidité chez Rameau : ses formes, ses limites.

● Examinez l'importance du personnage de Rameau pour son créateur à la lumière de cette phrase de Charly Guyot : « Rameau, le bohème, l'artiste malchanceux, l'immoraliste, inspire à Diderot la nostalgie de cette vie libre à laquelle, par souci de respectabilité, il a renoncé. » Vous pourrez utilement confronter à ce texte ces mots du Philosophe à Mme d'Epinay : « Je ne suis nulle part heureux, qu'à la condition de jouir de mon âme, d'être moi, moi tout pur. »

● Développez et justifiez cette remarque de R. Desné : « Ainsi dans cet entretien d'une demi-heure au café de la Régence, c'est bien toute la philosophie de Diderot qui s'affronte avec le siècle, et, au-delà, avec toute la société fondée sur l'inégalité. »

TABLE DES MATIÈRES

IMPRIMERIE HÉRISSEY. — 27000 - ÉVREUX.
Dépôt légal : Juillet 1972. — Nº 39968. — Nº de série Éditeur : 13371.
IMPRIMÉ EN FRANCE *(Printed in France)*. — 870 044 E-Avril 1986.

un dictionnaire de la langue française pour chaque niveau :

NOUVEAU DICTIONNAIRE DU FRANÇAIS CONTEMPORAIN ILLUSTRÉ
sous la direction de Jean Dubois

• 33 000 mots : enrichi et actualisé, tout le vocabulaire qui entre dans l'usage écrit et parlé de la langue courante et que les élèves doivent savoir utiliser à l'issue de la scolarité obligatoire.
• 1 062 illustrations : un apport descriptif complémentaire des définitions et qui permet l'introduction de termes plus spécialisés n'appartenant pas au vocabulaire courant ou ne nécessitant pas d'explication autre que celle de l'image.
• Un dictionnaire de phrases autant qu'un dictionnaire de mots, comme dans l'édition précédente, selon les mêmes principes de description du lexique et du fonctionnement de la langue.
• Le dictionnaire de la classe de français (90 tableaux de grammaire, 89 tableaux de conjugaison).

Un volume cartonné (14 × 19 cm), 1 296 pages.

LAROUSSE DE LA LANGUE FRANÇAISE lexis
sous la direction de Jean Dubois

Avec plus de 76 000 mots des vocabulaires courant, classique et littéraire, technique ou scientifique , c'est le plus riche des dictionnaires de la langue en un seul volume.
Par la diversité de ses informations sur les mots, par la construction raisonnée de ses articles et par son dictionnaire grammatical, c'est un instrument de pédagogie active : il s'adresse aussi à tous ceux qui veulent comprendre le fonctionnement de la langue et acquérir la maîtrise des moyens d'expression.

Nouvelle édition illustrée : un volume relié (15,5 × 23 cm), 2 126 pages dont 90 planches d'illustrations par thèmes.

GRAND LAROUSSE DE LA LANGUE FRANÇAISE
7 volumes sous la direction de L. Guilbert, R. Lagane et G. Niobey; avec le concours de H. Bonnard, L. Casati, J.-P. Colin et A. Lerond

Un dictionnaire unique parce qu'il réunit :
• la description la plus complète du vocabulaire général, scientifique et technique, classique et littéraire, avec prononciation, syntaxe et remarques grammaticales, étymologie et datations, définitions avec exemples et citations, synonymes, contraires, etc.;
• la documentation la plus riche sur la grammaire et la linguistique : près de 200 articles (à leur ordre alphabétique) donnant une analyse détaillée des diverses théories, passées ou actuelles, sur les principaux concepts grammaticaux et linguistiques;
• un traité de lexicologie exposant les principes de la formation des mots et la construction des unités lexicales.

7 volumes reliés (21 × 27 cm).

*GRAND DICTIONNAIRE ENCYCLOPÉDIQUE
10 volumes en couleurs

Avec le G.D.E., vous êtes à bonne école : fondamentalement nouveau et d'une richesse unique, cet ouvrage permet à chacun d'approcher et de comprendre toutes les connaissances et les formes d'expression du monde actuel qui, en moins d'une génération, se sont complètement transformées.

Il est à la fois :

dictionnaire pratique de la langue française

Il définit environ 100 000 mots de vocabulaire et indique la façon de s'en servir, en rendant compte de l'évolution rapide de la langue, il constitue une aide à s'exprimer, un outil de vérification constant par ses explications;

dictionnaire des noms propres

Avec plus de 80 000 noms de lieux, personnes, institutions, œuvres, il rassemble une information considérable sur la géographie, l'histoire, les sociétés, les faits de culture et de civilisation du monde entier, à toutes les époques, en fonction des sources de connaissance les plus récentes et les plus sûres;

dictionnaire encyclopédique

Il présente et éclaire les réalités associées au sens des mots. Ainsi, il renseigne sur les activités humaines, sur les idées, sur le monde physique et tout ce qui participe à l'univers qui nous entoure. Dans toutes les disciplines, les informations encyclopédiques expliquent le domaine propre à chacun des sens techniques, en fonction des progrès de la recherche et des modifications des vocabulaires scientifiques;

... et documentation visuelle

L'illustration, abondante et variée, est essentiellement en couleurs : dessins et schémas, photographies, cartographie, adaptés à chaque sujet. Elle apporte une précision et un éclairage complémentaires à ce grand déploiement du savoir-exploration.

10 volumes reliés (19 x 28 cm), plus de 180 000 articles, environ 25 000 illustrations. Bibliographie.

les principaux dictionnaires encyclopédiques :

PETIT LAROUSSE
Le Petit Larousse a été mis à jour, comme les années précédentes :
• 75 700 articles, vocabulaire et noms propres, dans le domaine culturel comme dans les secteurs spécialisés;
• renouvellement complet de l'illustration, expressive et documentaire; cartographie abondante, à la fois très précise et très lisible.

PETIT LAROUSSE
Un volume relié (15 x 20,5 cm), 1 906 pages dont 16 "pages roses" et 54 hors-texte en couleurs.

PETIT LAROUSSE EN COULEURS
Un volume relié (18 x 23 cm), 1 702 pages dont 16 "pages roses".

PLURIDICTIONNAIRE
A partir de la 6e. Le seul dictionnaire toutes disciplines qui couvre à la fois les programmes d'enseignement et tous les autres domaines de vie active auxquels les élèves s'intéressent. La base des travaux sur documents et du travail individuel.

Un volume relié (15,5 x 23 cm), 1 560 pages dont 64 hors texte en couleurs.

DICTIONNAIRE ENCYCLOPÉDIQUE LAROUSSE
1 volume en couleurs
Grand dictionnaire par son format et par la qualité de son illustration, mais en un seul volume facile à consulter, il réunit noms communs et noms propres:
• il fait connaître tout le vocabulaire de la langue courante et des grands domaines de la culture contemporaine;
• il fait comprendre les réalités du monde moderne;
• il fait voir par l'abondante illustration en couleurs.

Un volume relié (23 x 29 cm), 1 536 pages, près de 4 300 illustrations.

LAROUSSE 3 VOLUMES EN COULEURS
Nouvelle édition mise à jour.
Un très beau dictionnaire encyclopédique, remarquablement illustré en couleurs d'un bout à l'autre de l'ouvrage. Il regroupe les mots par "famille" et donne des tableaux récapitulatifs pour tous les sujets importants et de grands ensembles de documentation visuelle.

3 volumes reliés (23 x 30 cm), 118 146 articles, 12 554 illustrations et 542 cartes.